HEYNE BÜCHER

ELIZABETH COLDWELL

DIE MANNSCHAFT

Roman

Aus dem Englischen
von Eva Malsch

WILHELM HEYNE VERLAG
MÜNCHEN

HEYNE ALLGEMEINE REIHE
Nr. 01/12174

Titel der Originalausgabe
PLAYING THE FIELD

Umwelthinweis:
Das Buch wurde auf
chlor- und säurefreiem Papier gedruckt.

Deutsche Erstausgabe 7/2000

http://www.heyne.de
Printed in Germany 2000
Umschlagillustration: Bildagentur Mauritius/Bardo Fabiani, Mittenwald
Umschlaggestaltung: Hauptmann & Kampa Werbeagentur, CH-Zug
Satz: Pinkuin Satz und Datentechnik, Berlin
Druck und Bindung: Elsnerdruck, Berlin

ISBN 3-453-16993-X

Für meinen Dad und Robert zum Dank für ihre Unterstützung und für meine Mum, die das alles ertragen hat.
Und für Ted und Jude, für Hilfe und Behinderung.

1

Wenn das englische Fußballteam am 2. Juni nach New York aufbricht, um an der Weltmeisterschaft teilzunehmen, wird es von den Hoffnungen der ganzen Nation begleitet. Nach der katastrophalen Vorstellung vor vier Jahren in Spanien müsste jeder Spieler ein schweres emotionales Gepäck auf die Reise mitnehmen. Dem Kapitän Danny Gordon, der während des Turniers seinen vierunddreißigsten Geburtstag feiern wird, dürfte sich die letzte Chance bieten, internationalen Ruhm zu ernten. Der Stürmer Alex Wild wird eine Gelegenheit finden, den verschossenen Elfmeter gegen Norwegen wieder gutzumachen, der England die Teilnahme am Viertelfinale verwehrte. Und Jamie Partridge, in der ersten Liga der Aufsteiger des Jahres, wird sein Talent auf höchster Ebene beweisen können. Millionen englische Fans werden vier Wochen lang ein faszinierendes Spektakel genießen, das nur die Amerikaner so grandios zu präsentieren wissen. Und die Uneingeweihten werden ein Abenteuer in der schönen, fremdartigen Welt des Fußballs erleben …

»Aber du verstehst doch gar nichts vom Fußball.«

Stuart drehte sich auf die Seite und schaute Corey an.

Seufzend zog sie das Laken enger um ihren nackten Körper. Es war ein Fehler gewesen, ihren neuen Auftrag zu erwähnen. »Muss ich auch gar nicht. Ich fliege rüber, um über die Matches zu berichten, die Spieler zu interviewen und ein Tagebuch des Turniers zu verfassen. Darin soll ich alle Dummheiten notieren, die sie machen, und die Leser über sämtliche Skandale informieren.«

In Wirklichkeit freute sich Corey Palmer auf die Reise. Als Harry Craven, der Chefredakteur des *Daily Clarion*, ihr den Job vorgeschlagen hatte, war ihr zunächst nicht klar gewesen, ob sie ihren Ohren trauen durfte. Immerhin gehörte sie zu den relativ unerfahrenen Mitarbeitern. Ihre Fußballkenntnisse beschränkten sich auf einen gelegentlichen Blick in die TV-Sendung ›Match Of The Day‹ am späten Abend und die Lektüre der *Clarion*-Klatschspalte, die kolportierte, welche Fußballspieler sich gerade mit welchem Seifenopernstar vergnügten. Aber dann betonte Harry, er lege Wert auf eine neue Perspektive. Über die Ereignisse auf dem Spielfeld würden die Sportreporter ausführlich genug berichten, und Corey solle Ausschau nach ungewöhnlichen oder amüsanten Zwischenfällen halten.

»Die meisten anderen Tageszeitungen haben gewisse Spieler unter Vertrag, die Kolumnen für sie schreiben«, erklärte Harry und musterte sie onkelhaft. »Aber was in Amerika passiert, will ich nicht nur von Fußballstars oder Trainern oder eingefleischten Fans erfahren, sondern auch von jemandem, der sich ganz unvoreingenommen für das alles begeistert und mehr darüber lernen will. Ich möchte Leute ansprechen, die nicht regelmäßig Fußball im TV sehen oder in der Zeitung davon lesen – nur wenn ganz wichtige Spiele stattfinden. Aus diesem neuen Blickwinkel hat's noch niemand betrachtet. Das sollen *Sie* tun, Corey, weil Sie eine gute kleine Autorin sind und wissen, worauf's bei einer interessanten Story ankommt.«

Als sie vom *Daily Clarion* engagiert worden war, hatte sie sich vor dem bärbeißigen, fast kahlköpfigen Harry Craven gefürchtet, der schon seit zwölf Jahren für die Zeitung arbeitete und den Ruf des besten Feature-Redakteurs in der Branche genoss. Von seinen Untergebenen verlangte er absolute Perfektion. Anfangs war es Corey schwer gefallen, seinen hohen Ansprüchen zu genügen. Immer wieder hatte er ihre Computerausdrucke quer durchs Büro geschleudert oder Dateien in ihrem PC gelöscht und sie gezwungen, die Artikel noch einmal zu schreiben. Doch er kritisierte sie stets mit gutem Grund. Wenn sie eine Story nach seinen Anweisungen erneut verfasste, erzielte sie viel bessere Resultate. Er lobte seine Mitarbeiter nur selten, und falls er sich dazu aufraffte, meinte er's ehrlich. Dass er sie ›eine gute kleine Autorin‹ nannte, bedeutete ihr mehr als die glänzenden Referenzen, die sie bei früheren Jobs bekommen hatte.

Beglückt kehrte sie an ihren Schreibtisch zurück und erledigte einige Telefonate, um ihre Akkreditierung für die WM in die Wege zu leiten. Harry war gefährlich nahe an die letzte Frist für Coreys Aufnahme ins Pressecorps herangekommen, und seine Sportreporter besaßen schon ihre Ausweise. Aber man versicherte ihr, sobald sie ihre Daten ans Hauptbüro der United Soccer Federation gefaxt habe, gebe es keine Probleme und sie würde ihren Presseausweis und die Eintrittskarten für die Spiele rechtzeitig erhalten.

Danach rief sie Stuart an und bat ihn, auf dem Heimweg eine gute Flasche Wein zu besorgen. Sie konnte es kaum erwarten, ihm die große Neuigkeit zu erzählen. Als sie das Haus betrat, das sie gemeinsam gemietet hatten, platzte sie fast vor Stolz. Bedauerlicherweise wartete eine Nachricht auf dem Anrufbeantworter. Stuarts Besprechung würde sich in die Länge ziehen, und Corey könnte frühestens um acht mit ihm rechnen. Für jemanden, der ihr dauernd vorwarf, sie würde ihren Job zu wichtig nehmen, opferte er seinem eigenen Beruf erstaunlich viel Zeit.

Er entwarf Computerspiele. Im letzten Jahr waren ihm ein paar Verkaufsschlager gelungen – Abenteurerspiele mit vielen Schießereien wie ›Midnight Raiders‹

und ›Space-Station Zero‹ und ironischerweise eine Fußball-Simulation namens ›Cup Winner‹. Zusammen mit seinem Geschäftspartner Andy Shearer arbeitete er gerade an einer Fortsetzung von ›Midnight Raiders‹. Im kleinen Reihenhaus, das Corey und Stuart bewohnten, stapelten sich Zeichnungen von seinen virtuellen Figuren. Am Kühlschrank und an den Küchenschränken klebten gelbe Notizzettel voller Ideen. Mit diesem Chaos konnte sie leben. Seine häufige Abwesenheit und sein Desinteresse an ihrer Karriere erschienen ihr weniger liebenswert.

Als er endlich eintraf, lag sie in einem Schaumbad mit Zitrusduft, und der Salat, den sie vorbereitet hatte, stand im Kühlschrank.

»Ich bin oben!« rief sie, sobald sie den Schlüssel im Schloss klirren hörte. Er nahm immer zwei Stufen auf einmal und stürmte ins Bad. Vermutlich rührte der Glanz in seinen Augen eher vom Alkohol her als vom Anblick ihres wohlgeformten Körpers, den die Schaumbläschen kaum verhüllten. »Verdammt, es gefällt ihnen!« schrie er.

»Was?« fragte sie und richtete sich auf, die Ellbogen am Wannenrand.

»Heute haben wir unseren Kunden den Rohentwurf von ›Beyond Midnight‹ gezeigt. Sie fanden ihn brillant und meinten, das Spiel würde zu Weihnachten die gesamte Konkurrenz aus dem Feld schlagen. Also gingen Andy und ich noch auf ein paar Drinks in den Duke of Clarence, um zu feiern. Er wollte mich überreden, noch länger zu bleiben. Aber ich sagte, daheim würde was auf mich warten.« Stuart griff ins Wasser und tastete nach Coreys Schenkel.

»Nun, ich habe auch was zu erzählen. Gib mir das Badetuch.«

Kaum war sie aus der Wanne gestiegen, wurde sie

schon in das große, flauschige weiße Frotteetuch gehüllt, und Stuart zog sie an sich. Durch seine Jeans spürte sie die Hitze seiner Erektion. Methodisch und aufreizend langsam trocknete er ihren Körper ab und wischte all die kleinen Wassertropfen weg. Seine verführerischen Finger zeichneten unter dem weichen Stoff die Konturen ihrer Brüste nach. Als er ihren Venusberg berührte und seinen harten, pulsierenden Penis an ihren Bauch presste, erschauerte sie in heißer Vorfreude.

Schließlich war sie trocken. Er hob sie hoch, trug sie ins Schlafzimmer und legte sie aufs breite Doppelbett. Dann packte er einen Zipfel des Badetuchs und riss es weg, sodass sie über die Decke rollte und vor ihm lag, nackt und bereit. Gemächlich zog er sich aus. Erst die Chelsea-Stiefel und die Socken. Das hellblaue Baumwollhemd, das er offen über einem schlichten weißen T-Shirt trug, landete auf der Lehne des Stuhls, der vor dem Toilettentisch stand. Danach zerrte er das T-Shirt aus dem Hosenbund, streifte es über den Kopf, und Corey bewunderte die vibrierenden, von feinem rotblondem Kraushaar bedeckten Brustmuskeln. Obwohl er jeden Tag stundenlang vor dem Computer saß, war er topfit. Zusammen mit Andy gehörte er einem Softballteam an, das in den Sommermonaten regelmäßig im Regent's Park spielte. Zweimal pro Woche schwamm er in einem Freizeitzentrum, nicht weit vom Reihenhaus entfernt. Nun öffnete er den Gürtel und die Hosenknöpfe, und die verwaschene Jeans fiel zu Boden.

Nur mit den grauen Boxershorts bekleidet, die vorn ein Zelt bildeten, kniete er sich neben Corey aufs Bett. Zwischen ihren Beinen spürte sie ein pochendes Verlangen, widerstand aber dem Impuls, sich selbst zu berühren, weil Stuart zweifellos alle ihre Wünsche erfüllen würde. Er neigte sich herab, küsste ihren Hals und knabberte am Schlüsselbein. An dieser Stelle war ihre Haut besonders empfindsam, und sie konnte ein leises Stöhnen nicht unterdrücken. Ermutigt nahm er eine ihrer großen, rosabraunen Brustwarzen zwischen die Zähne, während seine Finger den Zwilling liebkosten. Corey revanchierte sich, indem sie seinen glatten, sommersprossigen Rücken streichelte.

»Wenn du wüsstest, wie ich mich danach gesehnt habe, als ich im Pub saß ...«, murmelte er, hob den Kopf und schaute in ihre hellgrünen, vor Leidenschaft verschleierten Augen.

»Dass Andy dich so anmacht, hätte ich gar nicht vermutet«, erwiderte sie lächelnd.

»Natürlich dachte ich an dich, du Dummerchen. Er redete unentwegt von Gewinnspannen und Werbekampagnen, und ich wünschte mir, ich wäre bei dir und könnte deine Haut ablecken.«

»Willst du an einer besonderen Stelle lecken?«

»Überall.« Stuarts Lippen zogen eine feuchte Spur zwischen ihren Brüsten nach unten. Seine Zunge tauchte sekundenlang in den Nabel. Dicht vor dem Schamhaar hielt er inne.

»Sagtest du nicht – überall?«

»Sei nicht so ungeduldig, Corey.« Er nahm einen ihrer Füße in die Hand und begann an den Zehen zu saugen. Da sie seinen Mund zwischen ihren geschwollenen Schamlippen fühlen wollte, fand sie diese Zärtlichkeiten erregend und frustrierend zugleich. Als er den anderen Fuß ergriff, konnte sie ihre Unrast nicht länger verbergen, was ihn veranlasste, ihr Bein mit Küssen zu bedecken und ganz langsam nach oben zu rücken. Endlich berührte er die Innenseiten ihrer Schenkel, die sie bereitwillig spreizte.

»Wie köstlich du riechst, Corey ...«

»Das muss der Grapefruitduft meines Schaumbads

sein«, flüsterte sie, obwohl sie wusste, dass er den Geruch ihrer Weiblichkeit meinte. Auch sie nahm das schwüle Moschus-Aroma war, das deutlich verriet, wie heiß sie ihn begehrte.

Während er am zarten Fleisch ihrer Innenschenkel saugte, bewegte sie die Hüften, um ihn zum Zentrum ihres Verlangens zu locken. Aber er ignorierte hartnäckig, was sie ersehnte. Schließlich – bevor sie den letzten Rest ihrer Geduld verlor – legte er den Kopf zwischen ihre Beine und begann, an ihrer Muschi zu lecken. Seufzend hob sie ihm die Hüften entgegen, als seine Lippen über die äußeren Schamlippen glitten. Ihre Finger krallten sich ins Badetuch, das neben ihr lag. Und dann flatterte seine Zunge über ihre Klitoris.

Für ein paar Sekunden richtete er sich auf und sah sie an, den Mund und das Kinn feucht von ihrem Saft. Und dann widmete er sich wieder der harten kleinen Perle, die aus den schützenden fleischigen Falten ragte, bevor seine Zunge in die einladende Öffnung drang.

Bald spürte sie in ihrem Bauch die ersten Wellen des Höhepunkts und presste Stuarts Kopf an ihren Venusberg. Diese Aufmunterung brauchte er gar nicht. Begierig bewegte er seine Zunge, bis wilde Zuckungen ihren Körper durchströmten, bis sie immer wieder seinen Namen rief.

Er wartete eine Weile, und nachdem ihre Erregung verebbt war, rückte er zu ihr hinauf, küsste sie und streichelte ihren befriedigten Körper. Als er glaubte, nun wäre der richtige Augenblick gekommen, näherte er seinen Penis der Pforte ihrer Muschi. Er drang nur so tief in sie ein, dass er ihre inneren Muskeln spürte, die ihn wie eine samtige Faust umschlossen. Ohne ihr Gesicht aus den Augen zu lassen, wählte er einen sanften, langsamen Rhythmus, der ihn immer enger mit ihr verschmolz.

Endlich nahm sie seinen ganzen Penis in sich auf. Sie paßte sich seinen Bewegungen an, ließ ihn das Tempo bestimmen. Hin und wieder hielt er inne, um sie zu küssen, bevor er fortfuhr, seine Leidenschaft zu steigern. Worte waren überflüssig, denn jeder sah voraus, wann der andere den Orgasmus erzielen würde. Da Corey den Gipfel ihrer Lust eben erst verlassen hatte, brauchte sie nicht so lange, um das köstliche Beben erneut zu genießen. Diese Vibrationen lösten Stuarts Erfüllung aus, und sie spürte, wie er in ihr anschwoll, ehe ihn heftige Erschütterungen erfassten. Während er seine Begierde stillte, murmelte er unverständliche Koseworte in ihr zerzaustes dunkelblondes Haar.

Später hatten sie sich glücklich und zufrieden aneinander geschmiegt, in der wohligen, warmen Zärtlichkeit, die dem Liebesakt gefolgt war. Und da erzählte Corey die Neuigkeiten, die sie den ganzen Abend wie ein kostbares Geheimnis mit sich herumgetragen hatte. Stuarts Reaktion bereitete ihr eine bittere Enttäuschung. Als sie erbost von ihm wegrückte, ergriff er ihren Arm und zog sie wieder zu sich heran. »Tagebuch hin, Tagebuch her, ich will nicht, dass du's machst.«

»Hör mal, Stuart, das ist der wichtigste Job meines Lebens. Wenn Harry glaubt, ich würde diesen tollen Auftrag deinetwegen ablehnen, gibt er mir nie wieder eine Chance.« Corey merkte, wie verzweifelt ihre Stimme klang. »Außerdem fliege ich erst im Juni rüber.«

»Und wie lange dauert das Turnier? Drei Wochen? Einen Monat? Seit wir zusammen sind, waren wir noch nie so lange getrennt. Wie soll ich denn ohne dich zurechtkommen?«

»Vielleicht wär's eine gute Gelegenheit, das rauszufinden.« Corey erinnerte sich an die erste Begegnung, in einem Pub beim Docklands-Büro, wo sie arbeitete. Über einen Billardtisch gebeugt, hatte er mit seinem

Queue auf einen schwarzen Ball gezielt. Sein strammer kleiner Hintern in ausgebleichten engen Jeans zog ihren Blick sofort auf sich. Aber die Bewunderung verflog, als er seinen Arm rückwärts schob und ihr den Queue in den Magen rammte. Seine freundliche Entschuldigung und sein offenkundiges Interesse besänftigten sie. Auf Anhieb mochte sie ihn, seine zerzauste rotblonde Mähne, die funkelnden grünen Augen, die Stupsnase, das runde Gesicht. Sie hatte sich sehnsüchtig vorgestellt, wie es wäre, seinen kraftvollen Körper auf ihrem zu spüren, wenn er in sie eindrang. Jetzt erkannte sie bestürzt, dass sie ihn immer noch begehrte und liebenswert fand, aber die tieferen Gefühle waren nicht mehr so stark wie früher.

»Bevor wir uns kannten, bist du ja auch ohne mich ausgekommen«, seufzte sie. »Oder hattest du eine andere Freundin, die für dich kochte und sauber machte, während du dir am Computer neue Methoden ausdachtest, grausige Mutanten mit zahllosen Waffen zu töten?«

Lässig zuckte er die Achseln. »Das haben die Mädchen gern getan. Die waren nicht so besessen von ihren kostbaren Karrieren wie du.«

»Meine Karriere!« Mühsam bezwang sie den Impuls, mit der Faust in seinen Bauch zu schlagen. »Warum stört's dich denn so schrecklich, dass ich was mit meinem Leben anfangen will? Ja, der Job beim *Clarion* ist mir sehr wichtig. Aber du kannst nicht behaupten, dein Job würde dir nichts bedeuten. Und ich sehe nicht ein, warum ich meinen Beruf opfern sollte, um dich glücklich zu machen.«

»Das verlange ich ja gar nicht von dir. Es ärgert mich nur, dass du dich mit einer Fußballerbande in den Staaten rumtreiben willst. Du weißt doch, was das für Typen sind.«

»Nein, Stuart, ich habe keine Ahnung.« Auf einen Ellbogen gestützt, starrte sie ihn an. »Warum erklärst du's mir nicht?«

»Komm schon, Corey! Jede Woche erscheint im *Clarion* eine Story über irgendeinen Fußballstar, der hinter dem Rücken seiner Frau herumhurt. Das sind lauter Primadonnen, mit mehr Geld als Verstand. Natürlich bilden sie sich ein, jede Frau, die sie zufällig reizt, würde bereitwillig das Höschen runterlassen, nur weil sie berühmt sind. Und dein Boss bezahlt dich, damit du zu solchen Kerlen nett bist.«

»*Das* steckt also dahinter. Du bist eifersüchtig und hast Angst, ich könnte mich in Amerika mit so einem ›Kerl‹ einlassen. Kehr doch vor deiner eigenen Tür!«

»Was meinst du, zum Teufel?« Verwirrt strich er durch sein dichtes Haar. »Seit ich dich kenne, war ich mit keiner anderen zusammen.«

»Wahrscheinlich nicht direkt.« Nun sprach sie einen vagen Verdacht aus, der sie schon seit einiger Zeit verfolgte und der ihr erst jetzt richtig bewusst wurde. »Aber in Gedanken – mindestens hundertmal! Ich glaube, du hast Affären mit sämtlichen Mädchen, die in deinen Computerspielen vorkommen. Allmählich bin ich's leid, an zweiter Stelle hinter Princess Tiya oder Captain Vixen zu stehen. Monatelang redest du nur von diesen Karikaturen. Und sobald ein Spiel fertig ist, erfindest du die nächste vollkommene Frau. Mit einer Rivalin aus Fleisch und Blut könnte ich's aufnehmen. Aber wenn du von einem acht Zentimeter großen Sexsymbol, das du auf eine Hamburger-Serviette zeichnest, restlos fasziniert bist – was soll ich dagegen tun? Okay, vielleicht müsste ich mich in Tae Kwondo verknallen und meinen Namen auf die Warteliste für irgendein Spaceshuttle setzen lassen. Aber das dürfte dich wohl kaum von deinem verdammten PC weglocken, nicht wahr?« Unglücklich setzte sie sich auf und schlang die Arme um ihre angezogenen Knie.

»Wenn dich das so sehr nervt, Corey – warum hast du's nicht früher gesagt?«

»Weil ich bisher nicht gemerkt habe, wie schlimm ich's finde. Jetzt weiß ich's – nachdem du mir was ausreden wolltest, das mich brennend interessiert. Ob's dir paßt oder nicht«, fügte sie entschlossen hinzu, »ich werde die WM-Reportage machen. Und – ja, ich werde nett zu den Spielern sein. Mehr nicht.«

»Versprichst du's?«

»Ich verspreche gar nichts ...«, erwiderte sie zögernd. »Nur eins steht fest – ich nehme den Auftrag an, und ich glaube, ich muss ein paar Wochen ohne dich verbringen. Das wird uns beiden gut tun.«

»Und es geht erst im Juni los?« Nachdenklich sah er sie an. »Wenn wir das neue Spiel bis dahin programmiert haben, besuche ich dich vielleicht in den USA. Ich wollte schon immer mal nach New York fliegen. Dann hätten wir viel Spaß und könnten uns ein paar Fußballspiele anschauen. Wie klingt das?«

»Wunderbar.« Während sie sich wieder an ihn schmiegte, überlegte sie, dass sie den Streit in den nächsten zwei Monaten sicher begraben würden. Wenn die WM begann, würde Stuart seine Bedenken vergessen haben – und sie ihren Ärger über sein autoritäres Getue. Sollte sie einem attraktiven Fußballstar begegnen, der sich an sie heranmachen würde, musste sie sich eben zwingen, der Versuchung zu widerstehen.

2

Das luxuriöse Long Island wappnet sich gegen eine beispiellose Invasion. Im brandneuen Suffolk-County-Stadion sollen die WM-Spiele der Ostgruppe stattfinden. Also werden die englischen, französischen und dänischen Teams – und ihre Fans – während der Vorrunde in diesem noblen Urlaubsort wohnen. Die englischen Spieler sind bereits in ihr Hotel gezogen und gewöhnen sich allmählich an den hektischen Lebensstil der USA …

Amerika riecht sogar anders, dachte Corey und nahm ihren Koffer vom Förderband in der Ankunftshalle des JFK Airport. Ringsum erklang ein lebhaftes Stimmengewirr und übertönte beinahe die Ankündigung des nächsten Flugs, die aus den Lautsprechern drang. Fröhliche Freunde und Verwandte begrüßten einander.

Als Corey zum Ausgang eilte, klickten ihre flachen Absätze auf dem polierten Boden. Sie trat in den warmen Junisonnenschein und hielt Ausschau nach einem Taxi. Glücklicherweise war die Warteschlange trotz des Getümmels in der Halle nicht allzu lang. Bald saß sie in der abgewetzten Lederpolsterung eines gelben Taxis und gab dem Fahrer ihre Anweisungen. So wie einige andere Mitglieder des Pressecorps würde sie im selben Hotel wie die englische Mannschaft wohnen. Das Sheridan Heights lag fünfundzwanzig Meilen vom JFK entfernt, nahe der ruhigen Siedlung Sheridan Flats, einem Hafen steinreicher Leute, die ihre Sommerwochenenden lieber an der Long Island-Küste verbrachten als in der stickigen City. Flüchtig fragte sich Corey, wie sie auf die Anwesenheit mehrerer Dutzend Fußballer und des vielköpfigen Gefolges in diesem friedlichen Paradies reagieren würden.

Der Chauffeur, ein Bär von einem Mann mit wilder dunkler Lockenpracht, war fasziniert von Coreys englischem Akzent und schwatzte angeregt, während er den Wagen in den Verkehr auf dem Freeway einordnete. »Also kommen Sie wegen der Fußballweltmeisterschaft hierher. Ich bin ein Baseballfan und versäume kein einziges Mets-Spiel. Aber wie ich höre, haben unsere Jungs eine echte Chance.«

»Mhm«, murmelte sie unverbindlich. Ehe Pete Graveney, der Fußballexperte des *Clarion*, einen Tag früher hierher geflogen war, hatte er ihr erklärt, die amerikanische Mannschaft würde wohl kaum über die Vorrunde hinauskommen. Als Gastgeber hatten sich die USA nicht für das Turnier qualifizieren müssen. Wie den paar Freundschaftsspielen zu entnehmen war, die das Team in den letzten Monaten bestritten hatte, befand es sich nicht gerade in Hochform. In dieser Gruppe war laut Pete Frankreich der Favorit für den Einzug ins Viertelfinale, während England und Dänemark um Platz zwei kämpfen würden. Offenbar spielten die Dänen nicht mehr so gut wie vor einigen Jahren. Zwei oder drei ihrer besten Spieler hatten sich von der internationalen Szene zurückgezogen. Nun wurde eine eifrige, aber relativ unerfahrene junge Mannschaft von ein paar älteren Profis angeführt. Corey hoffte inständig, England würde das Viertelfinale erreichen. Dann konnte sie positivere, interessantere Berichte schreiben und musste nicht schon in zehn Tagen nach London zurückfliegen.

»Vielleicht sollte ich mir mal ein Spiel anschauen«, bemerkte der Taxifahrer. »Was meinen Sie?«

»O ja, unbedingt«, antwortete sie und betrachtete die Landschaft, die am Autofenster vorbeiglitt. »Man kann nie wissen – womöglich gelingt's uns, Sie vom Baseball abzubringen.«

»Das bezweifle ich, Lady.« Grinsend wies er sie auf einige Sehenswürdigkeiten hin.

Nachdem sie die zahlreichen Kreuzungen in der Nähe des Flughafens passiert hatten, beschleunigte er das Tempo. Bald hielt das Taxi auf dem gekiesten Vorhof des Sheridan Heights Hotels. Während der Chauffeur das Gepäck aus dem Kofferraum holte, wühlte Corey in ihrer Börse und gab ihm ein – wie sie hoffte – angemessenes Trinkgeld. Dann steckte sie die fremdartigen Fünf- und Zehncentstücke des Wechselgelds ein und betrat die plüschige Halle. Dicke Teppiche dämpften ihre Schritte, ein riesiger Kristalllüster verbreitete sanftes Licht. Wenn Stuart das sehen könnte, dachte sie, würde er über verwöhnte Fußballstars lästern, die überall im Luxus schwelgten.

Sie hatte versucht, ihn aus ihren Gedanken zu verbannen. Da die Programmierung von ›Beyond Midnight‹ länger als erwartet dauerte, hatte er sie nicht zum Heathrow Airport begleitet, und so waren sie nicht gerade im besten Einvernehmen auseinander gegangen. In den Tagen vor Coreys Abreise hatte er sich immer wortreicher beschwert, weil sie ihn in diesem schwierigen Stadium seiner Arbeit allein ließ. Erfolglos versuchte er, sie zum Bleiben zu bewegen. »Ruf mich an«, lauteten seine letzten Worte, bevor sie ins Taxi stieg, das sie zum Flughafen bringen würde. »Lass mich wissen, ob du wohlbehalten angekommen bist.«

Das versprach sie pflichtbewusst. Aber während England hinter ihr entschwunden war, hatte sie sich anders besonnen. Warum sollte sie mit Stuart telefonieren? Wenn er sich so stur benahm, wollte sie's ihm mit gleicher Münze heimzahlen.

Sie erregte die Aufmerksamkeit einer jungen Empfangsdame, deren blondes Haar zu Zuckerwattelocken aufgebauscht war. »Palmer«, stellte Corey sich vor. »Auf diesen Namen müsste ein Zimmer reserviert sein.«

Lächelnd entblößte die Empfangsdame perfekte, schneeweiße Zähne. »Einen Augenblick, bitte.« Sie drückte auf ein paar Computertasten. »Okay, Miss Palmer. Zimmer 311. Das ist Ihr Schlüssel.«

»Wie man mir erklärt hat, werde ich das Zimmer wahrscheinlich nicht allein bewohnen.« Eine Angestellte der US Soccer Federation – für Coreys Akkreditierung und Unterbringung zuständig – hatte sie gewarnt. Da alle Hotels und Pensionen auf Long Island gerammelt voll seien, von ausländischen Besuchern und den üblichen Feriengästen okkupiert, würden einige Presseleute, die in der Nähe ihrer Teams wohnen wollten, ihre Zimmer mit Kollegen teilen müssen.

Die Empfangsdame drückte wieder auf ein paar Tasten. »Hm, darüber habe ich keine Information. Der zweite Schlüssel hängt noch da. Falls eine Mitbewohnerin erwartet wird, ist sie noch nicht eingetroffen. Ihr Zimmer liegt im dritten Stock, Miss Palmer. Da drüben finden Sie den Lift«, fügte sie hinzu und streckte einen schmalen, makellos manikürten Finger aus. »Ich wünsche Ihnen einen angenehmen Aufenthalt.«

»Danke.« Schnell und lautlos glitt der Lift nach oben, und Corey folgte dem Korridor bis zur Nummer 311. Man hatte sie vor den schäbigen amerikanischen Hotelzimmern gewarnt. Aber dieses bildete offenbar eine Ausnahme. Die beiden breiten Betten sahen sehr komfortabel aus. Über dem Toilettentisch hing ein goldgerahmter Spiegel. Im Bad gab es eine Emaillewanne und eine Duschkabine. Corey betrat den Balkon, um die Aussicht auf das gepflegte Hotelgelände zu genießen.

So weit das Auge reichte, erstreckte sich ein frisch gemähter Rasen mit kontrastierenden Grünstreifen. Davor führten Stufen durch einen kleinen Steingarten zu einem nierenförmigen Swimmingpool hinab, den Liegestühle, ein halbes Dutzend Tische und rosafarbene, violette und blaue Sonnenschirme umgaben. Ein Mann kraulte spektakulär und effektvoll im schimmernden Wasser, zog sich am gekachelten Rand hoch und ließ die imposanten Muskeln in seinen Schultern und Oberarmen spielen. Als er ein Handtuch von einem Liegestuhl nahm, sah Corey seinen schlanken, nassen Körper glänzen. Er frottierte sein dunkles Haar, und so konnte sie sein Gesicht nicht erkennen. Offenbar spürte er ihren neugierigen Blick nicht, denn er schaute kein einziges Mal zum Hotel herüber, während er sich methodisch abtrocknete.

Aufs Balkongeländer gestützt, betrachtete sie seine leicht gebräunte Brust. Was für ein hinreißender Mann … Athletisch gebaut, wohlproportioniert. Das musste einer von den englischen Fußballern sein. Und welcher? Im Team gab es mehrere dunkelhaarige Spieler.

Als er sich in ihre Richtung wandte, sah sie deutlich die Umrisse seines Penis in der feuchten Badehose. Normalerweise starrte Corey diesen Körperteil nicht an. Aber in den letzten Wochen war der Sex mit Stuart praktisch zum Erliegen gekommen, und so konnte sie nicht widerstehen und stellte sich diesen Schwanz im erigierten Zustand vor. Sie wünschte, der Mann würde die Badehose ausziehen, sich auch da unten abtrocknen und mit seinem Glied spielen – fast beiläufig, bevor er es rhythmisch zu massieren begann.

Plötzlich wurde sie von dem Verlangen überwältigt, sich selbst zu berühren. Sie hob ihren Rock und liebkoste ihre Muschi durch das dünne Baumwollhöschen hindurch. Vielleicht würde der Mann heraufschauen, ihre gespreizten Beine sehen und beobachten, wie sie den Zwickel ihres Slips lockerte, um ihre Klitoris zu streicheln – eine Show, die sie nur für *ihn* abzog ... Der Türknauf klirrte. Schuldbewusst beendete sie ihre exhibitionistischen Spekulationen und kehrte ins Zimmer zurück. Im selben Moment kam eine Frau herein. Corey erkannte sie sofort – Melissa Matheson, eine der erfolgreichsten britischen Athletinnen in den letzten Jahren. Auf den Zweihundertmeterlauf spezialisiert, hatte sie zweimal die Commonwealth-Meisterschaften gewonnen. Über diese Distanz hielt sie immer noch den britischen Rekord. Bei der letzten Olympiade hatte sie hinter der jamaikanischen Siegerin unerwartet die Silbermedaille errungen. Im Alter von einunddreißig Jahren hatte sie sich vom Sport zurückgezogen, einen Job beim Rundfunk angetreten und zusammen mit Darren Allsop eine Sportsendung am späten Abend moderiert, bei der die Hörer anrufen konnten. Später war sie vom Londoner Metro TV als Reporterin engagiert worden. Die bildhübsche Exsportlerin, mit langen kastanienroten Locken und weit auseinander stehenden braunen Augen, besaß fundierte Fachkenntnisse, wusste sich geschliffen auszudrücken und wirkte vor der Kamera sehr amüsant. Hätte sie nicht so liebenswürdig gelächelt, wäre Corey grün vor Neid gewesen. »Hi, ich bin Mel. Und Sie ...?«

»Corey Palmer, vom *Daily Clarion*.«

»Freut mich, Sie kennen zu lernen.« Mel wandte sich zu den beiden Betten mit den hellblauen Tagesdecken. »Wo schlafen Sie?«

»Nun – darüber habe ich noch gar nicht nachgedacht.« Unbehaglich schaute sie ihren geschlossenen Koffer an und erinnerte sich an den unbekannten Schwimmer. »Ich wollte erst einmal die Aussicht bewundern.«

»Dann nehmen Sie doch das Bett am Fenster. Schnarchen Sie?«

»Das glaube ich nicht.«

»Großartig! Ich hasse Leute, die schnarchen, und ich hasse Leute, die schon am frühen Morgen putzmunter sind. Aber eins sag ich Ihnen.« Mel hob ihren schweren Koffer auf ihr Bett. »Ich bin froh, dass ich hier nicht die einzige Frau bin außer Laura-Jane.«

»Laura-Jane?« wiederholte Corey und fragte sich, warum ihr der Name bekannt vorkam.

»Laura-Jane Gordon, die Reporterin vom Sports Channel. Bei jeder passenden oder unpassenden Gelegenheit hängt sie am Arm ihres Ehemanns.«

Erstaunt über den bissigen Tonfall, starrte Corey ihre Zimmergenossin an. Laura-Janes Mann Danny war der Kapitän des englischen Teams, einer der populärsten englischen Fußballer. Dieses Thema hätte sie gern weiterverfolgt. Aber Mel schaute auf ihre Uhr.

»Kommen Sie, höchste Zeit fürs Dinner. Und ich bin halb verhungert. Wie die Fluglinien dieses grässliche Fast Food, das sie ihren Passagieren zumuten, als Essen bezeichnen können, werde ich nie verstehen.«

Die beiden Mädchen gingen in den Speisesaal des Hotels, der genau so verschwenderisch ausgestattet war wie die Halle. Als Mel dem Oberkellner im weißen Jackett ihre Zimmernummer nannte, wurden sie zu einem Tisch für vier Personen geführt.

»Offenbar kriegen wir Gesellschaft«, bemerkte Mel. »Hoffentlich keine verknöcherten alten Amerikanerinnen mit kläffenden kleinen Hunden. Wie ich gehört habe, sind solche Typen auf Long Island reichlich vertreten. O Gott, in den nächsten paar Wochen werden sie einen Schock erleiden.« Sie nahm eine warmes Brötchen aus einem Korb, brach es entzwei und schob einen Bissen in den Mund. Dann hob sie den Kopf und beobachtete, wie der Kellner zwei junge Männer heranführte. »Ah, unsere Tischgesellschaft«, murmelte sie.

Corey sah zwei englische Fußballer auf sich zukommen, die sie sofort erkannte – der größere war der Torhüter Tony Day, sein Gefährte der junge Mittelfeldspieler Jamie Partridge.

»Dürfen wir uns zu Ihnen setzen?« fragte Tony.

»Natürlich«, erwiderte Mel. »Hi, Jamie, wie geht's? Letzten Monat haben wir uns getroffen, als der Spieler des Jahres gewählt wurde«, erklärte sie Corey. »Danach brauchte ich anderthalb Tage, um meinen Kater zu überwinden, und auf dem Heimweg verlor ich Ihre Telefonnummer, Jamie.« Lächelnd zwinkerte sie dem jungen Mann zu.

»Und ich dachte schon, Sie würden sich zieren«, erwiderte er mit breitem Liverpoolakzent.

»Das ist Corey Palmer. Sie arbeitet für den *Daily Clarion.*«

»Wirklich?« Tony hob die Brauen. »Wie lange sind Sie schon bei der Sportredaktion?«

»Oh, ich schreibe nicht für den Sportteil«, entgegnete Corey, während der Kellner ihr eine Hummer-Bisque servierte. »Ich wurde beauftragt, ein WM-Tagebuch zu verfassen und die Ereignisse hinter den Kulissen zu schildern.«

»Aha, die kleinen Skandale.« Tony grinste.

»Davon können wir Ihnen genug liefern.« Seit fast drei Jahren war er die Nummer eins im englischen Tor, und man behauptete, er hätte die unüberwindlichsten Hände von ganz Europa. Wie es dem sprichwörtlichen Witz der Fußballer entsprach, wurde er in aller Welt ›Doris‹ genannt. Bald erwärmte sich Corey für den netten Jungen aus Lancaster. Sie bemerkte, dass er seine berühmten Hände dauernd benutzte, um zu gestikulieren und seine Worte zu unterstreichen. Oder er fuhr mit seinen langen, kräftigen Fingern durch das kurz geschnittene rabenschwarze Haar. Tony und der rothaarige Jamie, der so ansteckend lachen konnte, spielten für Liverpool. Und jeder besaß das fast telepathische Talent, genau zu wissen, was der andere sagen würde – wahrscheinlich, weil sie dauernd zusammensteckten, auf dem Spielfeld und außerhalb. Wie sich herausstellte, konnten sie tatsächlich viele Skandalgeschichten über andere Profis erzählen. »Erinnerst du dich an den Italiener, der vor ein paar Saisons für uns gespielt hat, Jamie?« fragte Tony. »Eines Tages beklagte er sich bei einem Revolverblatt, das Publikum würde ihm seine vermeintlichen Schwalben verübeln, und deshalb sei er schrecklich deprimiert. Beim nächsten Spiel saßen fünfhundert Fans unserer Gegner hinter dem Tor, mit Schwalbenflügeln kostümiert.«

»Wie grausam!« meinte Corey lachend.

»So ist's nun mal im Fußball«, erklärte Jamie. »Man darf keine Schwäche zeigen. Sonst wird man gnadenlos attackiert.«

»Ja, man darf nur daheim hinter verschlossenen Türen heulen«, ergänzte Tony. »So wie der arme alte Alex da drüben, nachdem wir in Barcelona gegen Norwegen verloren haben.«

Corey folgte seinem Blick und sah zwei Tische weiter eine vertraute Gestalt sitzen. Jetzt trug der gutgebaute Fußballer ein Fred-Perry-Hemd und eine dunkle Hose. Aber das Profil war unverkennbar. Alex Wild – der Mann, den sie im Pool beobachtet hatte, wandte sich jetzt in ihre Richtung. Sekundenlang schienen seine hellblauen Augen ihren Blick zu erwidern. Hastig schaute sie weg. Heiße Röte stieg in ihre Wangen. »Gibt's irgendwelche Skandalgeschichten über ihn?«

»Meinen Sie Alex?« fragte Tony. »Nein, der ist ein

braver Junge. Über den werden Sie kein einziges böses Wort hören. Wenn er mit Dean Burdon zusammen ist, ziehen sie einander dauernd auf. Aber das meinen sie nicht ernst.«

»Klar, Dean versucht jeden zu foppen«, warf Jamie ein. »Meistens mit seinem Spiel. Aber das werden Sie bald selber herausfinden, Corey. Noch ein Schluck Wein, Mel?«

»Da habe ich nichts dagegen.« Mel zwinkerte ihm wieder zu, und Corey merkte, wie kokett ihre neue Freundin war. Doch das störte sie nicht im Mindesten. Wenn ihr irgendjemand helfen konnte, den Ärger über Stuart zu vergessen und sich während der WM zu amüsieren, dann war es Mel Matheson.

Nach dem Dinner schlug Mel einen Besuch in der Bar vor. Die beiden Mädchen fanden einen ruhigen Ecktisch. Von hier aus konnten sie die anderen Gäste unauffällig beobachten. Mel bestellte zwei Gin Tonics. »So lässt sich's leben«, seufzte sie. »Jedenfalls ist's angenehmer als Mitte Januar in der eiskalten White Hart Lane hinter der Auslinie zu stehen und dem Tormann von Tottenham ein Interview abzuluchsen, nachdem er gerade fünf Treffer kassiert hat.«

Der Kellner stellte zwei hohe Gläser auf den Tisch, und Corey kostete ihren Gin Tonic. Lächelnd genoss sie den parfümierten Geschmack.

»In Amerika wird sehr großzügig eingeschenkt«, meinte Mel und gab dem Kellner zwei Dollar Trinkgeld.

Corey schaute sich in der Bar um. In einer anderen Ecke pokerten vier oder fünf englische Spieler und diskutierten erbost über eine umstrittene Schiedsrichterentscheidung. Alex Wild war nicht dabei.

»Suchst du jemanden?« fragte Mel.

»Nein«, log Corey, »ich halte nur die Augen offen,

falls was passiert, das eine gute Story hergibt. Immerhin muss ich täglich eine Kolumne schreiben.«

»Hör mal, wenn du's heute schon erledigt hast, solltest du dich entspannen«, erwiderte Mel und nippte an ihrem Gin Tonic. »Du musst doch nicht vierundzwanzig Stunden am Tag arbeiten, Corey.«

»Hallo, Mädchen!« Sie hoben die Köpfe und schauten in Laura-Jane Gordons lächelndes Gesicht. »Hoffentlich wollt ihr die Nacht nicht durchfeiern. Vergesst nicht die Pressekonferenz morgen früh vor dem Training.«

»Die werden wir sicher nicht verschlafen.« Mel zwang sich zu einem höflichen Lächeln. »Ist Danny nicht da?«

»Er kommt gleich. Vorhin wurde er in der Halle von Autogrammjägern aufgehalten, und die will er nicht enttäuschen.«

»Natürlich nicht«, bemerkte Mel sarkastisch. »Fällt Ihnen die Ehe mit einer Ikone nicht langsam auf die Nerven?«

»Oh, man kann ihn wohl kaum als Ikone bezeichnen.« Irritiert schaute sich Laura-Jane um und entdeckte den dunkelhaarigen Danny, der soeben die Bar durchquerte. »Bis später, Mädchen!« Sie eilte ihm entgegen, ergriff seinen Arm und führte ihn zur Theke.

Verwundert registrierte Corey, wie aufmerksam Mel das Ehepaar beobachtete, das auf Barhockern Platz nahm. Danny bestellte Drinks – einen Orangensaft für sich selbst, ein Glas Weißwein für seine Frau. Wenig später stieß sie ihr Glas gegen seines. Kichernd unterhielt sie sich mit ihm, schnippte Fusseln von seinem Kragen und streichelte sein Ohr.

»Ich hasse es, wenn sie sich so aufführt«, murmelte Mel.

»Wie denn?«

»Wenn sie mit Danny flirtet und ihn küsst und sein

Bein berührt. Mit all diesen Gesten verkündet sie: Er gehört mir! Übrigens, die beiden wohnen im Zimmer neben unserem. Vielleicht solltest du dir Ohropax kaufen.« Mel leerte ihr Glas. »Also wirklich, es ist so unfair, dass sie schon jetzt bei ihm schläft! Die Ehefrauen und Freundinnen der anderen Spieler dürfen erst nach dem Turnier rüberfliegen. Noch ein Drink?«

Erstaunt stellte Corey fest, dass ihr Glas leer war. »Nun ja – eigentlich sollte ich nicht, aber ...«

»Nur keine Hemmungen!« Mel winkte dem Kellner und bestellte zwei weitere Gin Tonics.

»Warum hasst du Laura-Jane?« fragte Corey, als wieder ein gefülltes Glas vor ihr stand.

»Nein, ich *hasse* sie nicht – das wäre zu krass ausgedrückt. Ich verachte sie – so wie alle Frauen, die nur was darstellen, weil sie einen berühmten Mann geheiratet haben. Klar, man könnte sagen, ich hätte meinen tollen Job nie gekriegt, wenn ich keine erfolgreiche Sportlerin gewesen wäre. Aber wenigstens verdanke ich diese TV-Karriere meiner eigenen Leistung.« Nach einer kurzen Pause fügte Mel hinzu: »Offen gestanden, Corey, ich bewundere Frauen wie dich, die wirklich qualifiziert sind. Manchmal habe ich das Gefühl, ich würde nur eine Reporterin spielen, und man wird mich bald durchschauen.«

Lachend schüttelte Corey den Kopf. »Ich weiß nur ein bisschen was über die WM und die Teams, weil mir der Chef unserer Sportredaktion ein paar Notizen gegeben hat.«

»Ja, aber du bist klug. Ich habe gesehen, wie aufmerksam du Tony und Jamie zugehört und alles in deinem Kopf gespeichert hast, um es später zu verwerten. Also kriegst du sicher keine Probleme.« Mel nahm einen Schluck Gin Tonic. »Wer gefällt dir am besten?«

»Angeblich haben die Franzosen eine gute Chance ...«

»Nein, ich meine, mit wem würdest du gern schlafen?« Corey blinzelte verwirrt, und Mel fuhr fort: »Irgendwie müsste man für gleiche Voraussetzungen sorgen. Sonst ist Danny Gordon der einzige Spieler, der in den nächsten Wochen sein normales Sexualleben genießen darf. Und das finde ich unfair.«

»Schlägst du etwa vor, wir sollen's mit allen anderen Spielern treiben?« Corey traute ihren Ohren nicht.

»Nicht mit allen. Nur mit einigen. Nicht einmal ich könnte ein ganzes Team verkraften.« Mel grinste. »Komm schon, Corey, wenn du dir einen von unseren Jungs aussuchen könntest – wer würde dich am meisten reizen? Ein netter Spielgefährte wie Jamie Partridge? Tony Day, ein Mann von Welt. Oder Dean Burdon? Den kennst du noch nicht, was? Sehr süß, wenn man blonde Männer mag.«

Corey dachte an das Dinner, bei dem sie in Alex Wild ihren faszinierenden Schwimmer erkannt hatte. Bei dieser Erinnerung wurde sie rot. »Wenn du's unbedingt wissen musst – Alex Wild.«

»Ja, ein toller Junge. Falls du diese Schenkel streicheln willst, brauchst du einen ganzen Tag. Aber ich interessiere mich für jemanden, der ein bisschen erfahrener ist.«

Beinahe hätte Corey den kurzen Blick übersehen, den Mel zur Theke hinüberwarf. »Doch nicht Danny Gordon?« fragte sie ungläubig. »Aber er ist mit Laura-Jane hier.«

»Darin liegt ja die Herausforderung.« Entschlossen knallte Mel ihr Glas auf die Tischplatte. »Dauernd gibt Laura-Jane mit seiner ehelichen Treue an. Wahrscheinlich kann er gar nicht fremdgehen, weil sie ihn keine Sekunde lang aus den Augen lässt. Wie eine Klette klebt sie an ihm. Und ich würde ihr gern beweisen, dass sie sich irrt.«

»Also soll ich Alex verführen, und du willst mit Danny schlafen?«

»Genau. Aber falls jemand anderer interessiert ist, werde ich ihn nicht von der Bettkante stoßen.«

»Ich weiß nicht recht … Daheim wartet mein Freund.« Andererseits musste sich Corey eingestehen, dass es in ihrer Beziehung kriselte. Womöglich würde sie sich sogar von Stuart trennen, wenn sie nach London zurückkehrte.

»Na und? Fast alle Spieler sind verheiratet oder haben Freundinnen.« Nachdenklich starrte Mel vor sich hin. »Lee Huxley hat sich von seiner Frau getrennt. Seit dem Beginn der Saison spielt er für Juventus, und sie ist wieder nach London übersiedelt, weil's ihr in Turin nicht gefällt. Und Dean Burdon wird mit dieser Geordie Schluss machen, die am Samstag die TV-Kindershow moderiert.« Sie machte eine kleine Pause. »Soviel ich weiß, ist Alex ein Single.«

Fast schmerzhaft hämmerte Coreys Herz gegen die Rippen. Aber sie schwieg.

»Stell dir einfach vor, es wäre nur eine Urlaubsromanze, Corey. So was passiert viel öfter, als du glaubst.«

»Ja, das hat mein Freund Stuart auch gesagt. Er glaubt, alle Fußballer würden herumhuren, und die Frauen könnten ihnen nicht widerstehen. Deshalb wollte er mich daran hindern, diesen Job anzunehmen – weil er fürchtet, die Versuchung wäre zu groß.«

»Was für ein Trottel!« stöhnte Mel verächtlich. »Wenn er keine bessere Meinung von dir hat, verdient er's, dass du dich mit einem anderen einlässt.«

Eine Zeit lang schwieg Corey. Diese Worte musste sie erst einmal verdauen. Inzwischen waren die lauten Stimmen der englischen Spieler verstummt. Offenbar waren sie bereits ins Bett gegangen, um die Order ihres

Trainers zu befolgen. Nur Danny und Laura-Jane saßen noch an der Theke. Sein Glas war leer, und er schien zu warten, bis seine Frau ihren Wein ausgetrunken hatte. »Hast du so was schon gemacht, Mel?«

»Meinst du, ob ich mit meinen Interviewpartnern geschlafen habe? Damit fing mein Liebesleben erst an – als ich meine Sportkarriere aufgegeben hatte und Reporterin wurde. Athleten kümmern sich nicht um Sex. Zumindest haben sich die Jungs und Mädchen, mit denen ich zusammenkam, nicht dafür interessiert. Die wollten nur perfekte Leistungen bringen und ihre Energien nicht im Bett verschwenden. Klar, man sieht genau, was diese kräftigen Burschen in der Hose haben. Aber da lassen sie niemanden ran. Allerdings – es gab eine Ausnahme. Kennst du Lincoln James, den Sprinter?«

Corey nickte. Bei der letzten Weltmeisterschaft hatte der hoch gewachsene schwarze Amerikaner über Hundert- und Zweihundertmeter Gold gewonnen.

»Als ich bei Metro TV anfing, gehörte er zu den ersten Sportlern, die ich interviewte. Wir berichteten gerade über die Weltmeisterschaft in Stockholm, und wir saßen in diesem winzigen Raum, wo man nach den Wettkämpfen mit den Sportlern reden konnte. Da ging's zu wie auf einem Förderband – ein Läufer ging raus, und der nächste kam rein. Lincoln war immer noch ganz high, nachdem er sein zweites Gold gewonnen und den Weltrekord um eine Zehntelsekunde übertroffen hatte. Als er hereinschlenderte, trug er nach wie vor seinen hautengen Lycraanzug, seine Haut glänzte vor Schweiß, und er roch nach – Sex. Glaub mir, dass war purer Sex. Er setzte sich neben mich auf diesen kleinen harten Stuhl, war charmant und freundlich und beantwortete alle meine Fragen, ohne zu zögern. Was die anderen Interviewer nicht sehen konnten – sobald wir unser Gespräch begannen, legte er seine Hand auf meinen Schenkel, und während sie langsam nach oben wanderte, bewegten sich seine Finger in winzigen Kreisen.«

»Hast du ihm nicht gesagt, er soll aufhören?«

»Das konnte ich nicht, ohne die anderen darauf aufmerksam zu machen.« Obwohl niemand in Hörweite saß, senkte Mel ihre Stimme. »Außerdem gefiel's mir viel zu gut. Ich trug einen winzigen Minirock – und keine Strumpfhose, weil's so heiß war. Was unter dem Schreibtisch passierte, konnte niemand sehen. Ehe ich wusste, wie mir geschah, schob Lincoln seine Finger in mein Höschen. Inzwischen war ich ziemlich nass, und er begann meine Klitoris zu streicheln, ganz sanft. Das machte mich fast wahnsinnig. Einerseits konzentrierte ich mich krampfhaft auf die Fragen, die ich ihm stellte, anderseits wollte ich ihn anschreien, er sollte endlich zwei Finger in mich reinstecken und reiben, was das Zeug hielt. Phil, der Kameramann, hatte gemerkt, was los war. So verrückt's auch klingt – der Gedanke, dass er beobachtete, wie Lincoln mit meiner Muschi spielte, erregte mich noch mehr. Weiß Gott, was die anderen Reporter gedacht haben mussten! Meine harten, spitzen Brustwarzen bohrten sich fast durch mein dünnes Top, mein Gesicht war hochrot, und ich schwitzte. Wahrscheinlich glaubten sie, die Klimaanlage im Studio würde nicht funktionieren. Am Ende des Interviews stand ich kurz vor dem Orgasmus, und ich hätte mich liebend gern von Lincoln auf den Boden werfen und bumsen lassen. Ich riss das kleine Mikrofon aus meinem Rockbund und legte es auf den Tisch. Natürlich durfte nicht alle Welt hören, was wir treiben würden. Dann packte ich Lincolns Hand und zerrte ihn aus dem Studio. Zum Glück lag diese kleine Wellblechhütte außerhalb des allgemeinen Blickfelds. Er drückte mich an die Wand, hob meinen Rock und zog mir das feuchte Höschen aus. Unter seinen Shorts zeichnete sich sein Schwanz ab. Weil sie so eng saßen, sah ich deutlich, dass er beschnitten war. Er schlüpfte aus der Hose und befingerte seinen Penis, während er meine Muschi anstarrte. Um ihm meine Titten zu zeigen, streifte ich mein Top nach oben. Er beugte sich runter, nahm eine Brustwarze in den Mund und biss begierig hinein. Da hielt ich's nicht länger aus. Ich ergriff seinen Schwanz und führte ihn zur Öffnung meiner Möse. Obwohl er sehr stark gebaut war, gab's keine Probleme, denn ich war klatschnass. Als er in mich eindrang, rieb ich an meiner Klitoris. Keuchend presste er mich an die Hüttenwand. Auf seiner ebenholzschwarzen Haut perlte der Schweiß. Kurz bevor ich kam, stöhnte er und stieß ein letztes Mal kräftig zu und erreichte ebenfalls seinen Höhepunkt. Seltsamerweise sagten wir danach kein Wort. Er löste sich von mir, wir zogen uns an und gingen getrennte Wege. Eigentlich hätte ich mich benutzt oder verletzt fühlen müssen. Aber ich empfand nichts dergleichen. Was geschehen war, hatte ich mir genauso gewünscht wie er. Und ich hatte es in vollen Zügen genossen. Ich erkannte, dass ich mit jedem x-beliebigen Mann bumsen konnte, ohne mich persönlich zu engagieren oder mein moralisches Gewissen zu belasten. Das kriegst du auch hin, Corey. Amüsier dich mit Alex, und nach dem Turnier kehrst du zu deinem Freund zurück. Wenn er dich wirklich an der kurzen Leine hält, solltest du diese Chance nicht verpassen.« Mel schaute auf ihre Uhr. »Wie's dir geht, weiß ich nicht. Jedenfalls bin ich jetzt reif fürs Bett. Morgen gehen wir zu dieser Pressekonferenz.«

»Ja, und ich muss auch beim Training zuschauen.« Corey folgte Mel aus der Bar, und sie fuhren im Lift nach oben.

Schon nach wenigen Minuten begann Mel leise zu schnarchen. Aber Corey fand trotz der späten Stunde und der Flugreise keinen Schlaf. Viel zu lebhaft erinnerte sie sich an Mels Begegnung mit Lincoln James. Wie aus eigenem Antrieb glitt ihre Hand über ihre Brüste und streichelte die Knospen, bis sie sich erhärteten. Ihre Finger wanderten zur Muschi hinab. Behutsam liebkoste sie das feuchte Fleisch und stellte sich ein Szenario vor, das den Orgasmus beschleunigen würde. Sie malte sich aus, sie würde von einem dunkelhaarigen Mann, der sie heiß begehrte, an eine kalte Metallwand gepresst, so wie Mel. Sein Gesicht blieb unsichtbar im Schatten. Doch das spielte in ihrer Fantasie keine Rolle. Nur *was* er tat, erregte sie – nicht, *wer* es tat.

Als er ihr bedeutete, den Saum ihres engen Kleids zu heben, gehorchte sie und zeigte ihm, dass sie kein Höschen trug. Das genügte ihm nicht, und er zerrte das Kleid noch höher hinauf. Ungeduldig entblößte er ihre Brüste, die ihm zu gefallen schienen. Während sie gehorsam ihren Rock hochhielt, erforschte seine Hand die weichen Falten ihrer Weiblichkeit, suchte und fand die geschwollene Perle ihrer Klitoris, die Pforte der Vagina. Erst schob er einen Finger hinein, dann zwei, um sie zu dehnen und auf seinen Schwanz vorzubereiten. Dabei berührte sein Daumen jene andere verbotene Öffnung und strich über jungfräuliches Fleisch.

Sobald er glaubte, sie wäre soweit, zog er seine Finger zurück und leckte genüsslich den warmen Saft ab. Er umschlang Coreys Taille, hob sie hoch und postierte ihre Muschi über seinem harten Penis. Sekundenlang schien sie in einer seltsamen Schwebe zu verharren, bevor er blitzschnell in sie eindrang, so tief wie möglich, und zufrieden stöhnte. Er war sehr stark und agil. Mühelos hielt er sein Gleichgewicht, als sie die Beine um seine Hüften schlang und sich in einem schaukelnden

Rhythmus bewegte, der beide schon wenig später zum gemeinsamen Höhepunkt führte.

Coreys Vaginalmuskeln umschlossen den imaginären Penis und entlockten ihm einen explosionsartigen Orgasmus. Gleichzeitig benutzte sie ihre eigene Hand, um süße Erfüllung zu finden. Sie rang zitternd nach Atem, schob ihre Finger in den Mund und kostete ihren eigenen salzigen Geschmack. Sexuelles Glück ohne Komplikationen und persönliches Engagement. So wie es ihre neue Freundin praktizierte.

Erst im Halbschlaf erkannte sie das Gesicht des Mannes, den ihre erotische Fantasie heraufbeschworen hatte. Alex Wild.

3

Hart arbeiten, hart spielen – so scheint das Motto des englischen Teams zu lauten. Bei der inoffiziellen Pressekonferenz an diesem Morgen betonte der Nationaltrainer Brian Bradford, seine Männer würden auch außerhalb des Spielfelds ihr Leben genießen. »Wir wissen, dass wir hier einen Job erledigen müssen, und die Jungs haben ihre Anweisungen, aber sie sind keine Mönche.« Das bewiesen einige Fußballer, als sie nach einem langen, anstrengenden Training zur Long Island-Küste fuhren, um sich im Sonnenschein zu entspannen und ihr Vergnügen zu suchen …

Corey saß im Schatten eines Baums und beobachtete, wie sich zweiundzwanzig Spieler die Seele aus dem Leib rannten. Da Harry Craven einen Bericht über ihre Eindrücke vom ersten Training verlangt hatte, versuchte sie sich auf die Sechs gegen Sechs-Matches zu konzentrieren, die auf dem Rasen stattfanden, und die Atmosphäre zu ergründen. Sie dachte an die Pressekonferenz.

Etwa vierzig englische Reporter und ein paar amerikanische, französische und dänische Kollegen hatten sich in dem kleinen Raum gedrängt und dem englischen Teamchef begierig gelauscht. Er sagte nicht viel und erklärte nur, seine Spieler seien hier, um zu gewinnen, aber er würde ihnen keinen reglementierten Lebensstil aufzwingen. Stattdessen sollten sie ihren Aufenthalt in den Staaten genießen und sich später an die wirklich wichtigen Dinge erinnern. Dann überließ er Danny Gordon das Wort, der sein übliches diplomatisches Geschick zeigte und versicherte, es sei ihm eine

Ehre, als Mannschaftskapitän zu fungieren, und alle Spieler würden sich auf das erste Match gegen Frankreich freuen. Corey glaubte zu sehen, wie ein Reporter von einem rivalisierenden Londoner Boulevardblatt etwas über Agincourt in sein Notizbuch kritzelte. Aber sie ignorierte ihn und überlegte, wie viel von Dannys kleiner Rede ihre Freundin Mel im Bericht für Metro TV verwenden würde.

Nach der Pressekonferenz folgten Corey und Pete Graveney dem Team zum Trainingsplatz, ungefähr eine Meile weiter unten an der Straße. Pete würde potentielle Taktiken und Spielzüge analysieren, Corey einfach nur zuschauen. Pflichtbewusst beobachtete sie die Aufwärmübungen der Spieler, die verkrampfte Muskeln dehnten und lockerten, bevor sie einander paarweise Pässe zuschlugen. Dabei wurde viel gelacht und gescherzt – hauptsächlich für die eifrig knipsenden Fotografen, wie Corey vermutete. Am nächsten Morgen würden der *Clarion* und die meisten anderen Zeitungen zweifellos Bilder von Jamie Partridge und Lee Huxley veröffentlichen, die grinsend umeinander herumtänzelten.

Schließlich entschied Brian Bradford, nun müsste die ernsthafte Arbeit beginnen, und teilte die Mannschaft in Sechsergruppen ein, wobei er selbst und sein Assistent Dave Rushmere zwei Teams ergänzten. Brian agierte in einem roten Team, spielte gegen ein schwarzes, dem Alex Wild angehörte, und war gar nicht glücklich mit den Leistungen auf seiner Seite.

Lächelnd sah Corey, wie sich Alex Wild von seinem Bewacher Dean Burden löste und den Ball ins Netz donnerte. Es war verlockend, das Augenmerk auf Alex' muskulöse Schenkel und breite Schultern zu lenken. Aber sie zwang sich zu notieren, was der Trainer seinem erfolglosen Verteidiger ins Gesicht schrie.

Während der späten siebziger Jahre hatte Brian Bradford zum ersten Mal in der englischen Nationalmannschaft gespielt. Nach seinem Rückzug aus dem Fußballerleben hatte er Sheffield Wednesday trainiert, in die erste Liga geführt, und schließlich war er zum Teamchef ernannt worden. Corey hörte, wie er die Spieler mit seinem harten nordenglischen Akzent ermutigte und dirigierte. In einem T-Shirt und Shorts wirkte der über vierzigjährige Mann kaum älter als bei seinem letzten Auftritt im Nationalteam. Die Zeit war freundlich mit ihm umgegangen, und die Last der Verantwortung hatte keine Spuren in seinem Gesicht hinterlassen.

»Um Himmels willen, Deano, behalt den Ball im Auge!« rief er. »Du sollst den Mann decken – und nicht zu einem Tisch im Restaurant eskortieren!«

»Okay, Trainer«, murmelte der glücklose Dean und strich sein schweißnasses Haar aus den Augen. Alex rannte wieder auf ihn zu, in verächtlicher Lässigkeit, und umspielte den Verteidiger, der seinen Angriff erneut falsch timte und der Länge nach hinfiel. Unhaltbar flog der Ball über die ausgestreckten Hände des Torwarts hinweg und landete im Netz.

Brian schaute auf seine Uhr. »Für heute habt ihr euch genug gequält. Geht unter die Dusche – wenn ihr den Ball ein paar Mal da drüben gegen die Querlatte geschlagen habt«, fügte er hinzu und zeigte zum Tor am anderen Ende des Platzes, das bei diesem Training nicht benutzt worden war.

Gehorsam absolvierten die Spieler den letzten Drill des Tages. Alex, Danny und ein paar andere trafen die Latte schon beim ersten Versuch und joggten zur Umkleidekabine. Aber die meisten waren nicht so erfolgreich – oder glücklich. Schließlich blieben nur Doris und Dean übrig. Der sichtlich ermattete Keeper nahm einen langen Anlauf und lupfte den Ball hoch genug, sodass er gegen die Querlatte prallte. »Dein Pech, Deano!« schrie er und warf irgendetwas in Deans Richtung. Soweit Corey das feststellen konnte, war es ein schmutziges T-Shirt, mit verschiedenen Slogans in Rot und Schwarz beschriftet.

»Was soll das?« fragte sie, als der Torwart zu ihr schlenderte.

»Eine alte Tradition. Wer die dümmsten Sprüche klopft, muss beim nächsten Training dieses Hemd tragen. Und Dean hat auch noch sein Sechserteam blamiert.«

Hinter ihnen erklang ein dumpfer Krach, gefolgt von einem Triumphschrei. Sie drehten sich um und sahen Dean mit rudernden Armen zum Tor laufen und den Ball holen. »Endlich!« jubelte er und rannte zu Corey und Tony. »Wir sehen uns unter der Dusche – alle drei!«

»Nur in Ihren Träumen!« rief Corey seinem entschwindenden Rücken nach. Dann wandte sie sich zu Tony. »Irre ich mich, oder wird er das T-Shirt während des ganzen Turniers tragen?«

Lachend zwinkerte er ihr zu und folgte Dean in die Kabine.

Beim Lunch schilderte Corey ihrer neuen Freundin die Highlights des Trainings, und Mel wollte vor allem über Dannys Leistung informiert werden. Als sie erfuhr, die Spieler hätten an diesem Nachmittag frei, strahlte sie vor Freude und plante einen Trip zur Küste. Am Empfang postiert, lauerte sie den Jungs auf, die aus dem Speisesaal kamen. »Wer begleitet mich zum Strand?« fragte sie und ließ den Schlüssel des Jeeps mit Vierradantrieb klirren, den sie für die Dauer ihres Aufenthalts gemietet hatte. »Corey?«

»Na klar. Dann weiß ich wenigstens, was ich schreiben soll.«

Dean hob die Brauen. »Denken Sie immer nur an Ihren Job?«

»Nein«, erwiderte Corey, »aber ich kann nicht nur über Trainingseinheiten und Matches berichten. Deshalb bin ich nicht hier. Und außerdem wär's langweilig.«

»Natürlich – so wie Dean spielt ...«, warf Jamie Partridge ein. »Diese Einladung nehme ich sehr gern an, Mel. Obwohl wir erst vor ein paar Tagen angekommen sind, lauf ich in diesem Hotel schon die Wände hoch.«

»Mir geht's genauso«, fügte Dean Burden hinzu. »Und du, Alex? Kommst du mit? Lässt du endlich mal fünf grade sein?« Lachend zerzauste er Alex' dunkle Locken. »Ist er nicht zauberhaft, Mädchen? Diese fantastische Haarpracht! Alex Wild, die wandelnde Shampoo-Reklame. Braucht Ihre Zeitung keine Models, Corey?«

»Hör auf mit dem Unsinn«, erwiderte Alex, ohne die Hänselei übel zu nehmen.

»In Wirklichkeit gefällt's ihm«, behauptete Dean. »Wenn wir nicht über seine Haare reden würden, wäre er stinksauer.«

»Also fahren Sie mit, Alex?« fragte Mel, und Corey wartete atemlos auf die Antwort. Schließlich nickte er.

»Okay. Hoffentlich schläft Dean am Strand nicht ein. Sonst erwacht er, bis zum Hals im Sand vergraben. Mal sehen, wer dann lacht.«

Die Fahrt zum West Neck Point dauerte fünfzehn Minuten. In der Nähe des Hotels gab es Strände, die man zu Fuß erreichen konnte. Aber die Empfangsdame hatte erklärt, die seien um diese Zeit überfüllt. Wenn die beiden englischen Reporterinnen und die Fußballer eine kurze Fahrt nicht scheuen würden, könnten sie sich an einem abgeschiedenen Strand fern vom Touristenrummel erholen.

Zwischen Dean und Jamie eingeklemmt, saß Corey auf dem Rücksitz des Jeeps. Alex okkupierte den Beifahrersitz, unter dem Vorwand, er brauche Platz für seine langen Beine. Von Mel beauftragt, coole Musik zu suchen, inspizierte er die Kassetten im Handschuhfach. Schließlich entschied er sich für ein Band, auf dessen Label in Mels Handschrift ›Summer Driving‹ stand. In sinnlichem Rhythmus tönten die ersten Takte einer Kula-Shaker-Aufnahme aus den Lautsprechern.

Neben Corey vertiefte sich Jamie in sein kleines Computerspiel. Sie beobachtete, wie seine Finger über die Tasten glitten. Auf dem Bildschirm wirbelte eine winzige weibliche Figur umher und trat einem orientalischen Palastwächter gegen das Schienbein. »O Gott!« murmelte sie. »Nicht ›Midnight Raiders‹! Kann ich diesem verdammten Zeug nicht einmal hier entrinnen?«

Fluchend sah Jamie das kleine Mädchen zusammenbrechen, und der Wachtposten schwenkte triumphierend sein Schwert. SPIEL VORBEI, flackerte auf dem Bildschirm. »Das würden Sie auch nicht hinkriegen.«

»Doch, dieses blöde Spiel kenne ich in- und auswendig. Der Mann, der es entworfen hat …«

»… ist ihr Freund«, ergänzte Mel.

Corey öffnete den Mund, aber Mel schüttelte den Kopf.

»Toll!« Jamies Miene erhellte sich. »Da müssen Sie ja wissen, ob da irgendwelche Tricks eingebaut sind. Können Sie mir erklären, wie man das verdammte Schießeisen hinter dem Kraftfeld hervorzaubert?«

Mel parkte den Jeep vor einem schmalen gepflasterten Weg, der zum Strand hinabführte. In der Nähe standen ein paar andere Autos, deren polierter Lack die gleißende Sonne widerspiegelte. Aber Corey sah kaum eine Menschenseele auf dem langen weißen Strand. Sogar aus der Ferne betrachtet, wirkte das Meer kühl und einladend. Sicher war es eine gute Idee, den Nachmittag hier zu verbringen.

Während sie hinter Dean aus dem Jeep kletterte, holten Mel und Alex Decken und Handtücher aus dem Kofferraum, zwei Sonnenschirme, im Hotel ausgeliehen, und ein Frisbee mit der Aufschrift FCC USA '98, das Dean irgendwo aufgetrieben hatte.

»Das ist besser als der Blackpool-Strand«, meinte Jamie begeistert.

»Worin liegt der Unterschied?« fragte Alex. »Dort gibt's mehrere Esel und hier mindestens einen«, fügte er mit einem vernichtenden Blick in Deans Richtung hinzu. Aber der lief bereits zum Strand hinab. Das blonde Haar flatterte hinter ihm her.

»Laufen wir um die Wette! Zum Meer hinunter!« rief Mel, und Corey beobachtete ihre Freundin, die sich mit der natürlichen Anmut einer Athletin bewegte, von Jamie und Alex gejagt. Sie folgte ihnen etwas langsamer, und als sie den Strand erreichte, steckte Alex bereits die Sonnenschirme in den Sand. Corey bemerkte die interessierten, neidischen Blicke, die ein paar Strandwanderer den attraktiven, kräftig gebauten jungen Fußballern zuwarfen. Plötzlich gewann sie den Eindruck, sie wäre in einen magischen Zirkel aufgenommen worden.

Als Mel und Corey die Decken ausbreiteten, begannen die jungen Männer das Frisbee in die Luft zu werfen, und hetzten einander über den Sand. Abwechselnd versuchten sie die Scheibe zu fangen – mit Feuereifer, aber vergeblich. Corey fragte sich, woher sie nach dem anstrengenden Training die Kraft für dieses Spiel nahmen. Dann griff sie nach dem Taschenbuch, das sie mitgebracht hatte, eine umfangreiche Biografie der Schauspielerin Tallulah Bankheap, die sie normalerweise fasziniert verschlingen würde. Aber jetzt konnte sie sich nicht auf die Lektüre konzentrieren. Das Gelächter und die Possen der Fußballer lenkten sie ab. Immer wieder blickte sie verstohlen von ihrem Buch auf und betrachtete Alex' grinsendes Profil, seinen wohlgeformten, fast nackten Körper.

»Höchste Zeit, die Bräune zu vertiefen«, meinte Mel und schlüpfte aus ihrem Big Shirt. Darunter trug sie einen jadegrünen Bikini, der nur aus glänzenden Lycra-Dreiecken bestand, von Schnüren zusammengehalten. Nicht so sehr auf Sonnenbräune erpicht, hatte Corey ein größeres hellblaues Höschen und ein Bustier gewählt, das ihre Kurven flach drückte. Nun war das Frisbee-Spiel vergessen. Mit großen Augen beobachteten die Kicker, wie Mel aus dem T-Shirt schlüpfte. Scheinbar nahm sie die anerkennenden Blicke gar nicht wahr. Sie nahm eine Sonnencreme mit hohem Lichtschutzfaktor aus ihrer Segeltuchtasche. Sorgfältig rieb sie ihre Arme und Beine ein. Dann drückte sie die Flasche in Coreys Hand. »Würdest du meinen Rücken eincremen?« bat sie und legte sich auf den Bauch.

Corey quetschte einen Klecks von der Creme, die nach Wassermelonen duftete, in ihre Hand und verteilte ihn auf der goldbraunen Haut ihrer Freundin. Damit sie auch die Schultern einreiben konnte, hob Mel ihr kastanienrotes Haar im Nacken hoch.

»So, das war's«, sagte Corey.

»Wunderbar, vielen Dank.« Langsam drehte Mel sich um und erhob sich auf die Knie. »Und jetzt die Brust.«

Diesen Wunsch fand Corey etwas merkwürdig, denn Mel konnte sich an dieser Stelle zweifellos selber eincremen. Aber als die Freundin ihren Oberkörper herausfordernd vorschob, erkannte Corey gewisse Hintergedanken. Die beiden Mädchen genossen die ungeteilte Aufmerksamkeit aller drei Engländer, und Jamie konnte seinen Blick nicht von Coreys Händen losreißen, die sanft über Mels Brüste glitten. Nun lag er auf dem Bauch – um seine Erektion zu verbergen, vermutete Corey. Mühelos malte sie sich aus, wie sich die kleine Szene in seiner Fantasie weiterentwickeln würde: Mel forderte Corey auf, den knappen Bikini-BH zu entfernen und die Sonnencreme auf den dunklen Brustwarzen zu verreiben, bis sie sich aufrichteten. Vielleicht würde sie dann den Bustier von Coreys Busen streifen und an den kleinen, rosigen Knospen saugen …

Entschlossen verdrängte Corey den erotischen Tagtraum. »Ich will ein bisschen im Meer plantschen.«

»Was? Ach ja … Stört's dich, wenn ich hier bleibe?« Mel streckte sich auf ihrem Badetuch aus und legte ihre Arme und Beine zurecht, sodass sie möglichst viel Sonne abbekamen.

»Nein, natürlich nicht.« Corey stand auf und schlenderte zum Wasserrand, der etwa fünfzig Meter entfernt lag. Unter ihren Füßen fühlte sich der Sand glühend heiß an, und sie war froh, weil der breitrandige Strohhut ihr Gesicht vor der sengenden Junisonne schützte. Vorsichtig tauchte sie eine Zehe ins klare, angenehm warme Wasser und watete hinein, bis die Wellen ihre Knie umspülten. Dabei erinnerte sie sich an ihre Kindheit, an die Ferien mit ihren Eltern an der Dorset-Küste, wo sie stundenlang im Meer geplantscht und Muscheln gesammelt hatte. Sie wandte sich zum Strand. Halb und halb erwartete sie, ihre Mutter in einem gestreiften Liegestuhl zu erblicken. Stattdessen sah sie, dass Jamie Partridge ihren Platz auf dem bunten Badetuch eingenommen hatte. Ein kastanienroter und ein hellroter Kopf neigten sich zueinander. Plauderten die beiden? Oder wollte Mel den jungen Mittelfeldspieler küssen?

Corey kehrte ihnen wieder den Rücken zu und beschattete ihre Augen mit einer Hand, um das Meer zu betrachten. Offenbar war Mel fest entschlossen, die Fußballer zu verführen. Wie weit würde sie an einem öffentlichen Strand gehen? Und wozu würde ich mich selber hinreißen lassen, überlegte Corey. Würde sie sich in einem winzigen Bikini präsentieren und einen Mann ermutigen, ihren Körper zu küssen und zu streicheln? Insbesondere, wenn dieser Mann Alex Wild hieß …

»Falls Sie nach Hause schwimmen wollen – der Weg ist ziemlich weit.«

Sie drehte sich um und sah Alex im knöcheltiefen Wasser stehen. Glücklicherweise konnte er ihre Gedanken nicht lesen. Sie zwang sich zu einem Lächeln. »Oh, das habe ich nicht vor. Ganz im Gegenteil. An einem so schönen Tag, in netter Gesellschaft, möchte ich nirgendwo anders sein. Schon gar nicht, wenn ich für dieses Vergnügen bezahlt werde.«

»Also finden Sie uns nett?« fragte Alex und nahm seine Sonnenbrille ab. Seine Augen schimmerten so blau und unergründlich wie das Meer am Horizont. »Normalerweise werden wir von der Presse anders beurteilt.«

»Was meinen Sie?«

»Glauben Sie, ich würde Sie und Ihresgleichen nicht kennen? Jetzt lächeln Sie mich freundlich an. Aber wenn Sie abends in Ihrem Hotelzimmer sitzen, werden Sie einen Artikel über uns schreiben und behaupten, wir würden uns am Strand sonnen, keinen Gedanken an das erste Match verschwenden und unseren Teamgeist aus einer Flasche an der Bar beziehen.«

»Ja, und ich werde auch erwähnen, Sie müssten stattdessen von morgens bis abends Elfmeterschießen trainieren«, entgegnete sie, erbost über sein ungerechtes Vorurteil. Sie sah ihn zusammenzucken. Offenbar hatte sie einen wunden Punkt getroffen. »Hören Sie, Alex, wenn Sie ein Problem mit meiner Anwesenheit haben, sagen Sie's doch. Die anderen scheine ich nicht zu stören.«

»Tut mir Leid. Das alles verstehen Sie nicht.« Er machte auf dem Absatz kehrt und ging zum Strand zurück. Vor lauter Verzweiflung weinte sie beinahe. So hatte sie dieses Gespräch nicht geplant. Sie hatte erwartet, sie würden ein bisschen flirten und sich näher kennen lernen. Dann würde er sie bei der Hand nehmen, ins tiefere Wasser führen, zärtlich küssen und ihren schlanken Körper streicheln – ein süßes Vorspiel, ehe die Verführung begann. Doch die Hoffnung, sie könnten Freunde werden, war schmerzlich enttäuscht worden. Obwohl sie sich kaum kannten, schien er eine Feindin in ihr zu sehen.

Mühsam bezwang sie den Impuls, ihm nachzulaufen und zu erklären, was sie von ihm hielt. Das wäre unprofessionell. Außerdem würde sie sich vor seinen Teamkameraden blamieren. Und sie durfte sich bei den Spielern nicht unbeliebt machen, wenn sie ihre geheimen Wünsche, Ängste und Träume ergründen wollte. Bedrückt biss sie in ihre Lippen und wanderte langsam zurück zu Mel.

Sie hatte erwartet, ihre Freundin würde in Jamies Armen liegen. Aber er war nirgends zu sehen.

»Willst du mir danken, weil ich ihn zu dir geschickt habe?« fragte Mel.

»Was?« fauchte Corey. »Du hast Alex ... Verdammt, welches Spiel treibst du mit mir?«

»Schon gut, beruhige dich! Ich sagte nur, du würdest so aussehen, als könntest du ein bisschen Gesellschaft brauchen.«

»Ohne diese Gesellschaft war ich besser dran.« Seufzend sank Corey auf ihr Badetuch. »Ich wollte mich ganz friedlich mit ihm unterhalten. Und er riss mir fast den Kopf ab. Stell dir vor, er behauptete sogar, ich würde in meiner Kolumne lauter Lügen über das Team schreiben. Keine Ahnung, was in seinem Hirn vorgeht! Okay, er hat mir mal ganz gut gefallen. Aber inzwischen habe ich meine Meinung geändert.«

»Tut mir Leid.« Besänftigend strich Mel über Coreys Arm. »Aber du brauchst ihn gar nicht. In diesem Meer schwimmen viele Fische.«

»Stimmt. Du verstehst dich sehr gut mit Jamie Partridge, nicht wahr?« Allmählich verflog Coreys Zorn. »Wo steckt er denn?«

»Er holt ein paar Drinks von der Strandbar … Ah, da ist er.«

»Habt ihr über mich geredet?« fragte Jamie. »Ich glaube, meine Ohren brennen.«

»Keine Bange, wir haben nur nette Dinge gesagt«, versicherte Mel und musterte ihn durch ihre Sonnenbrille. Bewundernd glitt ihr Blick über seinen Körper und blieb zwischen den Schenkeln hängen. »Stellen Sie das Tablett hin, Jamie, ich gieße die Drinks ein.«

Auf dem Tablett standen fünf Gläser und zwei große Krüge, die offenbar verschiedene Cocktails enthielten. Einer war dunkelbraun und voller Eiswürfel, der andere rot, mit Obstscheiben.

»Eistee!« verkündete Jamie und reichte Mel den Krug mit dem braunen Cocktail. »Oder würden Sie Safer Sex am Strand vorziehen?«

»Ein interessantes Angebot«, meinte Mel grinsend. »Aber zuerst wollen wir was trinken.«

»Diese Bemerkung werde ich mit der Verachtung strafen, die sie verdient. Es gibt auch Fruchtsaft mit Grenadine. Treffen Sie Ihre Wahl.«

Corey und Mel entschieden sich für den Fruchtsaft, Dean und Jamie für Eistee. »Und Alex?« fragte Mel und wandte sich zu dem Stürmer, der auf seinem Badetuch lag, die Augen geschlossen.

»Haben wir irgendwas mit Schierlingsaft?« fragte Corey und begegnete Jamies verwirrtem Blick. Die anderen starrten sie abwartend an, und sie fragte sich, ob Mel ihr Faible für Alex erwähnt hatte. »Okay, ich frage ihn.« Sie stand auf, ging zu Alex und beugte sich hinab. »Möchten Sie was trinken? Jamie hat uns zwei Cocktails gebracht.«

»Ja, ich weiß«, murmelte er, ohne die Augen zu öffnen. »Ich will nichts. Eigentlich versuche ich zu schlafen.«

»Wie Sie wünschen«, entgegnete Corey, kehrte zu den anderen zurück und nahm von Mel ein gefülltes Glas entgegen.

»Setzen Sie sich zu mir.« Einladend klopfte Dean auf seine Decke. »Dieser elende Idiot hat keine Lust, mit Ihnen zu reden. Im Gegensatz zu mir.«

Seufzend ließ sie sich an seiner Seite nieder. Bisher hatte sie Dean kaum beachtet, weil sie nur an Alex gedacht hatte. Aber jetzt schaute sie ihn genauer an. »Wie schon der Name Burden sagt, ist er eine echte Bürde«, hatte Pete Graveney bei seinem kurzen Vortrag über das Team verächtlich erklärt. Aber Corey vermutete, diese Abneigung würde mit seiner Vorliebe für Arsenal zusammenhängen, und Dean spielte für Tottenham, dem Erzrivalen der Gunners. Nach der landläufigen Meinung war Dean eher ein hartgesottener Kämpfer als ein filigraner Techniker, und seine Aktionen auf dem Rasen boten nur selten einen ästhetischen Anblick. Außerhalb des Spielfelds wirkte er umso attraktiver – dichtes, schulterlanges honigblondes Haar umrahmte ein rundes Gesicht mit leuchtenden blauen Augen und sinnlichen Lippen. Nun wandte sich dieses Gesicht aufmerksam zu Corey, die sich auf der weichen Decke ausstreckte und unter der Hutkrempe zum wolkenlosen Himmel hinaufschaute.

»Wo liegt sein Problem?« fragte sie.

»Keine Ahnung.« Dean nippte an seinem Drink. »Obwohl wir seit fast einem Jahr zusammen in der Nationalmannschaft spielen, kenne ich ihn kaum. Mit den meisten anderen Jungs vertrage ich mich großartig. Aber nicht mit Alex. Verstehen Sie mich nicht falsch. Ich habe nichts gegen ihn. Aber wir kommen einfach nicht miteinander zurecht.«

»Für mich hat er auch nichts übrig.«

»Dann ist er ein Volltrottel.« Dean beugte sich herab und schaute sie eindringlich an. »Vergessen Sie Alex. Amüsieren Sie sich lieber mit unsereins.«

Hinter ihrem Kopf hörte sie ein leises Kichern, drehte sich ein wenig zur Seite und sah Mel und Jamie in inniger Umarmung. Hingebungsvoll küssten sie sich. Jamies Hand umfasste eine ihrer Brüste, sein Daumen streichelte die Knospe durch den glänzenden grünen Stoff des Bikinis hindurch. Hastig riss Corey ihren Blick von den beiden los und schaute zu Alex hinüber. Ohne die Ereignisse in seiner Umgebung wahrzunehmen, lag er auf seiner Decke. Sein Oberkörper hob und senkte sich im Rhythmus leiser Schnarchlaute.

Als würde sie auf ein Stichwort reagieren, zog sie Deans Kopf zu sich herab. Eine weitere Ermunterung brauchte er nicht. Er presste seinen Mund auf ihren, und sie schlang ihre Finger in sein Haar. Bald entdeckte sie subtile Unterschiede zwischen Stuart und Dean – den fremdartigen Geschmack seiner Lippen, den schwachen Zitronenduft der Seife, die er nach dem Training benutzt hatte. Coreys Gewissen meldete sich. Dann verdrängte sie entschlossen alle Gedanken an Stuart, und ihr Körper beantwortete Deans Liebkosungen.

Während er zarte Küsse auf ihren Hals hauchte, wanderten seine Hände über ihre Schultern. Scheinbar zufällig streiften seine Finger eine Brust. Von Coreys halb ersticktem Seufzen ermutigt, begann er den kleinen Hügel zu streicheln, und die Spitze erhärtete sich.

»Am Anfang warst du nicht so beeindruckt von mir, was?« flüsterte er in ihr Ohr.

»Wenn's so war«, erwiderte sie, als er in ihre Brustwarze kniff, »besinne ich mich jetzt anders.«

»Freut mich.« Er zog ihr Bustier hoch, und ihre kleinen runden Brüste zeigten sich im Sonnenschein, mit geschwollenen rosa Knospen, die nach Zärtlichkeiten verlangten. Nun richtete er sich auf, kniete über ihr und saugte abwechselnd an ihren Brüsten. Auf ihrem Schenkel, durch seine Badehose hindurch, spürte sie die Hitze seiner Erektion. Unfähig, ein Stöhnen zu unterdrücken, fürchtete sie, Alex zu wecken und seine Aufmerksamkeit auf Deans Liebesspiel zu lenken. Wie konnte er überhaupt schlafen, bei dem Lärm, den Mel machte? Corey sah den Bikini-BH ihrer Freundin im Sand liegen. Während Mel rittlings auf Jamies Schoß saß, knetete er ihre vollen Brüste.

Was wird geschehen, wenn jemand merkt, was hier passiert, und sich beschwert, überlegte Corey. Behutsam glitten Deans Zähne über eine ihrer Brustwarzen. Sie versuchte sich einzureden, die beiden Sonnenschirme würden sie alle gegen neugierige Blicke abschirmen und die anderen Badegäste wären mindestens zweihundert Meter entfernt. Sicher würde die Polizei zwei Paare, die sich an einem öffentlichen Ort ihrer sexuellen Lust hingaben, nicht besonders freundlich behandeln. Und wie sollte sie Harry Craven erklären, dass sie die Zeit, in der die WM stattfand, hinter Gittern verbringen würde?

Deans Finger, den er in ihr Höschen steckte, lenkte

sie von diesen unangenehmen Gedanken ab. Sobald er ihre Muschi berührte, würde er spüren, wie feucht sie war, wie erwartungsvoll sich die Schamlippen öffneten. Sie spreizte ein wenig die Beine und nahm an, er würde sie etwas gründlicher erforschen. Stattdessen entfernte er seine Hand. »Zieh endlich dieses Ding aus, Corey«, drängte er, »ich will dich nackt sehen.«

Von dieser unverblümten Erklärung erregt, gehorchte sie. Dean schob ihre Beine auseinander und betrachtete die zarten Fältchen ihrer Weiblichkeit. Neben ihr keuchte Mel, die sich auf Jamies Schoß umherwand. Offensichtlich war sein Schwanz tief in sie eingedrungen.

Dean befreite sich von seinen Shorts. Aus einem Nest rotblonder Haare ragte ein kräftiges Glied. Dann streckte er sich an Coreys Seite aus, sodass sein Kopf neben ihren Schenkeln lag und seine Erektion nur wenige Zentimeter von ihrem Gesicht entfernt war. Er hauchte einen Kuss auf die Pforte ihrer Vagina. Seufzend umfasste sie seinen pulsierenden Penis. Während er in ihrer Spalte zu lecken begann, schob sie seine Vorhaut zurück und entblößte die rötliche Eichel. An Deans Körper geschmiegt, nahm sie die Spitze seines Glieds zwischen die Lippen. Ihre Zunge umkreiste die winzige feuchte Öffnung.

Lautlos leckten sie aneinander. Ihre Aktivitäten wurden von einem heiseren Ruf der ekstatischen Mel untermalt, die Jamie um einen Orgasmus anflehte. Fast gemächlich bewegte sich Deans Zunge in Coreys Muschi und steigerte ihre Erregung in köstlich langsamer Weise.

Als seine Zungenspitze um den Eingang ihrer anderen Öffnung rotierte, erschauerte sie in angstvollem Entzücken. Kein einziges Mal war Stuart auf den Gedanken gekommen, dort zu lecken. Um Dean ohne

Worte anzufeuern, presste sie seinen Kopf zwischen ihre Schenkel. Gleichzeitig streichelte sie seine Hoden und spürte, wie sich die samtigen Kugeln zusammenzogen.

Schreiend verkündete Mel, nun würde sie kommen. Aber ihre Stimme schien aus weiter Ferne heranzudringen. Corey ging restlos in dem Vergnügen auf, das sie mit Dean teilte. Immer näher rückte der Gipfel ihrer Lust und drohte ihren Körper zu zerreißen. Nun konzentrierte sich Deans Zunge auf ihre Klitoris, die er mit flinkem Schmetterlingsflattern stimulierte. Sein Schwanz füllte ihren Mund voll und ganz aus. Begierig saugte sie daran, während sie einander zum Höhepunkt trieben.

Coreys Finger folgten der schmalen Spur, die von seinen Testikeln zum runzligen Anus führte. Da überwältigte ihn sein Orgasmus. Stöhnend ließ er den salzigen Samen zwischen ihre Lippen fließen. Ihr Mund löste sich von seinem Penis, und die bittere Flüssigkeit rann über ihr Kinn. Für ein paar Sekunden unterbrach seine Zunge ihre Liebkosungen. Dann kam er wieder zur Besinnung und leckte sie noch eifriger. Sie merkte, dass sie von Mel und Jamie beobachtet wurden. Doch das störte sie nicht. Nur eins interessierte sie – Deans orale Zärtlichkeiten, die er noch eine Weile fortsetzen musste. Sie kniff in ihre Brustwarzen, ihr Kopf sank auf die Decke. Mittlerweile hatte Dean seinen Zeigefinger in ihre Vagina gesteckt, schob ihn blitzschnell vor und zurück, und dieser zusätzliche Reiz bewirkte einen fantastischen Höhepunkt. Berauschende warme Wellen durchströmten ihren ganzen Körper.

Während sie in der Sonne lagen, von erotischen Genüssen erschöpft, neigte sich Mel zu ihr und flüsterte: »Hab ich's nicht gesagt? Erzähl mir bloß nicht, es hätte dir keinen Spaß gemacht!«

Nur schade, dass es nicht Alex war, dachte Corey. Aber dieses Bedauern verdrängte sie sofort, denn sie wollte Dean gegenüber nicht unfair sein.

Mel griff nach ihrem T-Shirt und erklärte, nun müssten sie Alex wecken, wenn sie rechtzeitig zum Dinner ins Hotel zurückkehren wollten.

Während Corey ihren Bikini anzog, beobachtete sie, wie Dean unsanft zwischen Alex' Rippen boxte. Dabei zog sie ein Resümee. Es war viel einfacher gewesen, Stuart zu betrügen, als sie erwartet hatte. Wie albern, auch nur einen Gedanken an Alex zu verschwenden, nicht wahr? Obwohl er sie immer noch reizte ... Nun, sicher würden sich andere Gelegenheiten ergeben; und sollte er wirklich kein Interesse zeigen, kannte sie zumindest *einen* Fußballer, der sie begehrte.

Immer noch ein wenig ermattet, erhob sie sich mit Deans Hilfe. Auf dem Weg zum Jeep umklammerte sie demonstrativ seine Hand. Falls Alex ihr Verhalten missbilligte, behielt er's glücklicherweise für sich.

4

Zunächst kickte das englische Team so zaghaft gegen Frankreich, als würde es mit einer Niederlage rechnen. Die Raffinessen der gallischen Zwillinge Jean-Marc und Pascal Le Brun hätten den Franzosen zum Sieg verhelfen müssen. Aber die Dinge entwickelten sich nicht so, wie es diese beide normalerweise coolen Typen erwarteten …

»Mel, ich muss dir was gestehen.«

»So?« Mel wandte sich zu ihrer Freundin, die ziemlich mitgenommen aussah. Das Gesicht hochrot, rang Corey mühsam nach Atem. Aber vielleicht hing das mit den zwanzig Minuten zusammen, die sie soeben auf der Tretmühle verbracht hatte. Im obersten Stockwerk des Sheridan Heights Hotels lag ein hochmoderner Fitnessraum, der Mel seit ihrer Ankunft brennend interessierte. Schließlich hatte sie eine widerstrebende Corey zum Krafttraining überredet.

Corey stieg von dem Gerät, ging zum Kühlschrank neben der massiven hölzernen Doppeltür und füllte einen Becher mit Wasser. Dann setzte sie sich auf die Polsterbank zu Mel, die gerade ihre Oberarmmuskeln mit Hanteln trainierte. »Letzte Nacht hatte ich einen unheimlichen Traum.«

»Oh …« Mel schwang die Gewichte vor und zurück, nach oben und unten. Für die Träume anderer Leute hatte sie sich noch nie interessiert.

Bevor Corey fortfuhr, schaute sie sich um. Außer Lee Huxley, der eifrig auf einem Hometrainer radelte, war niemand zu sehen. Mel bezweifelte, dass er aus dieser Entfernung zuhören konnte. Trotzdem senkte

Corey ihre Stimme. »In diesem Traum ging's um Dean.«

»Und?«

»Ich stand am Rand des Trainingsplatzes und beobachtete Dean, der den Ball um ein paar Fahnenstangen herumdribbeln und dann an Doris vorbei ins Tor schießen sollte. Das schaffte er nicht. Er stolperte über die Fahnenstangen oder verfehlte das Tor um mehrere Meter. Einmal trat er gegen einen imaginären Ball. Schließlich beendete Brian die Übung, und alle Spieler wollten Dean dieses alberne T-Shirt geben. Aber Danny sagte: ›Offensichtlich ist's Dean, der Corey bumsen wird.‹«

Jetzt vergaß Mel die Hanteln. »Hat er's getan?«

»O ja.« Versonnen starrte Corey vor sich hin. »Er riss mir das Kleid vom Leib, warf mich ins Gras und zog seine Shorts runter. Dann schob er seinen riesigen Schwanz in mich rein und bewegte sich mit aller Kraft. Es war erstaunlich – ich kam und kam wie nie zuvor. Als er seinen Höhepunkt erreichte, erwachte ich.«

»Und wo liegt das Problem?«

»Ich fühle mich schuldig – weil wir's neulich am Strand getrieben haben.«

»Wieso? Es hat dir doch gefallen, nicht wahr?« Lebhaft erinnerte sich Mel, wie lustvoll die Freundin in ihre Brustwarzen gekniffen hatte, Deans blonden Kopf zwischen den Oberschenkeln.

Sie hatte sich sehr beherrschen müssen, um Coreys Hände nicht wegzuschieben und selber mit den Brüsten des Mädchens zu spielen. Aber sie vermutete, in gewisser Hinsicht wäre die junge Reporterin noch unschuldig, und sie hatte ihr keinen Schock versetzen wollen. Vielleicht boten sich andere Chancen, und die würde sie nutzen.

»Ja, das weißt du sehr gut. Aber ich musste an Stuart denken – und dass er immer noch auf meinen versprochenen Anruf wartet. Du hast tief und fest geschlafen. Also griff ich zum Telefon. Wegen des Zeitunterschieds war's in London erst kurz vor Mitternacht, und ich wusste, er würde an seinem Computerspiel arbeiten ...«

»Hast du ihm etwa von Dean erzählt?«

»Nein, er war gar nicht da.«

»Ich hoffe, du wirst ihm nichts verraten.«

»Natürlich nicht. Ich weiß ohnehin nicht, was ich gesagt hätte. Wahrscheinlich wollte ich nur seine Stimme hören.«

Mel verdrehte die Augen. »Diesen Unsinn ertrage ich nicht, Corey Palmer. Untersteh dich, deinen blöden Freund zu vermissen, nur weil du ihn ein paar Tage nicht gesehen hast. Bald wirst du dir einreden, der Sex mit Dean sei nur ein einmaliger Ausrutscher gewesen.«

»Und was wäre falsch dran?« Coreys Wangen färbten sich rosig.

»Nun, es würde dich von deiner Jagd nach Alex Wild abbringen – die du immer noch planst, nicht wahr? Und für Dean Burden wäre es eine lehrreiche Abwechslung, wenn ein Mädchen *ihm* den Laufpass geben würde, statt umgekehrt.«

»Ist er wirklich so schlimm?«

»Normalerweise wechselt er seine Freundinnen schneller als seine Hemden, und dir wird's auch nicht gelingen, ihn etwas länger zu faszinieren.« Mel verschwieg, dass sie ihrer verträumten, romantischen Freundin ein gebrochenes Herz ersparen wollte. Zweifellos würde der Tottenham-Verteidiger die Liaison in spätestens vier Wochen beenden. Sie schaute zu Lee hinüber, der gerade vom Hometrainer stieg. »Oh, ich glaube, wir kriegen Gesellschaft.

»Alles okay, Mädchen?« fragte er und setzte sich zu ihnen.

»Uns geht's großartig, danke.« Mel musterte ihn

prüfend – das schweißnasse graue T-Shirt, die Bartstoppeln am Kinn. Mit seinen eins achtundsechzig war der braunhaarige Lee gute acht Zentimeter kleiner als Mel, aber sie fühlte sich zu seinem Vogelgesicht, seinen funkelnden Augen und dem schurkischen Grinsen hingezogen. Bei passender Gelegenheit würde sie ihn auf die Liste ihrer Eroberungen setzen. In seiner Ehe musste irgendetwas schief gelaufen sein, denn seine Frau hatte ihn in Turin allein gelassen und war zu ihrer Familie zurückgekehrt.

»Hier oben gefällt's mir«, verkündete er. »Die meisten Kicker trainieren nur, wenn's unbedingt sein muss. Das sehe ich anders. Nachdem ich in Italien war, weiß ich, dass man was für seinen Körper tun sollte.«

»Jedenfalls sieht deiner sehr gepflegt aus«, bemerkte Mel und spürte Coreys Blick, der besagte: *O Gott, wie du dich an ihn ranmachst!*

Doch das kümmerte sie nicht. Ein Versuch würde sich vielleicht lohnen. Wenn Lee ihr Interesse ignorierte, war er die Mühe natürlich nicht wert.

Er zwinkerte ihr zu und stand auf. »Manchmal würde ich mir gern beim Training helfen lassen. Bis bald, ihr beiden.«

»Könnte er dich von deiner Jagd nach Danny Gordon ablenken?« fragte Corey.

»Davon bringt mich nicht einmal ein beschleunigter Schwerlaster ab.« Mel beobachtete, wie Lee aus dem Fitnessraum schlenderte. »Aber denk an unseren ursprünglichen Plan. Erinnerst du dich an das Kinderspiel, bei dem man lauter Päckchen weiterreicht? Am Ende will jeder den großen Preis haben, doch man sollte die kleinen Freuden nicht verachten, die sich in einigen Paketen verbergen.«

»In Lee Huxleys Fall mit der Betonung auf *klein*?«

»Wohl kaum, wenn gewisse Gerüchte den Tatsachen

entsprechen. Sicher glaubst du, ein Verteidiger müsste riesengroß sein. Was Lee betrifft, leistet er erstklassige Arbeit.« In Mels Augen erschien ein lasziver Glanz. »Angeblich gehört er auch noch zu den besten Elfmeterschützen.«

Ungeduldig spähte Mel in den Seitenspiegel und blinkte kurz, bevor sie auf die Überholspur bog. Mit diesem dichten Verkehr in Richtung Stadion hatte sie nicht gerechnet, und sie waren spät dran. »Ich möchte die Regeln unserer Aktivitäten ändern.«

»Was hast du jetzt schon wieder vor?« überschrie Corey den Garbage-Song, der aus der Stereoanlage des Jeeps dröhnte.

»Inzwischen wissen wir, dass sich die englischen Fußballstars amüsieren wollen. Warum werfen wir unsere Netze nicht etwas weiter aus? An diesem Turnier nehmen auch andere Teams teil.«

Diese Äußerung paßte nicht zu Mels Verhalten im Fitnessraum, wo sie offensichtlich geplant hatte, Lee Huxley zu umgarnen. »Gibt's dafür einen besonderen Grund?«

»Eigentlich zwei«, entgegnete Mel errötend. »Jean-Marc und Pascal Le Brun.« Allein schon der Klang ihrer Namen jagte einen lustvollen Schauer über ihren Rücken. Die Zwillinge waren weithin als besonders sexy bekannt – mit langen, zerzausten dunkelbraunen Haaren und graugrünen Augen unter schweren Lidern. Sogar auf dem Platz erweckten sie den Eindruck, sie wären eben erst aus dem Bett einer Frau getaumelt, um am Spiel teilzunehmen. »Man hat mir den schwierigen Auftrag erteilt, die beiden nach dem Match zu interviewen – getrennt. Soll ich dir einen überlassen? Es wäre so wie mit Dean und Jamie, aber da käme noch ein bisschen gallisches Flair dazu.«

»Geht nicht, ich muss Tiffany Duval interviewen. Harry Craven will wissen, warum ein nettes, normales Mädchen aus Manchester mit dem Kapitän des französischen Teams verheiratet ist.«

»Ja, eben noch war sie Kellnerin und hat die Gäste in diesem Highbury-Restaurant bedient, und gleich darauf bedient sie ihren Mann von hinten und vorn.«

»Diese Aversion gegen die Spielerfrauen musst du ablegen, Mel«, seufzte Corey.

»Ich versuch's ja. Aber sobald ich Laura-Jane Gordon sehe, kommt mir alles wieder hoch.« Mel schnitt eine Grimasse. »Ignorier mich einfach. Vor einer wichtigen Aufzeichnung bin ich immer nervös. Wenn ich mit den Brüdern Le Brun fertig bin, werde ich wieder ganz lieb und nett sein. Das verspreche ich dir.«

»Aber wie wird's den beiden dann gehen?«

Mels boshaftes Grinsen war eine aufschlussreiche Antwort.

Hinter einer Kurve sahen sie zum ersten Mal das Suffolk County-Stadion, und Corey hielt beim Anblick des glänzenden futuristischen Gebäudes unwillkürlich den Atem an. Schon tagsüber wirkte es sehr imposant. Nachts würde es einem außerirdischen Raumschiff gleichen, das sich langsam in den Himmel hob. Der Architekt hatte sich von der Ajax-Arena in Amsterdam inspirieren lassen. Aber während der holländische Club kurz nach der Fertigstellung des Stadions gezwungen worden war, Änderung am Spielfeld vorzunehmen, hatten die Amerikaner aus diesen Fehlern gelernt und solche Probleme vermieden. Eine Zeit lang war der Eindruck entstanden, dieses Stadion würde niemals errichtet werden. Im Staat New York war es sehr schwierig, eine Baugenehmigung zu erhalten. Erst nachdem die United States Soccer Federation erklärt hatte, ohne ein geeignetes Stadion würde man die Spiele der Ostgruppe nach New England verlegen, war das Projekt bewilligt worden. Jetzt gehörte das Suffolk County zu den vier Zentren der Gruppenspiele, zusammen mit Washington, D.C., Los Angeles und Houston, Texas. Außerdem hatte auf diesem Rasen die Eröffnungszeremonie des Turniers stattgefunden, gefolgt vom Match zwischen den USA und Dänemark, und das Stadion war auch für das Finale vorgesehen.

Mel parkte den Jeep auf einem der Plätze, die den Medien zustanden. »Weißt du schon, wie du danach ins Hotel zurückkommst?«

»Mach dir keine Sorgen, Pete Graveney nimmt mich mit«, erwiderte Corey, öffnete den Sicherheitsgurt und stieß die Beifahrertür auf.

»Gut, wir sehen uns später im Hotel. Hoffentlich hängen dann schon zwei französische Skalps an meinem Gürtel.«

Während Mel zum Metro TV-Studio eilte, nahm Corey die Eintrittskarte aus ihrer Schultertasche und suchte den Eingang, den sie zu benutzen hatte. Sie war froh, dass sie dieses Match nicht im lärmenden Presseraum verfolgen musste. Inmitten englischer Fans würde sie keine zynischen, sondern leidenschaftliche, spontane Kommentare zu den Ereignissen auf dem Spielfeld hören.

Am Eingang wurde sie von einer jungen Sicherheitsbeamtin abgetastet, die auch einen flüchtigen Blick in die Schultertasche warf. Von einem Artikel im *Clarions*-Archiv gewarnt, der übereifrige polizeiliche Maßnahmen bei englischen Matches schilderte, hatte Corey nichts mitgenommen, was man für ein potentielles Wurfgeschoss halten konnte. Die Beamtin schloss Coreys Tasche und bedeutete ihr weiterzugehen.

Am Treppenabsatz blieb sie stehen und schaute sich

um. Das Stadion fasste achtzigtausend Zuschauer. Da das Spiel in fünf Minuten angepfiffen werden sollte, waren die Reihen fast voll besetzt. Über den sorgsam gemähten Rasen zogen sich hell- und dunkelgrüne Streifen. Auf der anderen Seite sah Corey die französischen Fans, viele in den königsblauen Trikots ihrer Mannschaft. Die englischen Anhänger hatten Union Jacks und Flaggen mit dem Georgskreuz über die niedrige Betonmauer vor ihren Plätzen gehängt, und einige Banner zeigten ihre Clubs: Chelsea, Bolton, Tranmere Rovers, Rotherham United.

Corey fand ihren Platz und setzte sich. Bald wuchs die Spannung. Unter den Klängen der offiziellen WM-Hymne betraten beide Teams den Rasen. England wurde von Danny Gordon angeführt, der das Maskottchen seiner Mannschaft an der Hand hielt – einen etwa fünfjährigen blonden Jungen, der wie ein Engel aussah. Um der Tradition eines persönlichen Aberglaubens zu folgen, postierte sich Dean neben dem Keeper, während Craig Bidwell am Ende der Reihe stand. Wie Corey erfahren hatte, legte Craig großen Wert darauf, den rechten Fuß vorzuschieben, während Mitch Jones seinen Ehering genau fünf Minuten vor dem Anpfiff abnahm, und Doris trug sein T-Shirt verkehrt herum unter dem Torhütertrikot.

Jetzt ertönten die Nationalhymnen beider Teams, Hände wurden geschüttelt, und der Schiedsrichter setzte seine Pfeife an die Lippen. Das Match begann.

Zum letzten Mal war Corey mit achtzehn Jahren bei einem Fußballmatch gewesen. Ihr damaliger Freund, ein fanatischer Leyton-Orient-Anhänger, hatte sie zu einem Match mitgenommen, in der Hoffnung, sie würde seine Begeisterung teilen. Aber er war bitter enttäuscht worden. Jetzt erinnerte sie sich nicht einmal an den Gegner seines Clubs. Sie wusste nur, wie erbärmlich sie gefroren und dass sie beinahe geglaubt hatte, die Brisbane Road würde in derselben klimatischen Zone wie Sibirien liegen. In der Halbzeitpause hatte ein viel zu starker Tee weder die qualvolle Kälte noch die tödliche Langeweile verscheucht. Ihr Freund versuchte zu erklären, worum es bei diesem Spiel ging. Doch das gab er bald auf, angesichts ihrer Verwirrung, als er so einen Begriff wie ›Abseits‹ erwähnte. Danach hatte er sie nie wieder zu einem Match eingeladen.

Vor ihrem ersten WM-Spiel war sie überzeugt gewesen, sie würde die gleiche Verwirrung empfinden wie damals, trotz aller Lektionen, die Pete ihr erteilt hatte. Aber sie erlebte eine angenehme Überraschung. Sie kannte einige Spieler, und sie konnte die Aufregung der Fans nachempfinden, wann immer Alex Wild den Ball eroberte und das französische Tor ansteuerte. In der Verteidigung entdeckte sie Dean und Lee Huxley, im Mittelfeld Danny Gordon und Jamie. Laut Pete erwartete niemand von den Engländern, das Match zu gewinnen, und die Nervosität der Spieler äußerte sich in mangelndem Ballgefühl und ungenauen Pässen.

Links von Corey saßen zwei Burschen in englischen Trikots, die lautstark ihr Missfallen an der Leistung ihres Teams bekundeten. »Vorwärts, England!« brüllte der eine. »Macht sie nieder!«

Der Zorn seines Gefährten konzentrierte sich auf Sean Lester, der offensichtlich beauftragt war, den Ball den beiden Stürmern Alex Wild und Carl Collins zuzuspielen. Aber Sean kam nicht an Jean-Marc Le Brun vorbei, der ihn gnadenlos deckte. »Dorthin! Dorthin!« schrie der Mann neben Corey und gestikulierte lebhaft, um die Richtung anzuzeigen, in die Sean den Ball kicken sollte. »Um Himmels willen ...«

Er kann Sie nicht hören, wollte Corey schon sagen. Wahrscheinlich nahmen alle Spieler nur ein verschwommenes Stimmengewirr wahr, von gelegentlichen herzhaften Gesängen untermalt. Vor allem die Franzosen stimmten diese Lieder an, nachdem ihr Team das Spiel eindeutig diktierte. Nicht, dass der Ball bisher im englischen Netz gelandet wäre, dachte Corey. In diesem Augenblick rollte die Kugel über die französische Tor-Auslinie, und die Engländer erzielten ihre erste Ecke.

Auf dem Trainingsplatz hatte Corey beobachtet, wie die Mannschaft Ecken übte. Vermutlich würde Craig Bidwell diese Ecke treten und den Ball auf die Köpfe der größten englischen Stürmer zielen, Alex Wild und Mitch Jones. Theoretisch müsste einer der beiden das Leder ins Tor köpfen. Aber diesmal fiel es vor Pascal Le Bruns Füße, der blitzschnell zum fast verwaisten englischen Tor stürmte. Obwohl Mitch ihn verzweifelt attackierte, konnte er Le Brun nicht daran hindern, einen hilflosen Tony Day zu umspielen. In schmerzlich langsamem Tempo rollte der Ball ins leere Tor. 1:0 für Frankreich.

Pete hat Recht, dachte Corey. Dieses Match verlieren wir. Ohne das Publikumsinteresse, das ein englischer Sieg geweckt hätte, schwand ihre Hoffnung, mit der WM-Kolumne ihre Karriere zu fördern. Am Ende der Woche würde England nicht mehr am Wettbewerb teilnehmen. Corey würde in die Feature-Redaktion zurückkehren – und ihre stark gefährdete Beziehung zu Stuart fortsetzen. Vielleicht konnte sie Begeisterung für ›Beyond Midnight‹ heucheln und vergessen, dass sie jemals ihre Prinzipien missachtet und am Meeresstrand die Liebeskünste eines attraktiven blonden Burschen namens Dean Burdon genossen hatte.

Zwanzig Minuten später wurde sie von ihrer melancholischen Stimmung in die zweite Halbzeit begleitet. Frankreich dominierte das Spiel nach wie vor und nagelte den Gegner in dessen eigener Hälfte fest. Aber dann lief sich Carl Collins endlich frei und bugsierte den Ball in den französischen Strafraum. Sein Schuss, nicht besonders spektakulär, traf den Fuß des französischen Verteidigers Luc Dubois, der machtlos zuschaute, wie der Abpraller im Netz landete.

Natürlich war das ein Glückstreffer. Aber das interessierte die englischen Fans nicht. Ihr Team hatte den Ausgleich erzielt. Nur das zählte.

Energisch drängten die Franzosen nach vorn, um erneut in Führung zu gehen. Doch die Engländer hatten durch ihr Tor Auftrieb bekommen und konnten ihre Gegner rechtzeitig stören. Fünf Minuten vor dem Ende nahm Carl Collins einen Querpass von Sean Lester an und lobbte den Ball geschickt über den französischen Keeper. Schreiend sprang Corey auf und applaudierte, während Carl zu den englischen Fans hinter dem französischen Tor rannte, die Fäuste jubelnd erhoben.

Zu Coreys Entzücken änderte sich nichts mehr am Spielstand. Sie blieb noch eine Weile sitzen, sah die Menge zu den Ausgängen strömen und auf allen englischen Gesichtern ein breites Grinsen. Auch sie lächelte, aber sie wäre viel glücklicher gewesen, hätte Alex Wild ein Tor erzielt. Dafür hat er noch genug Zeit, sagte sie sich. Wie hatte sie jemals glauben können, England würde nach der Vorrunde ausscheiden?

Sie schaute auf ihre Uhr. Nun musste sie sich sputen, um ihre Verabredung mit Tiffany Duval einzuhalten.

Als sie das Café im Pressezentrum betrat, wo sie die Ehefrau des französischen Kapitäns treffen würde, überlegte sie flüchtig, was genau Mel mit den Brüdern Le Brun eigentlich vorhatte.

Bevor Mel an die Reihe kam, gaben die Le Bruns mehreren französischen Journalisten, der ESPN-Crew und den Vertretern der BBC Interviews. Das paßte ihr sehr gut in den Kram, denn sie würde sich nicht beeilen müssen, um dem nächsten Reporter Platz zu machen. Sie hatte Brian Bradford bereits gefragt, was er von der Leistung seines Teams halte, und sie würde nicht lange brauchen, um seinen Kommentar, die Aussagen der Le Bruns und ein paar Sekunden von der Pressekonferenz in die Highlights des Matchs einzublenden. Vor der abendlichen Sportsendung würde Metro TV den Bericht erhalten. Und wenn alles planmäßig verlief, würde sie auch noch ihren Spaß haben …

Die Tür des Interviewraums öffnete sich, und der BBC-Reporter kam heraus. Seufzend nickte er Mel zu: »Viel Glück! Das werden Sie brauchen, wenn Sie diesen Typen irgendwas entlocken wollen.«

Als sie mit ihrem Kameramann Geoff die Schwelle überquerte, bot sich ihr ein Anblick, der sie beinahe bewogen hätte, ihren Plan aufzugeben. Die Zwillinge sahen keineswegs wie temperamentvolle junge Männer aus, die sich amüsieren wollten. In sich zusammengesunken, lehnten sie an der grauen Metallwand, mürrisch und gelangweilt. Wenn Mel ihre düsteren Mienen auch sehr sexy fand – für das Interview verhießen sie nichts Gutes. Kein Wunder, dass der BBC-Reporter so frustriert war.

Während Geoff die Kamera aufstellte, nahm sie den Brüdern gegenüber an einem stählernen Schreibtisch Platz. Bei einem so wichtigen Interview musste ihre Reaktion auf die Antworten nicht gefilmt werden. Deshalb hatte sie sich keine besondere Mühe mit ihrer Frisur und ihrem Make-up gegeben. Trotzdem spürte sie Jean-Marcs interessierten Blick, während sie die Beine übereinander schlug, den engen schwarzen Lederrock etwas höher rutschen ließ und gebräunte Schenkel entblößte.

Es war leicht, die Zwillinge auseinander zu halten, wenn man wusste, dass sich eine Narbe über Jean-Marcs Stirn zog – die Folge eines Trainingsunfalls am Anfang seiner Karriere. Aber jetzt verbarg sich die Narbe hinter zerzausten dunklen Locken. Es irritierte Mel ein wenig, von zwei Männern angestarrt zu werden, die ihr fast identisch erschienen. Glichen sie sich auch in ihren sexuellen Neigungen?

Sie bedeutete Geoff, die Kamera zu starten, und stellte die erste Frage: »Wie beurteilen Sie die Leistung Ihres Teams?«

Lässig zuckte Pascal die Schultern. »Wir waren die bessere Mannschaft. Aber die Engländer hatten mehr Glück.«

Mel wandte sich zu seinem Bruder. »Heute sind Sie nicht besonders positiv aufgefallen, Jean-Marc.«

»So was passiert manchmal«, entgegnete er ebenso desinteressiert wie sein Bruder. *Dieses Interview führt zu nichts*, dachte Mel. *Wenn das so weitergeht, kann ich überhaupt nichts verwenden.*

»Halt mal die Kamera an, Geoff.« Sie beugte sich zu den Le Bruns vor und senkte die Stimme. »Hören Sie mal, ich weiß, wie Ihnen zumute ist. Nach dem Match haben Sie schon hundertmal die gleichen Fragen beantwortet, Sie langweilen sich halb zu Tode und wollen endlich in Ihr Hotel zurückkehren. Aber wenn Sie nur ein paar Minuten mitmachen, werde ich Sie später aufheitern.«

Nun erwachte Jean-Marcs Neugier. »Wie denn?«

»Das werden Sie sehen, wenn's soweit ist. Okay, Geoff, noch mal von vorn.«

Diesmal gaben die Le Bruns brauchbare Antworten, wenn sie auch nichts Originelles zu sagen wussten. Das überraschte Mel kein bisschen – das Match war nicht wunschgemäß verlaufen, und weder Pascal noch Jean-

Marc hatten die erwartete herausragende Rolle gespielt. Auch ihr war es damals immer schwer gefallen, nach einer Niederlage Interviews zu geben.

Schließlich begnügte sie sich mit den Informationen, die sie den beiden aus der Nase gezogen hatte, und beendete das Gespräch. Geoff öffnete die Tür und erwartete, Mel würde ihm folgen. Aber sie schüttelte den Kopf. »Bring den Film in den Schneideraum, ich komme bald nach.«

Er nickte, verließ den Raum, und Mel wandte sich zu den Zwillingen, die sie erwartungsvoll musterten. Lächelnd löste sie das Gummiband aus ihrem Haar und schüttelte die langen Locken. »Ich habe versprochen, euch aufzuheitern. Und ich halte immer mein Wort.« Langsam zog sie ihr blauweiß gestreiftes T-Shirt über den Kopf und legte es auf einen Klappstuhl aus Plastik. Beim Anblick ihrer Brüste, die den weißen Spitzen-BH zu sprengen drohten, rissen beide Le Bruns die Augen auf.

»Kommt schon, dafür verdiene ich zumindest ein Lächeln!« mahnte sie. »Oder wollt ihr noch mehr sehen?« Sie öffnete den Reißverschluss ihres Rocks, der auf dem T-Shirt landete.

Die Hände in ihre Hüften gestemmt, wartete sie ab, ob ihr einer der Brüder die Unterwäsche ausziehen würde. Als hätte Jean-Marc ihre Gedanken gelesen, ging er um den Tisch herum, blieb hinter ihr stehen und zog sie an sich. Er presste seine Hüften an ihren Hintern, der bis auf die dünne Schnur ihres String-Tangas nackt war. Durch seine weite, königsblaue Trainingshose spürte sie seine wachsende Erektion. »Melissa, du bist wirklich eine schöne Frau«, hauchte er und sprach ihren Namen wie ein Kosewort aus.

Eine Zeit lang beobachtete Pascal, wie sie ihr Hinterteil an den Hüften seines Bruders rieb. Jean-Marc öffnete ihren BH, streifte die Träger über ihre Schultern. Als der BH zu Boden fiel, schaute sie nach unten und wusste, dass Pascal ihrem Blick folgte. Diese dunklen Brustwarzen, die sich stolz aufrichteten und ihre Erregung bezeugten, konnte er gar nicht übersehen.

Offensichtlich gefiel ihm, was er anstarrte, denn er schlüpfte hastig aus seinem Trainingsanzug und gesellte sich zu seinem Bruder. Die schwarze Unterhose schmiegte sich an die Konturen seines halb erigierten Gliedes. Sobald Mel darüber strich, schwoll es an.

Jean-Marcs Lippen liebkosten ihren Hals, seine Hände umfassten ihr Brüste, hoben sie hoch und drückten sie zusammen. Währenddessen sank Pascal auf die Knie und küsste ihren Venusberg durch den Tanga hindurch. Als sie sich dem betörenden Gefühl hingab, seinen heißen Mund zu spüren, den nur der dünne Stoff von ihrer Muschi trennte, nutzte Jean-Marc die Gelegenheit und zog sich aus. Im Gegensatz zu seinem Bruder schritt er etwas kühner zur Tat, trat wieder hinter Mel, und sie fühlte seinen pochenden nackten Penis an ihrer Haut. Pascal schob den Tanga nach unten, um seine Lippen auf ihr entblößtes Schamhaar zu pressen. Seufzend spreizte sie die Beine und gewährte ihm Zugang zu ihrem intimen Fleisch.

Nun wanderte Jean-Marcs Mund über ihre Brüste. Behutsam streiften seine Zähne die empfindsamen Knospen. Sie streckte ihm die Hinterbacken entgegen, sein Schwanz glitt dazwischen, bis zu den Schamlippen, die sich langsam öffneten.

Während Pascal die sensitive kleine Perle ihrer Klitoris küsste, bewegte sich Jean-Marcs Penis in der warmen Furche zwischen ihren Beinen vor und zurück. Mels Erregung wuchs. Plötzlich erreichte sie einen Orgasmus. Vom erotischen Angriff der Zwillinge überwältigt, bebte ihr ganzer Körper, und ihre Knie wurden weich. Hätte Jean-Marc sie nicht festgehalten, wäre sie zusammengebrochen.

Die Brüder drängten sie gemeinsam, sich auf Hände und Knie niederzulassen, und Pascal blieb vor ihr, Jean-Marc hinter ihr.

Rasch schlüpfte Pascal aus seiner Unterhose. Sein harter Penis schnellte empor, die Spitze zeigte vibrierend zu seinem Nabel, so dicht vor Mels Gesicht, dass sie das maskuline Aroma seines Verlangens roch. Ihre Finger umschlossen das Glied bei der Wurzel. Dann schob sie die rubinrote Eichel zwischen ihre Lippen, und sie leckte ihn genauso eifrig wie sie vorhin von seiner Zunge gereizt worden war. Als Jean-Marc ebenfalls niederkniete und ihre Hinterbacken auseinander zog, malte sie sich aus, welchen Anblick ihre Muschi bieten musste – von kastanienrotem Kraushaar umrahmt, die fleischigen Lippen begierig geöffnet, um ihn aufzunehmen. Seine Finger tauchten in den feuchten Schlitz und strichen den klebrigen Nektar auf seinen Schwanz.

Während Mel mit Pascals zwiebelförmigen Hoden spielte, drang Jean-Marc langsam in sie ein. Endlich erkannte sie einen bedeutsamen Unterschied zwischen den Zwillingen – er besaß einen kürzeren, aber dickeren Penis als sein Bruder, und sie spürte stöhnend, wie ihre Vagina geweitet wurde.

Vorn und hinten war sie mit wunderbaren, harten Schwänzen vereint. Obwohl sie Corey aufgefordert hatte mitzukommen – jetzt fand sie diesen Genuss viel zu exquisit, um ihn mit ihrer Freundin zu teilen. Gleichzeitig stimulierten die Franzosen Mels erogenste Zonen. Pascal schlang seine Finger in ihr Haar und drängte sie, fester an ihm zu saugen. Jedes Mal, wenn Jean-Marc von hinten in ihre Vagina stieß, schob er sie näher zum Glied seines Bruders. Die Zwillinge schienen einen Rhythmus anzustreben, der alle drei möglichst schnell zum Orgasmus jagen würde, und Mel vermutete, dass die beiden nicht zum ersten Mal gemeinsam eine Frau beglückten.

Kurz bevor sie erneut kam, halb benommen von diesem intensiven Angriff auf alle ihre Sinne, zuckte Pascals Penis in ihrem Mund. Die geballte weiße Ladung rann in ihren Hals. Während sie die klebrige Flüssigkeit schluckte, beschleunigte Jean-Marc sein Tempo. Seine Hoden schlugen gegen ihre Hinterbacken, ganz tief drang er in sie ein. Da sie sich nicht mehr um Pascals Befriedigung kümmern musste, rieb sie an ihrer Klitoris, bis die berauschenden Wellen des Höhepunkts erneut ihren Körper durchströmten. Die Muskeln ihrer Vagina umklammerten Jean-Marcs Schwanz und zwangen ihn zum Orgasmus. Nach wenigen Sekunden war eines der interessantesten erotischen Abenteuer beendet, die sie jemals erlebt hatte.

Zum ersten Mal an diesem Nachmittag lächelte Jean-Marc. »Wenn du uns nach einer Niederlage so erfreust – was hättest du nach einem Sieg getan?«

»Hättet ihr gewonnen, wär's an euch gewesen, mich aufzumuntern«, antwortete Mel. »Und ich glaube, das hättet ihr geschafft.«

»Dann hoffen wir, dass England und Frankreich die nächste Runde erreichen.« Pascals Stimme klang jetzt viel lebhafter als beim Interview. »Wie gern würde ich dich aufheitern, Melissa!«

»Warten wir's ab«, erwiderte sie und fragte sich, was Corey zu dem Geständnis ihrer Freundin sagen würde, die aufregende Begegnung mit den Le Brun-Brüdern könnte wiederholt werden. Jedenfalls war's eine gute Idee gewesen, die erotischen Aktivitäten auf internationaler Ebene fortzusetzen. Eine meiner allerbesten Ideen, dachte Mel im Vollgefühl einer perfekten sexuellen Erfüllung.

Sie lächelte zufrieden und sammelte ihre verstreuten Kleidungsstücke ein. In drei Tagen würde England gegen Dänemark spielen und Corey eine Gelegenheit bieten, die fabelhafte Idee ihrer Freundin zu erproben. Natürlich durfte Mel nicht alle attraktiven ausländischen Kicker für sich selbst beanspruchen, so verlockend das auch wäre. Außerdem konnte sie sich immer noch auf die Jagd nach Danny Gordon freuen. Dieser Gedanke ließ sogar die Arbeit im Schneideraum, die nun auf dem Programm stand, in angenehmem Licht erscheinen. Hoffentlich würde sie den BBC-Reporter treffen. Dann wollte sie ihm erzählen, sie habe den Le Bruns trotz seiner düsteren Prophezeiungen einiges entlockt – allerdings nicht das, was er vielleicht vermuten würde.

5

In der Umkleidekabine herrschte dicke Luft nach Englands plötzlichem, völlig unverständlichem Entschluss, das Bollwerk der Verteidigung zu öffnen und Jens Lyngstrup, dem dänischen Ballkünstler, freie Bahn zu gewähren …

»Gefällt dir irgendein Däne?« Mel und Corey saßen am Pool des Hotels und genossen ein Getränk, das der Barkeeper ›Mocktail‹ nannte – eine Piña Colada mit Sahne und Kokosmilch, aber ohne Rum.

»Ja, Jens Lyngstrup«, erwiderte Corey und reichte ihrer Freundin eine Fotokopie aus ihrem Pressematerial, das Porträt des Mannes, der bei der dänischen Nationalmannschaft und Borussia Dortmund als Kapitän fungierte. Er hatte kurzes, widerspenstiges hellbraunes Haar, kühle graublaue Augen, hohe Wangenknochen, eine lange gerade Nase und ein schiefes Grinsen.

»Also wirklich, Corey«, stöhnte Mel in gespieltem Entsetzen, »die Männer, die dich reizen, sind viel zu bieder. Erst Alex Wild, jetzt dieser Typ. Warum suchst du dir nicht mal einen Jungen mit schmutzigen Fingernägeln? Der da sieht so sauber aus, dass du dein Frühstück von seinem Bauch essen könntest.«

»Was für ein verlockender Gedanke …« Corey lächelte lasziv und stellte sich vor, der gut gebaute, eins zweiundachtzig große Däne würde nackt vor ihr liegen, mit süßen Köstlichkeiten beschmiert. Vielleicht mit Honig – oder Ahornsirup. Den goss Tony Day jeden Morgen auf seine Pfannkuchen. »Du weißt, was ich meine«, unterbrach Mel den schönen Tagtraum. »Um Eindrücke für meinen Vorbericht über Englands Match gegen Dänemark zu sammeln, unterhielt ich mich mit Danny Gordon.«

»Als ob du dazu einen Vorwand brauchen würdest!«

Mel ignorierte diese Bemerkung. »Und er sagte, Jens Lyngstrup sei einer der artigsten Jungs bei dieser WM.«

»Großartig – und das aus dem Mund Mr. Sittsams!« Corey schlürfte den letzten Rest ihres Drinks durch den Strohhalm. »Aber darin liegt der Vorteil dieser braven Typen – man kann sie verderben.«

»Versuch dein Glück. Wann und wie, überlasse ich dir.«

Als Corey wieder nach Jens Lyngstrups Foto griff, kam Pete Graveney zum Pool, mehrere englische Zeitungen unter dem Arm, in einem grellen, türkisblau und orangegelb gemusterten Hawaiihemd und abgeschnittenen Jeans. Ein Sonnenbrand hatte seine Nase und die Schläfen gerötet, wo das Haar bereits schütter wurde, obwohl er erst Anfang Dreißig war. »Wenn du ein paar Hausaufgaben machen willst, Corey ...« Er warf die Zeitungen auf den Tisch. »Schau mal nach, was die Konkurrenz schreibt. Das würde ich gern selber lesen. Aber ich muss mir einen Bericht über die besten dänischen Matches in den letzten zwanzig Jahren aus den Fingern saugen. Fünfhundert Wörter!«

»Viel Spaß.« Corey schlug den schärfsten Rivalen des *Clarion* auf, den *Courier*. Im Sportteil gab es keine Klatschspalte, die – so wie ihre eigene – die Ereignisse hinter den Kulissen des Turniers schilderte. Stattdessen veröffentlichte das Blatt täglich einen Artikel über die Vorlieben und Abneigungen der englischen Teammitglieder. Diesmal waren die Spieler nach der Person gefragt worden, die sie gern auf eine einsame Insel mitnehmen würden. Die Antworten überraschten Corey nicht: Sean Lester hatte sich für Claudia Schiffer entschieden, Jamie Partridge für Dannii Minogue. Typisch

Dean – er wollte mit dem gesamten weiblichen Basketballteam von England von der Außenwelt abgeschnitten werden. Und Danny Gordon mit seiner Ehefrau ... Corey fand es besser, ihrer Freundin diese Information möglichst lange zu verschweigen.

Über Alex stand nichts in diesem Artikel. Entweder war er nicht gefragt worden, oder er hatte den Reporter keiner Antwort gewürdigt.

Auf der nächsten Seite fand sie ein Foto von Lee Huxley und Carl Collins, wenig überzeugend als Wikinger verkleidet, mit gehörnten Helmen und Streitäxten aus Plastik. Kein Wunder, dass sich die beiden für einen so plumpen Publicitygag hergaben – sie beschäftigten denselben Agenten, Des Eldridge. Die Fotoredakteure wussten, wie gern sich seine Klienten lächerlich machten für einen angemessenen Preis. Zudem konnte man weder Lee noch Carl interviewen, ohne dem Agenten ein fettes Honorar zu zahlen. In Fußballkreisen war er berüchtigt und nicht sonderlich beliebt – eine elegante Gestalt mit teuer frisiertem eisengrauem Haar und Mahagonibräune aus dem Solarium, in pastellfarbenen italienischen Designeranzügen. Eldridge hielt ständig Diät und wurde häufig in den Restaurants von Chelsea und Fulham gesichtet, wo ein Milchshake seine Mahlzeit ersetzte und ein Handy an seinem Ohr klebte. Obwohl er eine Lizenz für seine Aktivitäten besaß, munkelte man, im Lauf der Jahre habe er mehrere unlautere Deals für diverse Kicker abgewickelt, unter dem Tisch Geld genommen und Manager bestochen. Keines dieser Gerüchte war jemals bestätigt worden. Aber sie hielten sich hartnäckig.

Mel hatte ihrer Freundin scherzhaft erklärt, vielleicht sollten sie's lieber nicht mit Lee oder Carl treiben. Sonst würde Des Eldridge seine zehn Prozent verlangen.

Darauf gab Corey keine Antwort. Sie entsann sich,

wie Pete Graveney sie zu einem Lunch mit Eldridge mitgenommen hatte, kurz vor dem Flug nach Amerika. Mochte der Agent auch unbeliebt sein, er war eine wichtige Persönlichkeit in der Szene, und Pete wollte ihn über Coreys Job bei der WM informieren. Eldridge stocherte in einem grünen Salat herum und starrte ihre Brüste an. Kein einziges Mal betrachtete er ihr Gesicht, wenn er ihr eine Frage stellte.

Während Pete auf die Rechnung wartete, ging sie zur Damentoilette. Der Agent folgte ihr, presste sie an die Wand zwischen dem Münzfernsprecher und einem Plakat für West-End-Shows, die man zum halben Preis besuchen konnte, und machte ihr einen Vorschlag. Falls sie mit ihm schlafen würde, dürfe sie alle seine Spieler kostenlos interviewen. So höflich wie möglich lehnte sie das Angebot ab und hoffte, er würde sich nicht rächen. Ein Mann wie Eldridge konnte ihr das Leben sehr schwer machen. Zum Glück passierte nichts. Als in der journalistischen Gerüchteküche verbreitet worden war, Eldridge sei mit der Sportreporterin vom *Courier* liiert, hatte Corey sofort erraten, warum.

Nun suchte sie im *Courier* irgendetwas, das sie von der Erinnerung an Des' Hand auf ihrem Busen ablenken würde, und fand Larry Wallis' Kolumne. Wallis hatte zur selben Zeit wie Brian Bradford im englischen Team gespielt und bissige Kommentare abgegeben, als der einstige Kamerad zum Nationaltrainer ernannt worden war. Nach Englands relativ müheloser Qualifikation für die WM hatte er Brian in den höchsten Tönen gelobt. Sein neuester Artikel bildete keine Ausnahme. »Die fegen wir vom Platz«, hatte er seine Prophezeiung betitelt, das englische Team würde Dänemark höchstwahrscheinlich schlagen.

Da die englische Mannschaft die favorisierten Franzosen so clever besiegt hatte, zweifelte niemand an einem Erfolg über die Dänen. Die hatten zwar die USA beim Eröffnungsmatch des Turniers mit einem einzigen Tor bezwungen, aber die Leistung war nicht überzeugend gewesen. Ausnahmsweise wirkten die Siegesprognosen in der Boulevardpresse nicht aus der Luft gegriffen.

Wie festgewurzelt saß Corey auf ihrem Platz, während die enttäuschten englischen Fans an ihr vorbeitrotteten und nicht fassen konnten, was soeben geschehen war. Bis zehn Minuten vor dem Ende des Spiels hatte das englische Team 2:0 geführt und klar dominiert. Bei seiner ersten Ballberührung hatte Craig Bidwell die dänische Verteidigung überlistet. Danny Gordon nahm den gezielten Pass an der gegnerischen Strafraumgrenze an und jagte den Ball in die Maschen. Kurz vor der Halbzeitpause schoss Carl das zweite Tor, nach einem raffinierten Doppelpassspiel mit Alex. Anscheinend waren die Dänen unfähig, sich zu wehren, und es sah so aus, als würde England problemlos die Gruppenführung übernehmen, mit drei Punkten Abstand zum Zweitplatzierten.

Dann prallte ein Schuss des dänischen Stürmers Per Rasmussen von Dean Burdens Schienbein ab, was eine Ecke verursachte. Jens Lyngstrup sprang höher als die englischen Verteidiger und köpfte den Ball ins Tor. Erbost gaben Lee Huxley und Garry Redington einander die Schuld an dem Treffer. Aber die Fans rings um Corey blieben zuversichtlich. Jetzt würde sich ihr Team nicht mehr die Butter vom Brot nehmen lassen.

In der letzten Minute sah Jens Lyngstrup den englischen Keeper zu weit vor dem Tor stehen. Mit einem spektakulären Schuss aus zwanzig Meter Entfernung – alles oder nichts – lupfte er den Ball in die rechte obere Ecke des Netzes. Verzweifelt streckte Tony seine Hand aus, doch er konnte den Ausgleich nicht verhindern. Als der Ball in der Mitte des Anstoßkreises lag, pfiff der Schiedsrichter das Spiel ab. Wider Erwarten hatten die Dänen einen Punkt errungen.

»Mal sehen, was für eine Erklärung sie für diese Katastrophe finden«, sagte der ältere Mann, der neben Corey saß, zu seinem Begleiter und stand auf.

»Eigentlich hätte ich wissen müssen, dass das Ergebnis gegen Frankreich einfach nur Dusel war«, seufzte der andere Fan. »Hätten wir bloß keine Karten für die nächste Runde gekauft!«

Corey beobachtete, wie die beiden aus der Sitzreihe stapften, vor sich hinmurmelten und zweifellos immer noch über die armselige Leistung des englischen Teams schimpften. Nun musste sie zur Pressekonferenz ins Medienzentrum gehen, wo man Brian Bradfords Entschuldigungsversuche gnadenlos verhöhnen würde. Falls er seine Taktik beibehielt, würde er keinen bestimmten Spieler für die Niederlage verantwortlich machen, selbst wenn der Mann eindeutig versagt hatte. Normalerweise äußerte der Trainer seinen Unmut nur im privaten Kreis. Und wenn er wütend war, merkte man's, obwohl er keine Teetassen an die Wand warf oder sich die Haare raufte wie einige seiner Kollegen.

Wahrscheinlich schreit er die Spieler gerade in der Kabine an, dachte Corey und eilte zum Ausgang, der in die Mitte des Stadionkomplexes führte. Dort lag das Medienzentrum. Aber sie musste noch einige Zeit totschlagen – und sich an Jens Lyngstrup heranmachen. Statt die Treppe zum zweiten Stock hinaufzusteigen, wo sich die Journalisten versammeln würden, sobald sie den Zeitungen, Fernseh- oder Rundfunkstationen ihre Berichte durchgegeben hatten, schlüpfte sie unbemerkt durch eine Tür mit der Aufschrift NUR FÜR SPIELER, FUNKTIONÄRE, TRAININGS- UND SER-

VICEPERSONAL. Dann lief sie durch einen Korridor zu den Umkleidekabinen. Jeden Moment erwartete sie, man würde sie aufhalten und zurückschicken. Aber niemand trat ihr in den Weg. Offenbar genügte der Presseausweis, den sie an ihrer Jeansjacke befestigt hatte. Keiner der Sicherheitsbeamten schaute ihn genauer an, um festzustellen, ob sie diese privaten Räume tatsächlich betreten durfte.

Durch die dicke Holztür der englischen Kabine drang Brian Bradfords Stimme. Als wäre sie ein Autofahrer, der den Schauplatz eines Unfalls passiert, gehorchte Corey einem niedrigen Instinkt, verlangsamte ihre Schritte und lauschte.

»Das war die schlimmste Scheiße, die ich erleben musste, seit ich diesen Job übernommen habe!« In seinem Tonfall schwang kontrollierter Zorn mit, der die flachen Vokale seines nordenglischen Akzents betonte. »Noch zehn Minuten, ihr führt 2:0 und glaubt, ihr hättet das Spiel schon gewonnen. Deshalb musstet ihr euch nicht mehr anstrengen, was? Vor diesem Spiel habe ich's euch erklärt – wenn die Dänen eine Chance kriegen, dann nur in Standardsituationen. Aber das ist euch bei einem Ohr rein- und beim anderen wieder rausgegangen. Wer hat Lyngstrup gedeckt, eh? Deano stand beim einen Pfosten, Mitch beim anderen – und wer hat Lyngstrup gedeckt? Ihr habt ihn einfach hochspringen und das erste Tor köpfen lassen – so als wäre euch das alles scheißegal. Und das tut mir weh. Am liebsten würde ich euch alle im nächsten Flugzeug nach Hause schicken, die ganze verdammte Bande, und ein Dutzend Jungs rüberholen, die dieses Turnier gewinnen wollen. Wenn ich euch so anschaue, glaube ich nämlich nicht, dass auch nur ein Einziger ernsthaft an den WM-Sieg denkt.«

Auf leisen Sohlen schlich Corey weiter. Es würde ihr

nichts bringen, die restliche Strafpredigt mit anzuhören. Außerdem wollte sie aus diesem Teil des Stadions verschwinden, bevor die Spieler aufbrachen und zum Hotel fuhren. Den Anblick der traurigen Mienen und gesenkten Köpfe würde sie sich ersparen.

Als die dänischen Spieler mit ihren Sporttaschen aus der Kabine kamen, drückte sich Corey an die Wand. Fröhlich unterhielten sie sich, und ihr Grinsen bildete einen krassen Kontrast zu der düsteren Atmosphäre, die jetzt in der englischen Kabine herrschte. Warum sollten sie sich auch nicht freuen, dachte Corey. Brian Bradford hatte völlig Recht. Bis zur achtzigsten Minute war das dänische Team nicht aus der eigenen Hälfte herausgekommen. Und dann hatten ihnen die selbstgefälligen Engländer ein Unentschieden geschenkt. Trotzdem bedauerte sie ihre Freunde in der Mannschaft, und sie wünschte, sie könnte sie vor der Wut des Trainers schützen.

Sie wartete, bis alle gegangen waren – außer dem Mann, den sie sehen wollte. Entschlossen steckte sie den Presseausweis in die Brusttasche ihrer Jeansjacke. Wenn Jens Lyngstrup registrierte, wer sie war, würde er sie aus der Kabine werfen, bevor sie Zeit fand, seine beiden Tore zu rühmen. Vorsichtig öffnete sie die Tür. Ihr Herz schlug wie rasend.

Da stand Jens Lyngstrup im Blazer mit dem Logo seines Teams, bereit für die Pressekonferenz, und bürstete sein nasses Haar. Soweit sie das feststellen konnte, war er allein. Sie glaubte, sie hätte die Tür lautlos hinter sich geschlossen. Aber irgendwie musste er ihre Anwesenheit gespürt haben, denn er drehte sich um und stellte eine Frage in dänischer Sprache. Als er merkte, dass sie ihn nicht verstand, versuchte er's mit Deutsch und schließlich mit fehlerfreiem Englisch. »Kann ich Ihnen helfen?«

»Eh – ich …« Unglücklicherweise fiel ihr kein passender Vorwand ein.

»Haben Sie sich verirrt? Wollen Sie ein Autogramm?« fragte er, während sie ihn unsicher anstarrte. Obwohl sie in seine Privatsphäre eingedrungen war, schien er sich kein bisschen zu ärgern.

Offenbar hielt er sie für einen Fan. Und so beschloss sie, diese Rolle zu spielen. »Ich wollte Ihnen nur zu den beiden Toren gratulieren«, erklärte sie schüchtern.

»Vielen Dank.« Sein Lächeln und die Freude in seinen Augen wirkten aufrichtig. Jetzt verstand sie, warum er von so vielen Fußballfreunden und anderen Profis respektiert wurde. »Aber warum schwärmt ein nettes englisches Mädchen fürs dänische Team?«

»Weil mir Ihre Spielweise gefällt …« Corey zuckte die Achseln. »Und weil ich Sie sehr attraktiv finde.«

»Mit solchen Schmeicheleien werden Sie noch weit kommen.« Er beugte sich vor, küsste ihre Wange und legte seine Hand auf ihre Schulter. Dabei streifte seine Hand den Metallrahmen ihres Presseausweises, und er zog ihn aus ihrer Brusttasche. »Was ist denn das?« rief er und runzelte die Stirn. »Sie sind eine Journalistin? Wissen Sie nicht, dass wir nur im Medienzentrum mit der Presse sprechen dürfen?«

»Oh, ich bin nicht hierher gekommen, um Sie zu interviewen«, erwiderte sie wahrheitsgemäß. »Wirklich, ich wollte Sie nur zu Ihrer hervorragenden Leistung beglückwünschen.«

»Das glaube ich Ihnen nicht. Vermutlich läuft in Ihrer Tasche ein Band, und Sie nehmen alles auf, was ich sage.« Er zeigte auf Coreys lederne Schultertasche. »Lassen Sie mich mal nachschauen.«

»Und wenn ich mich weigere?« erwiderte sie und presste die Tasche an sich.

»Nun, ich könnte mich an die zuständigen Leute

wenden, und die würden Ihnen den Presseausweis sofort abnehmen. Vielleicht wird man Sie sogar von künftigen Turnieren ausschließen. Ich fürchte …«, er warf einen Blick auf den Ausweis, »… in der Redaktion des *Daily Clarion* wäre man nicht erfreut, wenn man erfahren würde, eine Mitarbeiterin habe sich in die Kabine des gegnerischen Teams geschlichen. Immerhin lässt sich ein solches Verhalten auf verschiedene Arten interpretieren.«

Jetzt lächelte er wieder, und Corey bezweifelte, dass er seine Drohung ernst meinte.

Vermutlich schwebte ihm was ganz anderes vor – etwas, das ihren eigenen Plänen entsprach. Sie gab ihm die Tasche und beobachtete gelassen, wie er darin wühlte. Außer ihrem Notizbuch, der Geldbörse, dem Lippenstift und dem Zimmerschlüssel würde er nichts finden.

»Kein Recorder.« Er zog den Reißverschluss zu und stellte die Tasche auf eine Holzbank. »Vielleicht steckt er in Ihrer Brusttasche. Mal sehen.« Er streckte eine Hand aus und erwartete, sie würde ihm die Jeansjacke reichen. Offenbar trieb er irgendein Spiel mit ihr.

»Da werden Sie auch nichts Verdächtiges aufspüren«, seufzte sie und schlüpfte aus der Jacke.

»Okay, dann muss ich eben so lange suchen, bis ich was finde.« Nachdem er in beide Brusttaschen gegriffen hatte, legte er die Jacke neben die Tasche. »Womöglich verbirgt sich der Recorder in Ihrem Hemd.« Herausfordernd schaute er Corey an und erwartete, sie würde auch ihr weißes Baumwollhemd ausziehen.

»Bitte, ich kann doch nicht …«, begann sie, obwohl er nur verlangte, was sie ohnehin tun wollte.

»Doch.«

Scheinbar widerstrebend zerrte sie das Hemd aus dem Hosenbund ihrer Jeans, knöpfte es langsam auf, streifte es von den Schultern und drückte es in Jens' Hände. Sorgsam schüttelte er das Hemd aus, und als nichts zu Boden fiel, landete es bei ihren anderen Sachen.

Was er nun befehlen würde, wusste sie, bevor er die Worte aussprach. »Die Jeans.« Diesmal protestierte sie nicht mehr. Sie setzte sich auf die Bank, zog ihre Stiefel und Socken aus und öffnete den Reißverschluss. Während sie die Hose über ihre Hüften nach unten streifte, fühlte sie sich fast verletzlich. Jens Lyngstrup war immer noch vollständig bekleidet, während sie nur mehr ihren BH und den Slip trug.

»Diesen Recorder haben Sie wirklich gut versteckt.« Anerkennend musterte er ihre schlanke Figur.

»Glauben Sie mir, ich habe keinen mitgebracht. So was brauche ich gar nicht. Ich kann sehr gut stenografieren. Hundert Wörter pro Minute. Und ich mache mir lieber Notizen.«

»Dann müssen Sie sehr flinke Finger haben. Mal sehen, wie schnell sie den BH aufkriegen.«

Ihr Mund wurde trocken, sie schluckte, und ihr Puls beschleunigte sich. Gewiss, sie war hierher gekommen, um Jens Lyngstrup zu verführen. Aber sie hatte nicht erwartet, dass er die Situation kontrollieren würde. Nur widerwillig gestand sie sich ein, wie sehr er sie erregte. Unter dem weichen Spitzenstoff ihres BHs erhärteten sich die Brustwarzen, und sie spürte ein heftiges Pochen zwischen ihren Beinen.

»Kommen Sie, ich habe nicht den ganzen Tag Zeit«, drängte er. »Man erwartet mich im Medienzentrum.« Als sie ihm den Rücken kehrte, packte er ihre Schulter und drehte sie wieder zu sich herum. Sie wollte sein Ansinnen zurückweisen. Aber er legte einen Finger auf ihre Lippen. »Ich möchte sehen, was Sie tun. Womöglich versuchen Sie, irgendetwas vor mir zu verbergen.«

Wortlos griff sie nach hinten, löste den Verschluss ihres BHs. Mit einer Hand streifte sie die Träger hinab, mit dem anderen Arm bedeckte sie ihre kleinen Brüste. Dann reichte sie Jens den BH. Um seinem Blick auszuweichen, senkte sie den Kopf, und da sah sie, wie sich der Stoff seiner Hose über einer imponierenden Erektion spannte.

»Ich will natürlich auch noch sehen, was in diesem winzigen Höschen steckt.« Inzwischen stand eindeutig fest, dass sein Gerede über den Recorder reine Heuchelei war. Aber der Kapitän des dänischen Teams wollte das Szenario zu einem logischen Ende bringen.

Fasziniert inspizierte er das blonde Dreieck zwischen ihren Schenkeln, während sie den Slip ganz langsam nach unten zog. So diskret wie möglich stieg sie aus dem intimen Kleidungsstück und übergab es dem Dänen.

Um den Eindruck zu erwecken, sein Verdacht wäre noch immer nicht zerstreut worden, untersuchte er das Höschen sehr gründlich. Der erzwungene Striptease hatte sie erregt – und den Slip befeuchtet, was ihm wohl kaum entging. So gut sie es vermochte, bedeckte sie ihre Blößen, hielt den Atem an und erwartete die nächsten Instruktionen.

»In der Tat, Sie haben den Recorder besser versteckt, als ich dachte«, sagte er leise. »Aber jetzt weiß ich, wo er ist. Ich muss eine Leibesvisitation vornehmen. Stellen Sie sich dort an die Wand, stemmen Sie die Hände dagegen, bücken Sie sich und spreizen Sie die Beine.«

»Muss ich das wirklich tun?«

»Soll ich einen Sicherheitsbeamten rufen und eine nackte Frau aus der Kabine führen lassen?«

Da ihr nichts anderes übrig blieb, ging sie zur hinteren Wand der Gemeinschaftsdusche. Die Handflächen an die kalten Fliesen gepresst, spreizte sie die Beine, etwa dreißig Zentimeter breit. Der Boden unter ihren Füßen war noch feucht.

»Weiter auseinander«, befahl Jens. Sie gehorchte und fragte sich, welchen Anblick sie ihm bieten musste – die Muskeln ihrer Schenkel und Hinterbacken straff gespannt, die Muschi zwischen den geöffneten Beinen deutlich sichtbar.

Sie wartete und hörte ein leises Rascheln, dass ihr verriet, dass er sich auszog. Irgendein Instinkt warnte sie davor, sich umzudrehen und ihm zuzuschauen. Und dann spürte sie seinen warmen Atem im Nacken. »Ich muss Sie warnen. Jetzt werde ich Sie sehr gründlich untersuchen.«

»Wie Sie wünschen ...«, wisperte Corey und hielt den Atem an, als sie seine großen Hände an ihrer Taille spürte. Ohne ihre Brüste zu berühren, glitten sie zu den Schultern hinauf und die Arme entlang. Sie kehrten zur Taille zurück, strichen über die Hüften und Schenkel. Beinahe hätte sie geschrien, während Jens' Finger die empfindsame Haut ihrer Kniekehlen abklopfte. Langsam wanderten sie an den Waden nach unten. Er forderte sie auf, den linken Fuß zu heben, und sie gehorchte wieder.

Mit kreisenden Bewegungen, die einen Schauer durch ihren Körper jagten, kitzelte er ihre Sohle. Viel lieber würde sie seine Hände auf ihren Hinterbacken und den geschwollenen Brustwarzen spüren, seine Finger in der Tiefe ihrer Muschi. Aber obwohl er behauptet hatte, er könne sich keine Zeit nehmen, dauerte die ›Leibesvisitation‹ erstaunlich lange.

Nun stellte er den Fuß auf den Boden, ergriff den anderen und kitzelte ihn. »Ich hab's ja gesagt – das wird eine sehr gründliche Untersuchung.«

Darauf gab sie keine Antwort – viel zu sehr mit der Frage beschäftigt, welcher Körperteil nun seine Aufmerksamkeit erregen würde. Endlich umfasste er ihre Brüste, und sie stöhnte vor Entzücken. Seine Daumen streichelten die Knospen, die sich zu schmerzenden Spitzen erhärteten. In Coreys Körper schienen alle Nervenenden zu brennen, ihre feuchte Muschi pulsierte vor Verlangen. Als Jens sich an ihren Rücken presste, spürte sie seine nackte Haut, seine heiße Erektion zwischen ihren Hinterbacken.

Während seine Daumen fortfuhren, ihre Brustwarzen zu liebkosen, hob er die kleinen festen Kugeln hoch und drückte sie zusammen. Corey schob ihm ihr Hinterteil entgegen und hoffte, sein Penis würde zwischen ihre Beine gleiten, wo sie ihn fühlen wollte.

Stattdessen wanderte Jens' Hand über ihren Bauch zum weichen Dreieck ihres Venusbergs. Sie seufzte leise. Nur zu gut wusste sie, dass er die Ereignisse diktierte. Sobald er ihre geschwollenen Schamlippen zum ersten Mal berührte, erschauerte sie vor Begierde. Langsam und zielstrebig schoben sich seine Finger durch den Schlitz und zogen die erhitzten Lippen weiter auseinander, um die Öffnung ihrer Weiblichkeit zu ertasten. Immer noch unter dem Vorwand, eine Leibesvisitation auszuführen, dehnte er behutsam ihre Vagina. Als seine Finger von ihrem Saft benetzt wurden, zog er sie zurück, und das klebrige Fleisch gab sie nur widerstrebend frei. Nun befeuchtete er die andere Öffnung. Das hatte sie nicht erwartet. Die Spitze seines Zeigefingers schlüpfte in ihren Anus, und sie verkrampfte sich, um gegen die plötzliche Invasion zu protestieren.

»Entspann dich«, flüsterte Jens. Seine andere Hand streichelte ihre Klitoris. »Vertrau mir.« Irgendetwas in seiner Stimme beruhigte sie, und sie überließ sich ihren Emotionen, während er erst einen und dann zwei Finger in dem engen Loch bewegte. Sie spürte seine Eichel zwischen den Schamlippen und glaubte, er würde in ihre Vagina eindringen. Ein paar frustrierende Sekunden lang geschah gar nichts.

Und dann entfernte er die Finger aus ihrem Anus, um – einfach unglaublich – seine Erektion hineinzupressen.

Die Liebkosungen, die er ihrer Klitoris gönnte, lenkten sie ab. Auf diesen Reiz konzentrierte sie sich, als er seinen Penis immer tiefer in die jungfräuliche Öffnung schob und den Widerstand ihrer Muskeln überwand. Bald fühlte Corey rhythmische Bewegungen. O Gott, dachte sie, wie konnte ich Mel jemals erklären, ich würde *ihn* verderben?

Allzu lange dauerte es nicht, bis sich ihre Muschi noch heftiger erhitzte, bis wilde Ekstase in ihrem Bauch zuckte. Hätte Jens sie nicht festgehalten, wäre sie an der Kachelwand hinabgerutscht. Der Anblick ihres lustvollen Schauers beschleunigte seinen Höhepunkt, und sein cremiger Saft floß in ihren befriedigten Körper.

Als heißes Wasser über ihre Haut rann, blinzelte sie verwirrt. Dann merkte sie, dass Jens die Dusche aufgedreht hatte. Er holte ein Duschgel aus seiner Sporttasche, das wie ein teures Aftershave duftete, und seifte Corey großzügig ein. Die Augen geschlossen, hielt sie das Gesicht in den prasselnden Wasserstrahl, der die Nachwirkungen ihres Orgasmus verscheuchte.

Nachdem sie den Schaum von ihrer Haut gespült hatte, reichte Jens ihr ein Handtuch. »Was den Recorder betrifft, habe ich mich wohl geirrt«, bemerkte er und beobachtete, wie sie sich abtrocknete. »Und du hast gar nicht gefragt, was ich von der Leistung meines Teams halte.«

»Ach, komm schon!« Vehement frottierte sie ihr Haar. »Du wusstest von Anfang an, dass ich die Wahrheit sagte.«

»Vielleicht – vielleicht auch nicht«, erwiderte er gleichmütig. »Aber wenn ich dich nicht untersucht hätte, wärst du weggegangen, ohne zu kriegen, was du wirklich wolltest.« Wieder ordentlich gekleidet und jeder Zoll ein professioneller Fußballer, hauchte er einen zarten Kuss auf ihre Stirn.

»Wir sehen uns im Medienzentrum.« Mit diesen Worten wandte er sich zur Tür.

»Okay.« Corey wartete noch eine Weile, bevor sie die Kabine verließ, denn sie wollte Jens nicht auf den Fersen folgen und womöglich neugierige Blicke auf sich ziehen. Sie ging an der englischen Kabine vorbei. Hinter einer Ecke stieß sie fast mit Lee Huxley und Craig Bidwell zusammen, dem stämmigen blonden Mittelfeldspieler von Aston Villa, der gerade die Schnürsenkel seiner Schuhe verknotete. Falls sie Coreys feuchtes Haar und den Duft bemerkten, der eindeutig nicht von einem Frauenparfum herrührte, verkniffen sie sich einen Kommentar.

»Was machst du denn hier, Corey?« fragte Lee. »Ich dachte, du erwartest uns auf der Pressekonferenz, zusammen mit den anderen Inquisitoren.«

»Irgendwo bin ich in die falsche Richtung gelaufen«, entgegnete sie fröhlich. »Und jetzt habe ich mich hoffnungslos verirrt.«

»Wenn du dich beeilst, kannst du Jens Lyngstrup vielleicht noch einholen«, schlug Craig vor. »Der ist auf dem Weg zum Medienzentrum. Gerade haben wir ihn gesehen.«

»Ja, und er grinste übers ganze Gesicht«, fügte Lee hinzu.

Bevor Corey die Spur des dänischen Kapitäns aufnahm, vermochte sie ihren Sarkasmus nicht zu bezähmen: »So würdet *ihr* jetzt grinsen, wenn ihr euer 2:0 gehalten hättet.«

6

Wird das Schicksal des englischen Kapitäns Danny Gordon eine unerwartete Wende nehmen? Seine Frau, die TV-Moderatorin Laura-Jane, deutet an, er würde vielleicht in die Staaten übersiedeln. Mit ihrer Hilfe hat er sich zu einem der solidesten Kicker entwickelt, auf dem Spielfeld und außerhalb – eine beachtliche Leistung, wenn man bedenkt, dass er keinen Schritt tun kann, ohne von neidischen Blicken verfolgt zu werden …

Als Mel über das Hotelgelände schlenderte, kam ihr ein Gedanke. Sie war im Garten umhergewandert, auf der Suche nach einer geeigneten Location für ihre Interviews. Inzwischen hatte sie den Trainingsplatz und das Medienzentrum satt. Sie musterte die Fensterreihen an der Rückfront des Gebäudes und entdeckte Laura-Jane Gordon auf einem Balkon, in einem winzigen roten Bikini, eine Sonnenbrille über dem kunstvoll gesträhnten blonden Haar.

Vermutlich beträgt der Abstand zu den beiden benachbarten Balkonen höchstens einen halben Meter, überlegte Mel. An manchen Stellen berührten sich die geschwungenen schmiedeeisernen Geländer beinahe.

Während sie die Möglichkeiten erwog, die diese Balustraden boten, ließ sie ihrer Fantasie freien Lauf. Sie trainierte nicht mehr ernsthaft, seit sie den Leistungssport aufgegeben hatte. Aber sie joggte immer noch jeden Morgen. Und dreimal pro Woche besuchte sie das Fitness Center in der Nähe ihrer Holland Park-Wohnung. Sie war stark und gelenkig. Also dürfte ihr ein neunzig Zentimeter hohes Geländer keine Schwierigkeiten bereiten.

Dass Danny sie in sein Schlafzimmer einladen würde, solange Laura-Jane ihn bewachte, war unwahrscheinlich. Aber was hinderte Mel daran, den Kapitän als ungebetener Gast zu überraschen? Sie musste nur den richtigen Augenblick abwarten.

»Führst du irgendwas im Schilde?« Corey saß mit gekreuzten Beinen auf ihrem Bett und beobachtete, wie Mel ihre kastanienroten Locken mit einer Strassspange zusammensteckte, die zu ihren Ohrringen paßte.

»Wie kommst du drauf?« fragte Mel und betrachtete sich von allen Seiten im Spiegel.

»Nun, du gehst in einem Kleid zum Dinner, das den Eindruck erweckt, es wäre auf deinen Körper gesprüht worden. Und für dein Make-up hast du eine halbe Stunde gebraucht. Erzähl mir bloß nicht, du würdest dich nach dem Essen ins Bett legen und fernsehen.«

»Vorhin traf ich Laura-Jane im Lift. Sie erzählte mir, sie würde mit dem Präsidenten einer großen TV-Station dinieren. Offenbar – das ist streng vertraulich, und deshalb konnte ich zunächst nicht begreifen, wieso sie's einem berüchtigten Plappermaul wie mir verraten hat – soll Danny nächstes Jahr bei den Metrostars spielen. Und Laura-Jane sucht einen Job in New York.« Mel drehte sich um und inspizierte ihre Kehrseite im Spiegel. »Natürlich ahnst du, was demnächst passiert. Irgendwie wird sich's herumsprechen, dass Danny die englische Fußballszene verlassen und ein lukratives Angebot in den Staaten annehmen will. Ein paar englische Erstligaclubs, wahrscheinlich auch japanische, werden sich um ihn reißen und ihm noch mehr Geld offerieren. Und der Präsident von Manchester United wird noch eine Million drauflegen und ihn anflehen, seine Karriere im Old Trafford zu beenden.«

»Glaubst du das wirklich?«

»Klar. Nur deshalb hat mir Laura-Jane diese Story erzählt. Was immer auch geschieht, Danny wird von der Situation profitieren und bis zum Ende seiner sportlichen Laufbahn ein sehr komfortables Leben führen. Clever, nicht wahr?«

Corey stand vom Bett auf und suchte ihre Schuhe. »Und was hat Dannys Marktwert mit deiner schrillen Aufmachung zu tun?«

»Wie du weißt, hat Brian Bradford unserem Team bis zum Spiel gegen die USA Ausgehverbot erteilt. Was in diesem unseligen Match gegen Dänemark vorgefallen ist, darf sich nicht wiederholen. Vermutlich nimmt er an, zu viele lange Abende mit verworfenen Subjekten von unserer Sorte hätten die schlechte Leistung verursacht. Was bedeutet, dass Danny heute Abend nicht mit Laura-Jane weggehen kann.« Mel lächelte – so wie stets, wenn sie an ihren Plan dachte. »Und ich habe beschlossen, mich an ihn ranzumachen – klammheimlich und so raffiniert, dass seine Kameraden und Brian nichts rausfinden werden.«

»Wie willst du das anfangen?« Corey spähte in den winzigen Teil des Spiegels, den Mel übrig ließ, und begutachtete ihre äußere Erscheinung.

Obwohl Corey das übertriebene Outfit verspottet hatte, spürte Mel das Interesse ihrer Freundin. »Nennen wir's einfach Plan A«, erwiderte sie, ergriff den Zimmerschlüssel, und sie gingen zum Lift. »Hast du für heute Abend schon was vor?«

»Nein, eigentlich wollte ich früh ins Bett gehen und ein bisschen lesen.«

»Großartig. Um zehn läuft die ›Akte X‹. Schau dir's an und erzähl mir nachher, worum's geht. Falls ich ein Alibi brauche.«

Mel verließ den Speisesaal, als die Kellnerin den Kaffee servierte. Da Danny sich angeregt mit Corey und Sean Lester unterhielt, bemerkte er Mels Verschwinden nicht. Carl Collins hatte ihn bereits zu einer Pokerpartie in der Bar eingeladen. Offensichtlich konnte Brian nicht alle Freizeitaktivitäten unterbinden, schon gar nicht, weil er selber ein fanatischer Pokerspieler war.

Aber Danny hatte erklärt, nach dem Dinner würde er lieber in sein Zimmer gehen und ein paar Telefonate erledigen. Perfekt. Offensichtlich würde Plan A funktionieren.

Sie ging ins Zimmer, das sie mit Corey teilte, und betrat den Balkon. Mit einiger Mühe schwang sie sich über die beiden schmiedeeisernen Balustraden. In weiser Voraussicht hatte sie flache Schuhe angezogen. Aber das hautenge Lycra-Kleid bereitete ihr gewisse Schwierigkeiten. Als sie ein Bein hob, rutschte es die Schenkel hinauf. Und nachdem sie sicher auf dem Balkon der Gordons gelandet war, umspannte der Saum ihre Taille. Wenn zufällig jemand heraufschaute, würde er bemerken, dass sie kein Höschen trug. Sie spähte nach unten und zerrte den Saum zu einer respektablen Stelle hinab. Da war niemand. Schade, dachte sie. Der Anblick ihrer strammen Hinterbacken und kastanienroten Schamhaare hätte den langweiligen Abend der älteren Hotelgäste sicher etwas aufgehellt.

Auf Dannys Balkon zeigten sich noch die Spuren von Laura-Janes Sonnenbad. Ein buntes Strandtuch hing über einem weißen Korbsessel. Auf dem Sitz lag ein aufgeschlagenes Danielle-Steele-Taschenbuch mit Eselsohren.

Mel hoffte, Laura-Jane würde die Balkontür nur angelehnt haben, und sie wurde nicht enttäuscht. Bevor sie die Schwelle überquerte, schaute sie durch die Glasscheibe und vergewisserte sich, dass Danny noch nicht da war.

Das Zimmer glich ihrem eigenen, sah aber viel ordentlicher aus. Unfähig, der Versuchung zu widerstehen, öffnete sie den Schrank und sah die pastellfarbenen Kleider und knappen Kostüme, die Laura-Jane bevorzugte, neben Dannys Hemden, Westen und Hosen hängen. Sie berührte eine Weste und rieb das Moleskin-Material zwischen den Fingern. Wie würde sich der Stoff auf Dannys breiten Schultern anfühlen? Dann richtete sie ihr Augenmerk auf die Knöpfe eines Hemds ...

Plötzlich wurde der Cardkey ins elektronische Schloss geschoben. Zu ihrem Entsetzen hörte sie Dannys Stimme und Laura-Janes Gelächter. Von Panik erfasst, schlüpfte sie in den Schrank, schloss lautlos die Jalousietüren. Während sie durch die Schlitze spähte und kaum zu atmen wagte, sah sie das Ehepaar hereinkommen. Laura-Jane hing an Dannys Arm und dirigierte ihn zielstrebig zum Bett.

»Was ist denn mit dir los?« fragte er und zog sie liebevoll an sich.

»Nichts.« Sie schlang beide Arme um seinen Hals. »Nun ja, während ich auf Mr. Andreassen wartete, trank ich ein paar Gläser Champagner. Dann ließ er mir ausrichten, er müsse unser Treffen absagen, und ich beschloss, mit dem nächsten Zug aus Manhattan hierher zu fahren und dich zu überraschen. Die ganze Zeit habe ich mich nach dir gesehnt.« Leidenschaftlich begann sie ihn zu küssen.

Vor lauter Enttäuschung hätte Mel beinahe gegen die Schranktüren getreten. Alles war so gut gelaufen. Und jetzt wurde ihr Plan im letzten Augenblick vereitelt, und ihr blieb nichts anderes übrig, als mit anzusehen, wie eine liebestolle Laura ihren Mann bei lebendigem Leib aufzufressen versuchte.

Danny erwiderte die Küsse mit gleicher Glut. Dann glitten seine Lippen über Laura-Janes Hals.

Stöhnend warf sie ihren Kopf in den Nacken. Sie trug ein bonbonrosa Kostüm – zweifellos, um den TV-Bonzen zu beeindrucken, mit dem sie verabredet gewesen war. Wenn Mr. Andreassen tatsächlich zu jenen gestressten hohen Tieren in mittleren Jahren gehörte, was Mel vermutete, hätten ihn der tiefe spitze Ausschnitt der Kostümjacke, die schmale Taille und der enge Rock, der Laura-Janes runde Hüften betonte, sicher entzückt. Danny knöpfte die Jacke auf, entblößte eine dünne weiße Chiffonbluse und massierte die vollen Brüste, die aus dem Spitzen-BH zu quellen drohten. Waren diese Kleidungsstücke auch für Mr. Andreassen bestimmt? überlegte Mel.

Trotz ihres Frusts malte sie sich aus, wie Laura-Jane und der TV-Boss in der gemütlichen Ecke eines plüschigen Restaurants saßen, wie sie die Jacke auszog, um ihm die raffiniert verschleierte honigbraune Haut zu zeigen, die sie jetzt ihrem Ehemann präsentierte. Während sie an einer gebutterten Spargelstange knabberte, konnte er seinen Blick nicht von den beiden prallen Kugeln im Spitzen-BH losreißen. Oder sie biss in einen reifen Pfirsich, und der Saft rann lasziv über ihr Kinn und die Finger. Und was würde er tun, wenn sie ihre bestrumpften Zehen plötzlich zwischen seine Schenkel schob und die Erektion kitzelte, die ihr aufregendes Outfit und ihr provokantes Verhalten heraufbeschworen hatten?

Laura-Janes wohliger Seufzer holte Mel in die Wirklichkeit zurück. Inzwischen hatte Danny die Jacke seiner Frau aufs Bett geworfen, und nun widmete er sich wieder ihren Brüsten. Durch den transparenten Blusenstoff saugte er am gewölbten Fleisch. Laura-Janes Hände wanderten unter sein schlichtes schwarzes T-Shirt und streichelten rhythmisch seine muskulöse Brust. Ein paar Sekunden unterbrach sie ihre Aktivitäten, um nach hinten zu greifen und den Reißverschluss ihres Rocks zu öffnen. Als er zu Boden fiel, sah Mel einen Strumpfhalter aus weißer Spitze, hauchdünne fleischfarbene Strümpfe und einen weißen String-Tanga, der in der feuchten Spalte steckte und den Blick auf krauses Schamhaar freigab, ein paar Nuancen dunkler als ihr Lockenkopf.

Mit einem anerkennenden Lächeln musterte Danny die verführerische Kleidung seiner Frau und knöpfte ungeduldig die Bluse auf.

Als sie nur mehr ihre Unterwäsche trug, setzte er sich aufs Bett, schlüpfte aus Turnschuhen und Socken und zog sie zu sich heran. Rittlings saß sie auf seinen Knien und rieb sich an seinen Jeans, während ihre Hände wieder unter sein T-Shirt wanderten. Diesmal streifte sie es über seinen Kopf, entblößte seinen sommersprossigen Oberkörper und begann an einer kleinen dunklen Brustwarze zu knabbern.

Obwohl sich Mel in einer prekären Situation befand, reagierte sie auf den Anblick und die Geräusche der ehelichen Zärtlichkeiten. Ihre Muschi pochte sanft, unter dem Lycra-Kleid richteten sich die Spitzen ihrer Brüste auf. Bis zu jenem Nachmittag mit Corey und den Jungs am Strand hatte sie nichts von ihren eigenen voyeuristischen Neigungen gewusst. Sie war überrascht gewesen, als sie es so reizvoll gefunden hatte, Coreys und Deans orales Liebesspiel zu beobachten. Jetzt presste sie ihr erhitztes Gesicht an die kühle Schranktür und versuchte, noch deutlicher zu erkennen, was auf dem Bett geschah.

Mittlerweile hatte Danny den BH seiner Frau nach unten geschoben und ihre Brüste enthüllt. Die großen, geschwollenen roten Knospen leuchteten wie reife Juni-

Erdbeeren. Ehrfürchtig küsste er alle beide. Seine Zunge flatterte kreisförmig um eine der harten Spitzen. Beinahe stöhnte Mel laut auf, während sie sich vorstellte, Danny würde an ihren eigenen Brüsten lecken.

Hastig öffnete Laura-Jane seinen Hosenschlitz. Danny sank nach hinten, lässig auf einen Ellbogen gestützt, und ließ sich die Jeans ausziehen. Nun trug er nur noch einen schwarzen Slip, der sich eng an sein Glied schmiegte. Mel wünschte, Laura-Jane würde ihn vollends entkleiden. Stattdessen kniete die Blondine über ihrem Mann und küsste ihn begierig, während er ihren BH aufhakte und beiseite warf.

Er knetete ihre herabhängenden Brüste und presste sie zusammen, um das Tal dazwischen zu vertiefen. Unwillkürlich ahmte Mel seine Aktivitäten nach, spielte mit ihren eigenen Titten und strich geistesabwesend über die harten, schmerzenden Knospen.

Dannys Hand wanderte über Laura-Janes Bauch zum Venusberg hinab. Jetzt sah Mel nicht genau, was er tat, ahnte aber, dass er den String-Tanga noch tiefer in Laura-Janes Muschi stecken würde. Offenbar gefiel ihr, was immer auch geschah, denn sie stieß leise, keuchende Laute hervor und biss in ihre Unterlippe.

Mel zog den Saum ihres Kleids nach oben, griff in ihre feuchte Spalte und spürte die geöffneten Schamlippen. Erregt beobachtete sie, wie Danny den Tanga zur Seite schob, und sein Finger glitt endlich in Laura-Janes Vagina. Sie rieb sich voller Verlangen an seiner Handfläche, zerrte an ihren eigenen Haaren und verkündete atemlos, wie wundervoll sie seine intimen Zärtlichkeiten fand.

Hingerissen verfolgte Mel, wie Dannys flinker Finger seine Frau immer näher zum Gipfel der Lust führte.

»O Danny, bitte, hör nicht auf!« flehte sie. »Gleich bin ich soweit …«

»Noch nicht, meine Süße«, murmelte er und entfernte seine Hand.

Mel wusste nicht, wer schmerzlicher enttäuscht war – sie selbst oder seine Frau. Zunächst hatte sie geglaubt, sie würde sich einfach an Laura-Janes Stelle versetzen und in ihrer Fantasie Dannys Finger spüren, die ihre Klitoris und ihre Vagina stimulierten. Jetzt merkte sie, wie fasziniert sie von Laura-Janes Reaktionen auf den erotischen Reiz war, von den tiefen, hektischen Atemzügen, dem leisen Stöhnen, wann immer Danny einen besonders sensitiven Punkt berührte. Und Mel konnte es kaum erwarten herauszufinden, wie Laura-Jane beim Orgasmus aussah.

Nun bedeutete Danny seiner Frau, sich auf allen vieren niederzulassen, und sie spähte über ihre Schulter, um zu beobachten, wie er den Slip auszog und seine Erektion befreite.

Beim Anblick seines langen, harten Glieds, das fast bis zu seinem Magen emporreichte, leckte Mel über ihre Lippen. Er kniete sich hinter Laura-Jane und führte die Spitze seines Schwanzes zum Eingang ihrer Vagina. Die Finger zwischen ihren Beinen, teilte sie ihre nassen Schamlippen und nahm ihren Mann in sich auf.

Von Frust und Neid erfasst, konnte Mel einen Seufzer nicht unterdrücken, als sie seinen Penis im weichen, rosigen Fleisch verschwinden sah.

Laura-Jane schaute zum Schrank herüber, und Mel wich noch weiter zwischen Dannys Hemden zurück.

»Hast du was gehört?« fragte Laura-Jane.

»Wahrscheinlich die Klimaanlage«, meinte Danny unbesorgt und drang etwas tiefer in sie ein.

»Die gibt dauernd so unheimliche Geräusche von sich.« Mit beiden Händen hielt er ihre pfirsichfarbenen runden Hinterbacken fest und zog den dunklen Spalt auseinander, um ihn zu betrachten, während er sie rhythmisch bumste. Bei jeder Bewegung zog er seinen Penis fast ganz aus ihrer Vagina heraus, bevor er wieder kraftvoll zustieß.

Mel sah seinen Schwanz glänzen, von einer Mischung aus beiden Körpersäften bedeckt. Mittlerweile hatte sie den Saum ihres Kleids bis zur Taille hochgezerrt, und sie schob den Ausschnitt weiter hinab, damit sie ihre steifen Brustwarzen besser streicheln konnte. Ihre Muschi sehnte sich nach Dannys Penis. Nur ihre Finger vermochten ihn zu ersetzen. Die rechte Hand spielte mit ihrer Klitoris, der Zeigefinger der linken tauchte in die feuchte Öffnung. Bald gesellte sich ein zweiter Finger hinzu, und sie bewegte beide immer schneller, so wie auch Danny das Tempo seines Liebesakts beschleunigte.

Laura-Janes Kopf sank hinab, das normalerweise untadelig frisierte Haar fiel ihr in die Augen, und ihre gewohnte kultivierte Aura löste sich in nichts auf, als sie ihren Mann schamlos anfeuerte. »Bitte, Danny, hör bloß nicht auf! Fick mich härter, du geiler Hengst!«

Wenn du doch mich ficken würdest ... Lautlos formten Mels Lippen diesen brennenden Wunsch. Ihre Knie zitterten, während sie sich dem Höhepunkt näherte. Um Halt zu finden, lehnte sie an der Schrankwand. Am liebsten hätte sie Dannys Hemden umklammert. Doch das durfte sie mit ihren klebrigen Fingern, die nach ihrer Muschi rochen, nicht riskieren.

»O Gott, ja!« kreischte Laura-Jane. »Ich komme – ich komme ...« Ihre Worte gingen in ein unartikuliertes Ächzen über, und Danny umfasste ihre Hüften, die sie ihm ständig wieder fordernd entgegenschob. Vom Orgasmus seiner Frau angespornt, fand er wenig später seine eigene Befriedigung.

Mel schloss die Augen. Nun war das Spektakel beendet, das ihr die beiden unwissentlich geboten hatten, und sie konzentrierte sich auf die Gefühle in ihrem eigenen Körper. Sekundenlag stellte sie sich Dannys Finger in ihrer Vagina vor, dann wurde dieses Fantasiebild von seinem harten, feucht schimmernden Schwanz ersetzt, den sie vorhin bewundert hatte. In ihrem Bauch begann es ekstatisch zu zucken, und sie glaubte, eine kräftige Faust würde ihr Inneres zusammenkrampfen. Sie entfernte ihre Hand von der überreizten Klitoris und biss in ihren Daumen, um einen Schrei zu unterdrücken, der Danny und Laura-Jane zweifellos alarmiert hätte. Langsam, von einer Welle reiner Freude durchströmt, sank sie auf den Boden des Schranks hinab.

Eine Zeit lang saß sie verkrümmt da, bis sie ihre steifen Beine bewegen musste. Sie spähte durch die Schlitze der Schranktür und sah das Ehepaar im sanften Schimmer der Nachttischlampe schlafen, ein Laken lose über die nackten Körper gebreitet.

Vorsichtig öffnete sie die Schranktür, voller Angst, sie würde die beiden wecken. Aber – ausnahmsweise an diesem Abend – war das Glück auf Mels Seite. Da es ihr widerstrebte, den Raum auf dem normalen Weg zu verlassen, schlich sie lautlos zum Balkon und kletterte über die beiden Balustraden. Im Dunkeln war das etwas schwieriger. Nur die bunten Lämpchen rings um den Pool spendeten schwaches Licht.

Als sie die Balkontür ihres eigenen Zimmers öffnete, fragte sie sich, was sie Corey erzählen sollte. Wenn sie die Ereignisse wahrheitsgemäß schilderte, würde sie den Ruf einer Sexbombe einbüßen, die erfolgreich auf Männerfang ging. Und wenn sie behauptete, sie habe mit Danny geschlafen, wäre sie bereits am Ziel ihrer Wünsche angelangt und müsste auf eine weitere Chance verzichten, ihn ins Bett zu locken.

Ehrlichkeit ist die beste Taktik, entschied sie, holte

tief Atem und betrat das Zimmer. Beinahe hätte sie laut gelacht. Der Bildschirm des Fernsehers flimmerte, und Corey schlief tief und fest, ein aufgeschlagenes Taschenbuch neben sich.

Gott segne dich, Corey, dachte Mel. Du ersparst mir ein heftiges Erröten, wenn du's auch nicht weißt. Morgen kann ich dir erzählen, was passiert ist, ohne mich wie eine komplette Idiotin zu fühlen. Und morgen ..., fügte sie in ihren Gedanken hinzu, zog das enge Lycra-Kleid über den Kopf und tappte nackt ins Bad. Morgen arbeite ich an Plan B.

7

Im Spiel gegen England erlebte das US-Team die schlimmsten Stunden des Turniers. Zwei Schüsse, von Jamie Partridges tödlichem linkem Fuß abgefeuert, katapultierten die Amerikaner auf den letzten Platz ihrer Gruppe. Und dann war das Maß des unglückseligen Nachmittags voll, als der sechsundzwanzigjährige US-Kapitän Bryce Tucker gegen den englischen Keeper Tony Day prallte und sich mehrfach das rechte Bein brach. Nun muss Tucker einige Wochen im hochmodernen General Hospital auf Long Island verbringen, nach einer komplizierten Operation, bei der die Knochenteile zusammengenagelt wurden. »Offensichtlich genieße ich die bestmögliche Behandlung«, erklärte der Mittelfeldspieler, der aus Brooklyn stammt, in seinem Krankenbett. »Hier bemühen sich alle, mir jeden Wunsch von den Augen abzulesen, und …«

Beim zweiten Läuten wurde der Telefonhörer abgenommen. »Hallo?«

Das ist nicht Stuarts Stimme, stellte Corey fest. Trotzdem klang der tiefe Glasgower Akzent vertraut. Im Hintergrund ertönte ein Jamiroquai-Song, eine ihrer CDs. »Andy, bist das du?«

»Oh, hi Corey. Ich dachte, du wärst der Pizza-Mann, der hier anruft, weil er die Adresse nicht findet.«

»Tut mir Leid, dass ich euch enttäusche.« Diese Szene konnte sie sich nur zu gut vorstellen – Stuart und Andy, die Tag und Nacht an ihrem Projekt arbeiteten und knietief in Fast-Food-Kartons versanken. Einmal war sie zum Frühstück hinuntergegangen, nachdem Stuart die halbe Nacht vor seinem PC gesessen hatte. Da hatte sie im Kühlschrank einen Pappteller mit Hühner-Chow-Mein-Resten gefunden, Messer und Gabel in klebrigen Nudeln. »Ist Stuart da?«

»Eine unserer Disketten ist im Eimer, und er musste zum Büro fahren und eine Kopie von den Dateien holen, die wir brauchen. Jetzt wird er jeden Augenblick zurückkommen. Soll ich ihm was ausrichten?«

»Nicht nötig.«

»Ist irgendwas zwischen euch passiert, bevor du in die Staaten geflogen bist? Stuart hat nichts gesagt. Aber ich kenne ihn.«

Ist etwas geschehen, fragte sie sich. Nur das langsame Erkalten der Liebe, die sie einmal empfunden hatte. Darüber wollte sie mit Stuarts bestem Freund und Geschäftspartner nicht reden.

»Er vermisst dich, Corey«, fuhr Andy fort. »Wenn er's auch niemals zugeben würde.«

»Nun ja ...«, antwortete sie unverbindlich und hörte Mel ins Zimmer kommen. »Jetzt muss ich Schluss machen. Wir fahren gleich zum Stadion und schauen uns das Spiel England gegen die USA an. Sag Stuart, dass ich angerufen habe, und ich hoffe, er ist okay. Ich melde mich bald wieder. Pass gut auf ihn auf, Andy.« Ehe er weitere Informationen über Stuarts emotionalen Zustand liefern konnte, beendete sie das Telefonat und lief auf den Balkon, damit Mel die Tränen nicht sah, die plötzlich in ihren Augen brannten.

Als Corey das Hotelrestaurant betrat, um zu frühstücken, waren zwei Drittel der Tische besetzt. Sie hatte Mels Wecker nicht klingeln gehört und erst bei der Rückkehr ihrer Freundin vom regelmäßigen Morgen-Jogging die Augen geöffnet. Während die Zimmergenossin duschte, zog sich Corey an. Dann hatte sie beschlossen, nicht auf Mel zu warten und allein nach unten zu gehen.

Sie schaute sich um, sah ein paar englische Fußballer an einem Tisch sitzen und ging zu ihnen. »Kann ich euch Gesellschaft leisten?« fragte sie und zeigte auf den leeren Stuhl neben Tony Day.

Mit einem schwachen Lächeln hob er den Kopf. »Klar.«

Corey stellte ihr Frühstückstablett ab. »Wie fühlst du dich heute Morgen?« Genauer musste sie ihre Frage nicht formulieren. Bei der Rückfahrt nach dem Match war der Zusammenprall zwischen Tony und dem US-Kapitän Bryce Tucker das einzige Gesprächsthema gewesen. Die Erinnerung an Bryces schreckliche Verletzung verdrängte die Euphorie des englischen Siegs und die Freude über Jamie Partridges zwei Tore. In unnatürlichem Winkel ausgestreckt, hatte das Bein unter dem Körper des Amerikaners gelegen, die Haut von einem weißen Knochen durchstoßen. Das behauptete zumindest ein leichenblasser Dean Burden. Ebenso bestürzt wie alle anderen, hatten Mel und Corey ihren Plan aufgegeben, irgendwelche US-Spieler zu verführen, obwohl auch kein Mitglied des englischen Teams erotische Gelüste verspüren würde.

»Wie ich mich fühle? Immer noch elend.« Tony schob seinen Teller beiseite, und Corey bemerkte, dass seine Spiegeleier, die Fritten und der Toast unberührt waren. Normalerweise verschlang er sein Frühstück mit bestem Appetit und ignorierte Brian Bradfords Warnung vor einem zu hohen Cholesterinspiegel.

»Aber es war ein Unfall«, erwiderte sie sanft. »Daran bist du nicht schuld. Du hast nicht versucht, ihm was anzutun.«

»Das weiß ich. Trotzdem – ich habe ihn nun mal verletzt. Wenn das Bein nicht richtig verheilt, kann er nie wieder spielen. Stell dir das vor, Corey! Ein Junge in seinem Alter – und ich habe wahrscheinlich seine Karriere beendet.«

»Komm schon, Doris!« mahnte Danny Gordon. »Für solche Befürchtungen ist es noch zu früh. Wir alle kennen Spieler, die schwer verletzt waren, und jetzt sind sie wieder kerngesund.«

Wortlos starrte Tony in seine halb leere Kaffeetasse, und Corey legte beruhigend eine Hand auf seinen Arm. Es bedrückte sie, den Keeper so verzweifelt zu sehen, doch sie wusste, dass sie ihn nicht trösten konnte.

»Nach dem Training gehe ich ins Krankenhaus«, verkündete er. »Ich muss mich zumindest entschuldigen.«

»Nimmst du mich mit?« Sie begann einen Plan zu schmieden. »Aber wenn du ihn lieber allein besuchst …«

»Nein, ich würde mich freuen.« Tonys Miene erhellte sich ein wenig. »Bringst du ihm Weintrauben und Fruchtsaft?«

»Oh, da fällt mir sicher was Originelleres ein«, erwiderte sie lächelnd.

Sie fuhren in einem Taxi zur Klinik. Zum Glück stammte der Fahrer aus Puerto Rico, sprach kaum Englisch, und so blieb ihnen eine Konversation erspart. Corey hatte die Mittagsnachrichten des lokalen Kabelfernsehens gesehen und gehofft, etwas Neues über Bryce Tuckers Zustand zu erfahren. Nach einer Wiederholung der schrecklichen Szene auf dem Spielfeld hatte der Operateur erklärt, dem jungen Mann würde es den Umständen entsprechend gut gehen.

Nicht einmal sein Optimismus konnte Tony aufheitern. »Wenn ich ihn selber gesehen habe, geht's mir vielleicht ein bisschen besser. Ich weiß, Danny glaubt, ich mache zu viel Aufhebens drum. Aber er hat die Szene nicht genau gesehen und nicht gehört, wie das Bein des Jungen geknackt hat, als es gebrochen ist. Corey, es war grauenhaft. Nachher musste sich Dean in der Umkleidekabine übergeben. Und er ist wirklich nicht besonders zart besaitet!«

»Wie auch immer, du darfst dir nicht die Schuld daran geben«, betonte Corey. »Sicher hat Danny Recht, wenn er sagt, das passiert nun mal. Keine Bange, Bryce wird sich wieder erholen, und er liegt in einem ausgezeichneten Krankenhaus.«

Während der restlichen Fahrt schwiegen sie. Corey umklammerte einen Rosenstrauß, in Zellophan gewickelt, den sie am Morgen im Sheridan Heights gekauft hatte. Als die englischen Fußballer hörten, sie würde Tony in die Klinik begleiten, organisierten sie eine Spendensammlung und beauftragten sie, ein Geschenk für den verletzten Spieler zu besorgen.

Wie sie Bryce Tuckers persönlichen Daten im Pressematerial über das US-Team entnahm, liebte er belgische Schokolade und Kriminalromane. Die Schokolade war nirgends aufzutreiben. Schließlich entschied sie sich für die neuesten Taschenbücher von Elmore Leonard und Carl Hiaasen, die ihm wenigsten über die Langeweile in den vier Wänden des Krankenzimmers hinweghelfen würden. Außerdem hatte sie eine Karte mit Genesungswünschen gekauft und von allen englischen Kickern unterschreiben lassen.

Das Long Island General strahlte eine antiseptische Effizienz aus, die Corey noch in keinem englischen Krankenhaus verspürt hatte. Als Tony die Aufmerksamkeit der Empfangsdame im weißen Kittel auf sich lenkte, hob sie die untadelig gezupften Brauen. Offenbar kam er ihr bekannt vor. »Kann ich Ihnen helfen?«

»Ja, wir möchten zu Bryce Tucker.«

Sie schaute auf den Bildschirm ihres Computers. »Mal sehen, ob er schon Besuch empfangen darf.« Als sie auf die Tasten drückte, mussten Corey und Tony ziemlich lange warten. »Ah, da hab ich's – im Augenblick dürfen nur Verwandte und enge Freunde zu ihm.«

»Nun, eigentlich bin ich kein Freund ...«, begann Tony.

Prüfend musterte sie sein Gesicht. »Sind Sie nicht dieser englische Spieler, der ...«

Tony nickte bekümmert.

»Unter diesen Umständen kann ich Ihnen auf keinen Fall erlauben, Mr. Tuckers Zimmer zu betreten. Das muss ich erst einmal mit Dr. Gold besprechen. Sie ergriff ein Handy und wählte eine Nummer. »Wenn Sie sich ein paar Minuten gedulden – ich lasse ihn ausrufen, dann wird er sicherlich gleich kommen.«

Dr. Gold – ein gepflegter Mann von Mitte dreißig mit blendend weißen Zähen und tiefgebräuntem Teint – versprühte jovialen Charme, der sofort Coreys und Tonys Vertrauen weckte. Höflich schüttelten sie ihm die Hand.

»Die beiden wollen Bryce Tucker sehen«, erklärte die Empfangsdame. »Aber dieser Gentleman ist verantwortlich für ...«

»Danke, Jeanette«, unterbrach er sie, »ich glaube, da gibt's keine Probleme. Lächelnd fügte er hinzu: »Solange Sie nicht von der Presse sind ...«

»O nein«, versicherte Corey hastig. »Tony ist hier, weil er gestern in den Unfall verwickelt war. Und ich repräsentiere die englische Mannschaft.« Sie hoffte, in ihrem durchgeknöpften blauen Kleid mit der weißen Leinenjacke würde sie offiziell genug wirken. Und da das englische Team über ihren Besuch in der Klinik informiert war, durfte sie sich guten Gewissens für seine Repräsentantin ausgeben – solange niemand einen Ausweis von ihr verlangte.

»Dann ist ja alles in Ordnung«, meinte Dr. Gold. »Sie

wissen ja, wie diese Reporter sind. Um eine Story zu kriegen, schrecken sie vor nichts zurück.«

»Eh – ja, das habe ich schon gehört«, erwiderte sie.

»Wenn Sie mir folgen würden ...« Er führte sie zum Lift, und während sie zum vierten Stock hinauffuhren, inspizierte Corey ihre äußere Erscheinung in den Spiegelwänden der Kabine. Unbehaglich stand Tony neben ihr, die Hände in den Taschen seines Blazers, und schien zu überlegen, was er zu dem verletzten Tucker sagen sollte.

Die Türen des Lifts glitten auseinander, und sie betraten einen stillen Korridor, dessen Wände in beruhigendem Hellblau getüncht waren. Lächelnd nickte Dr. Gold dem englischen Fußballer und seiner Begleiterin zu. »Sie dürfen fünfundvierzig Minuten bei ihm bleiben.«

»Kann ich erst mal allein zu ihm gehen, Corey?« bat Tony. »Ich will ihm einiges erklären ...«

»Natürlich, das verstehe ich. Ich würde Bryce auch gern allein sehen. Hol mich, wenn du fertig bist.«

»Am besten warten Sie dort drüben, Miss.« Dr. Gold zeigte auf eine Sitzecke.

»Danke.« Corey ging zu einer Kaffeemaschine und füllte eine Tasse. Dann sank sie in die Polsterung eines erstaunlich bequemen Sofas. Auf einem niedrigen Tisch lagen mehrere Zeitschriften, und sie ergriff eine Ausgabe von *Sports Illustrated.* Das Titelbild zeigte einen lächelnden jungen Farbigen – den Mann, den sie besuchen wollte. ›Bryce Tucker, der Kapitän des US-Soccer-Teams‹, stand darüber, ›Ein junger Mann mit glänzender Zukunft.‹ Von der makabren Ironie dieser Überschrift erschüttert, legte Corey das Magazin rasch beiseite und begann, in der *Time* zu blättern.

Fünfzehn Minuten später blickte sie von einem langweiligen Artikel über den Weltwirtschaftsgipfel auf, der soeben in München stattgefunden hatte, und sah einen erleichterten Tony neben sich stehen. »Jetzt gehört er dir, Corey.«

»Wie ist's gelaufen?«

»Oh, er war wahnsinnig nett. Ich dachte, er würde mir Vorwürfe machen. Aber es schien ihn viel mehr zu interessieren, wie *mir* zumute war. Jetzt bin ich froh, dass ich ihn besucht habe. Und ich glaube, wir sind sogar Freunde geworden.«

»Sehr gut, das freut mich für dich. Jetzt will ich kurz mit ihm reden. Sorg dich nicht, davon werde ich nichts in meiner Kolumne erwähnen.« Wenn's so klappt, wie ich's mir vorstelle, müssten wir die morgige *Clarion*-Ausgabe in braunen Umschlägen verkaufen, dachte sie und betrat Bryce Tuckers Zimmer.

Von mehreren Kissen gestützt, zappte er lässig durch die Kanäle des Kabel-TVs, das eingegipste rechte Bein in einer Schlinge, die an der Decke hing. Er musterte Corey und schenkte ihr eine müde Version des Lächelns, das sie auf dem Titelblatt der *Sports Illustrated* gesehen hatte. In sein sympathisches, attraktives Gesicht hingen Dreadlocks, die fast bis zu den weit auseinander stehenden braunen Augen reichten. »Noch mehr Besuch! Das muss mein Glückstag sein.«

»Corey Palmer«, stellte sie sich vor. »Ich bin im Auftrag des englischen Teams zu Ihnen gekommen.«

»Das weiß ich. Ihr Freund Tony konnte gar nicht aufhören, sich zu entschuldigen. Natürlich habe ich versichert, ich würde ihm nichts verübeln. Er kann ja auch wirklich nichts dafür. Wir sind einfach unglücklich zusammengestoßen. Um die Wahrheit zu gestehen, ich erinnere mich kaum, wie's passiert ist. Plötzlich hörte ich was knacken und spürte einen grässlichen Schmerz. So ist das nun mal beim Fußball. Eines Tages könnte es Tony treffen, und dann besuche ich *ihn* in der Klinik.«

»Wie fühlen Sie sich?«

»Gar nicht so schlecht. Letzte Nacht bekam ich ein schmerzstillendes Medikament und schlief sofort ein. Als ich heute Morgen erwachte, begann ich mich bald zu langweilen. Aber wenn man erfreulichen Besuch kriegt, geht's einem gleich besser.«

Corey übergab ihm die Taschenbücher und die Blumen. »Vielleicht muntert Sie das auch ein bisschen auf. Zwischen den Rosen steckt eine Karte, von allen englischen Spielern unterschrieben.«

»Oh, vielen Dank.« Bryce schaute sich die Bücher an. »Die habe ich noch nicht gelesen. Und die Blumen sind sehr schön. Ich rufe eine Schwester, sie soll eine Vase bringen.«

Als er zur Klingel neben seinem Bett griff, hielt Corey seine Hand fest. »Tun Sie's erst, wenn ich gegangen bin. Viel Zeit bleibt mir nicht mehr. Da ich Ihnen etwas ganz Persönliches schenken will, sollten wir nicht gestört werden.« Sie schlüpfte aus ihrer Jacke und hängte sie über den Stuhl, der neben dem Bett stand. Dann begann sie, ihr Kleid aufzuknöpfen. Sichtlich überrascht, konnte Bryce seinen Blick nicht von ihren Fingern losreißen, die langsam einen schwarzen Bügel-BH und ein schwarzes Höschen enthüllten. Über dem knappen Slip zeigte sich verführerisches blondes Kraushaar.

»Was für eine seltsame Besucherin sind Sie denn?« flüsterte er, als sie zu ihm ging.

»Nenn mich einfach einen Engel der Barmherzigkeit.« Lächelnd neigte sie sich hinab und küsste ihn.

Nach kurzem Zögern erwiderte er den Kuss. Corey knabberte an seiner vollen Unterlippe und biss behutsam hinein, bis er den Mund öffnete. Um sie etwas leidenschaftlicher zu küssen, nahm er ihren Kopf in beide Hände. Ganz vorsichtig, um sein verletztes Bein nicht zu berühren, setzte sie sich rittlings auf seine Hüften.

»Was für eine interessante Position!« meinte sie. »Da du dein Gipsbein nicht bewegen kannst, bist du mir hilflos ausgeliefert.«

»So sehe ich das überhaupt nicht.« Seine großen Hände umfassten ihre Brüste.

»Oh, ich schon«, gurrte sie. »Was immer ich mit dir mache, du kannst mich nicht dran hindern.« Sie zupfte an seinem schlichten weißen T-Shirt, das er sich bereitwillig über den Kopf ziehen ließ. Auch als sie seine Jockey-Shorts nach unten streifte, hatte er nichts dagegen. Sein Penis begann sich zu regen. Aufreizend rieb sie ihn zwischen ihren Handflächen und spürte, wie das Blut rascher durch die Adern strömte.

»O Mann ...« Jetzt grinste er übers ganze Gesicht. Er öffnete den vorderen Verschluss ihres BHs und entblößte ihre Brüste. Begierig hob er den Kopf und wollte an einer Knospe saugen. Aber Corey richtete sich auf, sodass er sein Ziel nicht erreichte. Nur sie allein bestimmte, was in diesem Bett geschah, und sie würde seine Schwäche genüsslich auskosten.

Mittlerweile hatte sich sein Penis zur Genüge erhärtet. Corey strich über seine dunkelbraunen Hoden und hörte ihn leise stöhnen. Nun schob sie den Zwickel ihres Höschens beiseite, steckte einen Finger zwischen ihre schwellenden Schamlippen und fühlte den feuchten Beweis ihrer eigenen Erregung. Aber Bryce besaß einen ungewöhnlich langen, dicken Schwanz, und sie glaubte, sie wäre noch nicht bereit für ihn. Während sie sich selbst berührte, starrte er ihren Venusberg an. Sicher konnte sie ihn veranlassen, sie auf jede Weise zu befriedigen, die ihr gefiel, mit seinen Fingern oder seinen Lippen. Dieser Gedanke ließ ihren Saft reichlicher fließen. Als sie einen Finger ganz tief in ihre Muschi steckte, spürte sie die Kontraktionen ihrer vaginalen Muskeln.

Ein zweiter Finger folgte dem ersten, und Bryce stöhnte.

»Schaust du mir gern zu?« wisperte Corey. Ihr Zeigefinger glitt über die Klitoris, die andere Hand war weiter unten beschäftigt. Nun beugte sie sich vor und ließ Bryce endlich an einer Brustwarze saugen. Sein steifer Penis erforderte ihre Aufmerksamkeit, und so schlüpfte sie aus ihrem Höschen. Dann postierte sie sich direkt über der beschnittenen Eichel. Sie befeuchtete sein Glied, das sie an ebenholzschwarzen Samt erinnerte, mit ihrem Nektar. Deutlich verriet sein Blick, dass er sich wünschte, sie würde ihn noch eine Weile streicheln. Diesen Gefallen tat sie ihm. Sobald er die Lider senkte und schneller atmete, hörte sie auf. Sie fühlte sich innerlich leer, und sie konnte das beharrliche Pochen in ihrer Muschi nicht länger ignorieren. Aber sie wollte es zu ihren eigenen Bedingungen mit ihm treiben.

Mit beiden Händen umschloss sie die Säule aus heißem, hartem Fleisch und nahm die Eichel in sich auf. Von seinem Gipsbein behindert, konnte Bryce die Hüften nicht heben, was er offensichtlich gern getan hätte, um tiefer in sie einzudringen. Als sie seinen Frust erkannte, lächelte sie boshaft und richtete sich auf, sodass er aus ihr herausglitt.

»Quäl mich nicht!« flehte er. »Bitte …«

Sie schaute in sein erwartungsvolles Gesicht. Zweifellos sehnte er sich nach ihrem warmen Schoß. Ihr letztes erotisches Abenteuer hatte sie mit Jens Lyngstrup erlebt, und da war er Herr der Lage gewesen. Jetzt schwelgte sie in ihrer Dominanz. Doch sie brachte es nicht übers Herz, Bryce noch länger hinzuhalten, und so sank sie wieder auf seine Erektion hinab.

»O Mann, tut das gut!« stöhnte er, umfasste Coreys Hüften und verlagerte ihr Gewicht ein wenig, damit sie sein eingegipstes Bein nicht berührte. Zunächst bewegte sie sich ganz vorsichtig auf und ab, weil sie ihm nicht wehtun wollte. Noch nie war ihre Vagina von einem so großen Penis geweitet worden. Wie ihr ein Instinkt verriet, genoss der Amerikaner den sanften Liebesakt. Sie neigte sich hinab und küsste seinen Mund.

Allmählich beschleunigte sie den Rhythmus, angespornt von Bryce, der behutsam ihre Brüste massierte. Seine kräftigen Hände umschlossen die beiden Kugeln vollkommen. Nur die steifen Knospen ragten zwischen seinen Fingern hervor. Corey berührte ihre Klitoris und entsann sich, wie fasziniert er vorhin gewesen war, als sie so lüstern mit der winzigen Perle gespielt hatte.

Zu ihrer Verblüffung hob er sie hoch und bedeutete ihr, neben ihm zu knien, die Beine weit gespreizt. »Sei ein braves Mädchen und mach's dir selber«, flüsterte er. »Für mich.«

Ihrem Orgasmus zu nahe, um zu widersprechen, schob sie gehorsam zwei Finger in ihre Vagina und fügte bald einen dritten hinzu. Dadurch konnte sie die Illusion heraufbeschwören, Bryces gewaltiger Schwanz würde immer noch in ihr stecken. Wenn der Amerikaner zuschauen wollte, wie sie kam – diesen Wunsch erfüllte sie sehr gern. Mit dem Mittelfinger der anderen Hand stimulierte sie ihre Klitoris, die sich in die schützende fleischige Hülle zurückzog, sobald die ersten Wellen des Höhepunkts vibrierten. Beinahe hätte Corey laut geschrien. Hinter ihren zusammengekniffenen Lidern schienen bunte Sterne zu bersten, in ihren Ohren rauschte das Blut.

Bryces starker Arm umfing wieder ihre Taille, und sie war froh, seinen muskulösen Körper an ihrem zu spüren, während sie nach Atem rang.

»Machst du's mir auch?« bat er. »Ich würde dir das Spektakel gern bieten, so wie du's für mich getan hast. Aber in dieser Lage wär's etwas schwierig.«

»Natürlich.« Corey nahm seine Erektion, die noch feucht von ihrem eigenen Saft war, in beide Hände und strich immer wieder von oben nach unten. In kleinen Kreisen umrundete ihr Daumen die winzige Öffnung an der Spitze der Eichel. Dann verteilte sie Bryces Sekret auf der dunklen Haut. Völlig in ihrer Gewalt, sank er aufs Kissen zurück. Sie umfasste die straffen Kugeln seiner Hoden. Als sie sich entsann, wie reizvoll dieses Stimulans gewesen war, schob sie ihren Zeigefinger in seinen Anus und bewegte ihn sanft.

Erstaunt und entzückt schaute er zu ihr auf, und wenig später quoll warmer Samen aus seinem Penis und rann über Coreys Hände.

»O Mann, so was hat noch keine Frau mit mir gemacht«, murmelte er. »Wo hast du diesen Trick gelernt?«

»Das kann ich dir nicht verraten.« Sie leckte den salzigen Saft von ihren Lippen. Als sie Bryce küsste, fiel ihr Blick auf ihre Armbanduhr. »Jetzt muss ich gehen. Die Besuchszeit ist fast vorbei. Und Tony wird sich schon fragen, was ich so lange bei dir treibe.« Hastig begann sie, sich anzuziehen.

»Meine Mom und mein Dad besuchen mich fast jeden Tag. Aber wenn du noch mal kommen könntest …«

»So oft du willst, Bryce. Da du schon in diesem Zustand so viel Temperament entwickelst, möchte ich mal sehen, was du drauf hast, wenn du wieder fit bist.« Sie hauchte einen Kuss auf seine Stirn. »Sieh zu, dass du möglichst bald gesund wirst.«

Nun wirkte sein Gesicht ziemlich müde, aber er lächelte. »Mit deiner Hilfe werde ich mich sehr schnell erholen. Wenn's nach mir ginge, müsste die Krankenversicherung solche Therapien bezahlen.«

Als sie Bryces Zimmer verließ, trank Tony seine Kaffeetasse leer und stand vom Sofa auf.

»Du hast Recht, er ist sehr nett.«

»Freut er sich über die Geschenke?« fragte Tony.

»O ja, und was er von mir gekriegt hat, war auch genau richtig. Komm jetzt, wenn wir rechtzeitig im Hotel sind, können wir vor dem Dinner noch Billard spielen.«

»Halten wir unterwegs vor einem Supermarkt? Inzwischen ist mein Appetit zurückgekehrt, und ich würde gern einen Hershey Bar verdrücken.« Sein verlegenes Grinsen bewies ihr, dass er wieder okay war. Erleichtert nahm sie seinen Arm und führte ihn zum Taxistand hinaus.

8

Wenn Sie die WM vom bequemen Lehnstuhl aus verfolgen, denken Sie mal an die Fans, die 3000 Meilen weit geflogen sind, um England spielen zu sehen. Zweifellos ist das Match gegen Italien ein echter Leckerbissen für alle Fußballfreunde – insbesondere, weil Stars wie Massimo Pizzi von Aston Villa und Gianmario Bronzini zum italienischen Team gehören. Aber Arsenals Verteidiger Claudio Castelli wird nicht auflaufen, nachdem er wegen seiner Rangelei mit einem australischen Spieler die rote Karte bekommen hat. Und seine Abwesenheit weckt berechtigte Hoffnungen in den Herzen der englischen Fans, die weder Kosten noch Mühe gescheut haben, um Eintrittskarten zu ergattern …

»Das ist es!« verkündete Mel in entschiedenem Ton.

»Was?« fragte Corey und riss ihren Blick vom Trainingsplatz los, wo die englischen Kicker gerade einige Lockerungsübungen absolvierten.

»Mein neues Tagesprogamm.« Mel zeigte auf vier Jungs, die unter einem Baum standen, das Training beobachteten und Kommentare über die Spiele abgaben. »Zur Abwechslung werde ich mal die Fans fragen, was sie von unserem Team halten. Komm, ich habe meine Kamera im Wagen.«

Corey folgte ihrer Freundin zum Jeep. Zu Mels tragbarem Camcorder gehörte ein eingebautes Mikrofon, damit sie unvorhergesehene interessante Szenen aufzeichnen konnte, wenn ihr Kameramann gerade woanders beschäftigt war.

Sie schaltete das Gerät ein, checkte die Batterie, schraubte den Linsenverschluss ab und begann Corey zu filmen. »Was glauben Sie, wie das Match ausgehen wird, Miss Palmer?«

Sekundenlang dachte Corey nach und starrte in die Linse. »1:0 für England, und natürlich wird Alex Wild das Tor schießen.«

»So spricht ein echter Fan.« Mel schaltete den Camcorder ab. »Danke, Corey, das war großartig.«

»Das wirst du doch nicht verwenden?« fragte Corey erschrocken.

»Vielleicht doch ...« Mel grinste tückisch. »Oder vielleicht nicht. Mal sehen, was unsere Freunde da drüben zu sagen haben.« Sie schlenderte zu den Fans hinüber, und Corey blieb ihr auf den Fersen.

Inzwischen hatten sich die Spieler um Brian versammelt, der ihnen Anweisungen gab. Sie joggten zwischen zwei Reihen von Fahnenstangen hindurch, die etwa zwanzig Meter voneinander entfernt standen. Als der Trainer mit lauter Stimme einen Befehl erteilte, begannen sie zu sprinten. Mel richtete ihre Kamera auf Danny Gordon. Wie drei oder vier andere Spieler trug er an diesem heißen Vormittag kein T-Shirt. Auf seiner goldbraunen Haut glänzten Schweißtropfen.

Mel sah die belustigte Miene ihrer Freundin und erklärte: »Füllsel-Material.«

»Ja, und wir alle wissen, was es ausfüllen soll«, erwiderte Corey und boxte sie in die Rippen.

Mel konzentrierte ihre Aufmerksamkeit wieder auf die Zuschauer. »Hi, kann ich euch was fragen?«

Verwundert wandten sie sich zu ihr und starrten sie an. Wie sie mit einem Blick feststellte, konnte keiner über zwanzig sein. Zwei waren offenbar Brüder, durchschnittlich groß, stämmig, mit den gleichen tiefliegenden blauen Augen. Während der eine sein kurz geschnittenes Haar wasserstoffblond gefärbt hatte, trug der andere zerzauste mausfarbene Locken zur Schau.

Der dritte, mit kurzen braunen Haaren und dunklen Augen hinter einer Metallbrille, präsentierte sich in einem klassischen Trikot des englischen Teams aus den sechziger Jahren, der vierte in einem Newcastle-Hemd mit der Nummer drei und dem Namen Jones am Rücken.

»Oh, Sie sind diese Mel vom Metro-TV!« rief der Junge mit den mausbraunen Locken. Dann erklärte er dem Newcastle-Fan: »Jeden Sonntagabend macht sie diese Sendung mit den Highlights aus der ersten Liga.«

»Du Glückspilz!« lautete die Antwort mit northumbrischem Akzent. »So eine Lokalsendung würden wir auch brauchen, mit ein paar tollen Spielszenen.«

Lächelnd schaute Mel ihn an. Er war eindeutig der hübscheste von den vier Jungs, das schwarze Haar in der Mitte gescheitelt und aus dem Gesicht gekämmt, die Haselnussaugen von langen, fast femininen Wimpern umrahmt, das Kinn voll dunkler Bartstoppeln. »Das betrachte ich als Kompliment. Ich sammle gerade ein paar Publikumsstimmen und möchte euch fragen, welche Chancen unser Team gegen die Italiener hat.«

»Die packen wir«, meinte der Junge mit dem blond gefärbten Haar. »Jamie Partridge wird alles klarmachen. Schade, dass Castelli nicht für uns spielt. Ein Supertechniker.«

»Also, ich weiß nicht, ob wir das Match gewinnen.« Nun meldete sich der Bursche im Trikot aus den sechziger Jahren zu Wort, mit einem ausgeprägten Manchester-Akzent. Er sprach langsam und bedächtig. »Überlegt doch mal – die Italiener haben erstklassige Außenstürmer und die beste Liga der Welt. Nach England kommen nur ausrangierte Kicker wie Castelli, die in der ersten italienischen Liga keinen Stammplatz mehr kriegen. Und die spielen nur bei uns, weil ihnen die englischen Clubs ein Schweinegeld zahlen.«

»Ja, aber wenn sie so schlecht sind – warum gehört dann ein halbes Dutzend zum italienischen Team?« wandte der Lockenkopf ein.

»Nun, ich glaube, wir schlagen sie«, sagte der Northumberländer. Zunächst hatte er vor Mels Kameralinse gezögert. Aber während er seine Theorie erläuterte, wuchs sein Selbstvertrauen. »Alles hängt davon ab, wer die gegnerische Verteidigung durchbricht. Und da haben die Italiener einiges zu tun, wenn sie an Mitch Jones und Garry Redington vorbeikommen wollen. Letzte Saison haben uns die beiden alle Ehre gemacht. Die beste Verteidigung in der Liga. Newcastle – das dürft ihr nicht vergessen.«

»Okay, vielleicht machen sie alles wieder gut, was dieser unfähige Burden verbockt«, murmelte der Junge mit dem wasserstoffblonden Haar.

»Sei doch fair, Mann!« mahnte der Northumberländer. »Ich mag ihn auch nicht. Aber gegen die USA hat er gut gespielt.«

Mel merkte, wie unbehaglich ihre Freundin diesem Urteil über Dean Burdon lauschte und zu überlegen schien, ob sie sich für ihn einsetzen sollte.

Nun wollte Mel das Interview in andere Bahnen lenken. Aber inzwischen war das Training beendet, und die vier Fans konnten es kaum erwarten, mit ihren Helden zu reden. »Danke, Jungs.« Mel schaltete den Camcorder ab. »Falls ihr Verwandte in London habt, die einen Videorecorder besitzen, sollten sie heute Abend die Metro-TV-Sendung aufzeichnen. Ruft sie an und sagt ihnen, da würden sie jemanden sehen, den sie kennen.«

Sie beobachtete, wie die beiden Brüder und ihr bebrillter Freund den englischen Spielern nachrannten, die zur Umkleidekabine gingen. Dabei erinnerte sie sich an die Jungs, die ihr nach Leichtathletikwettkämpfen oft vor dem Crystal Palace und dem Don-Valley-

Stadion aufgelauert hatten, in der Hoffnung auf ein paar Worte und ein Autogramm. Ihre Anziehungskraft verdankte sie nicht zuletzt einer wohlgeformten Figur und hautengen Lycra-Outfits. Aber der hormonelle Drang war von einer gewissen Heldenverehrung gemäßigt worden.

Plötzlich stellte sie fest, dass der attraktive Northumberländer den anderen nicht gefolgt war. »Willst du dich nicht mit den Spielern unterhalten?« fragte sie und kehrte zum Jeep zurück, fest überzeugt, er würde ihr auf den Fersen bleiben.

»Nein. Das ist doch kindisch, den Leuten auf die Nerven zu fallen und Autogramme zu verlangen. Außerdem habe ich auf dem Trainingsplatz von Newcastle oft genug mit Mitch und Garry Redington gesprochen. Da gehe ich immer hin, weil ich keine andere Möglichkeit habe, das Team spielen zu sehen. Ich kann mir keine Eintrittskarten für den St. James' Park leisten. Als ich hierher flog, hatte ich auch keine Tickets für die Matches.«

»Die FA hat den Fans doch eingeschärft, sie sollen nicht ohne Karten in die Staaten kommen.«

»Aye, aber die Preise waren enorm. Als Maurer verdiene ich nicht besonders viel. Deshalb beschloss ich, einfach rüberzufliegen und auf meine Chance zu warten. Ja, ich weiß, was Sie jetzt denken – wir sind nur hier, um Ärger zu machen. Das stimmt nicht. Vielleicht gibt's ein paar Fans, die Schlägereien anzetteln wollen. Zu diesen Typen gehöre ich nicht. Mich interessiert nur das englische Nationalteam. Ich war schon in Georgien, Slowenien, Finnland – ohne den Fußball hätte ich diese Länder nie gesehen. Ich ließ mich von uralten Lastern voller Schafe mitnehmen, und nach den Matches schlief ich auf eiskalten Bahnsteigen. Einmal wurde ich von einem französischen Polizisten niedergeknüppelt. Trotzdem hat sich's immer gelohnt. Und es wäre eine Schande, wenn ich das Match zwischen England und Italien nicht sehen könnte. Meine Freunde haben schon Karten. Keine Ahnung, was ich tun soll.«

»Nun, vielleicht kann ich dir helfen«, erwiderte Mel. »Übrigens, wie heißt du?«

»Rob.« Gespannt schaute er sie an.

»Ich werde dir keine Karte *schenken*. Die musst du dir verdienen. Willst du das?« Sie gab den Camcorder ihrer Freundin, und Corey wollte ihn im Kofferraum des Jeeps verstauen. Aber Mel schüttelte den Kopf.

»Je nachdem, was Sie verlangen«, antwortete Rob und beobachtete einen stummen Gedankenaustausch zwischen den beiden Mädchen.

Offenbar erwartete er, Mel würde ihn mit irgendeinem Botengang betrauen. Und so blinzelte er verblüfft, als sie ihn aufforderte: »Lass die Hose runter.«

»Wie bitte?« fragte Rob, weil er glaubte, er hätte sich verhört.

Die Hände in die Hüften gestemmt, wiederholte sie: »Lass die Hose runter. Du sollst die Eintrittskarte mit deinem Körper bezahlen.«

Eine Zeit lang starrte er sie unschlüssig an. Nun hatte er zwei Möglichkeiten. Entweder ging er auf den Deal ein, oder er gesellte sich wieder zu seinen Freunden. Sollte er sich für letzteres entscheiden, könnte sie's ihm nicht verübeln. Was würde *sie* denn tun, wenn ein Mann, den sie erst seit ein paar Minuten kannte, von ihr verlangte, sich auszuziehen? Sie spielte mit dem Feuer, und sie nutzte ihre Position eiskalt aus, um die Lust zu stillen, die ihren Körper plötzlich erfüllte. Sicher, es war ein verwerfliches Spiel. Aber Rob hatte die Wahl. Mit diesem Gedanken beruhigte sie ihr Gewissen.

Sie wollte Corey schon bedeuten, die Kamera in den Kofferraum zu legen und in den Jeep zu steigen, als

Rob seine Gürtelschnalle öffnete, den Hosenschlitz aufknöpfte und die Jeans zu den Knien hinabrutschen ließ.

»Nicht besonders würdevoll«, meinte Mel. »Macht nichts. Jetzt bin ich nicht in der Stimmung für Förmlichkeiten.« Er trug Boxershorts, unter dem langen T-Shirt kaum sichtbar. »Zieh das auch aus … Nein, warte einen Augenblick …« Sie wandte sich zu Corey. »In der Kameratasche findest du eine leere Filmrolle. Kannst du's mit der tauschen, die im Camcorder steckt?«

»Klar. Warum?«

»Nun beginnt deine Karriere als Kamerafrau. Hast du was dagegen, einen Videostar zu spielen, Rob?«

Verwirrt starrte er sie an.

»Keine Bange, diese Aufnahme wird nur im privaten Kreis gezeigt.« Mel wartete, bis ihre Freundin die neue Filmrolle in den Camcorder geschoben und den Linsenverschluss abgeschraubt hatte. »Okay, Corey, drück einfach den Daumen auf diesen roten Knopf. Die Wahl des Blickwinkels überlasse ich dir – und natürlich diesem netten Jungen.«

Verlegen stand der Northumberländer da. Die Jeans hing immer noch um seine Knie herum. Aber nicht einmal die Erkenntnis, dass die erotischen Ereignisse für die Nachwelt festgehalten werden sollten, brachte ihn von seinem Entschluss ab.

»Okay, Rob, runter mit den Shorts!« befahl Mel und beobachtete, wie er seine Daumen in das Gurtband hakte und die weiße Baumwollhose zu den Jeans hinabschob. Das lange Newcastle-Hemd verbarg seinen Schwanz immer noch. Natürlich hätte sie ihn auffordern können, auch dieses T-Shirt zu entfernen. Aber sie fand, es wäre eine aufregende Perversion, mit ihm zu bumsen, während er seinen kostbarsten Schatz trug – die Demonstration heller Begeisterung für sein Team und seinen Lieblingsspieler.

Mel öffnete den Reißverschluss ihrer abgeschnittenen Jeans, deren ausgefranste Ränder die prallen Hinterbacken nur knapp bedeckten. Rasch schlüpfte sie aus den Shorts. Darunter war sie nackt. Beim Anblick des kastanienroten Dreiecks zwischen ihren Schenkeln, riss Rob die Augen auf. Sie ging zu ihm und schmiegte ihren Körper an seinen. Um ihn zu einen Kuss herauszufordern, hob sie den Kopf. Sein Mund fühlte sich erstaunlich weich an, ein krasser Kontrast zu den Bartstoppeln auf seinem Kinn und den rauen Schwielen seiner Maurerhände.

Verführerisch knabberte sie an seiner Unterlippe und ermutigte ihn, ihren Mund mit seiner Zunge zu erforschen. Seine Finger umspannten ihr nacktes Hinterteil und pressten sie an seine Erektion, die immer noch vom Nylonstoff des Newcastle-Hemds verhüllt wurde.

Zu ihrer Verblüffung drehte er sie herum, sodass sie in die Kamera schaute. Ihr weißes Baumwolltop war vorn zugeknöpft, und Rob öffnete es, zog die beiden Hälften auseinander und entblößte ihre vollen Brüste vor Coreys Linse. Dann knetete er eine große, schokoladenbraune Knospe zwischen Daumen und Zeigefinger, bis Mel stöhnte.

»Ja, genauso habe ich's mir vorgestellt«, murmelte sie, während seine Zähne ihren Hals streiften. Sie griff in die kastanienroten Löckchen ihres Venusbergs, teilte die Schamlippen und drückte ihre feuchten Finger in Robs Mund, damit er ihren salzigen Saft kosten konnte.

Weil Corey seinen Penis aufs Video bannen sollte, klemmte Mel sein rechtes Bein zwischen ihre Knie und schwenkte es zur Seite. Mit einer Hand zog sie den Saum seines Hemds bis zur Taille, mit der anderen umfasste sie sein langes, schmales Glied. Rhythmisch pulsierte es unter ihren Fingern, die seine Vorhaut nach unten streiften. Jetzt begann Rob zu stöhnen, während

Mels fachkundige Liebkosungen seine Erektion verstärkten.

»Ich will dich in mir spüren«, wisperte sie. Im nächsten Moment kreischte sie entzückt, denn er hob sie hoch und hielt sie fest, als sie seinen Penis in ihre Vagina einführte. Mühelos drang die warme, glatte Spitze vor, bis ihr feuchter, einladender Schoß den ganzen Schwanz umschloss. Ihre Beine umfingen Robs Hüften. Mit beiden Händen klammerte sie sich an sein Hemd.

Zweifellos hatte die harte Arbeit auf den Baustellen seine Muskelkraft gefördert. Das bewies er, indem er Mel die paar Schritte zum Jeep trug und seine Schultern gegen die Beifahrertür lehnte, um sich zielstrebig zu bewegen.

Nun stand Corey neben dem Paar. Nachdem sie zunächst nur zögernd und nervös mit der Videokamera umgegangen war, glaubte sie sich mittlerweile wie ein echter Profi zu verhalten. Sie trat noch näher, um Robs Schwanz, der sich stetig und gleichmäßig in Mels Muschi bohrte und wieder herausglitt, möglichst detailliert zu filmen.

Als sie ein wenig zurückwich, wandte Mel den Kopf zur Linse und leckte lasziv über ihre Lippen. Offensichtlich wurde Corey von der Szene erregt, die sie aufnahm. Unter dem dünnen schwarzen Top zeichneten sich deutlich ihre harten Brustwarzen ab. Mel konnte nicht widerstehen, streckte eine Hand aus und zerrte das Top nach oben, um die hoch angesetzten kleinen Halbkugeln zu entblößen. Obwohl Corey errötete, zog sie das Top nicht hinab. Mel lächelte herausfordernd, ließ ihre Finger über die Knospen gleiten, die sich noch mehr aufrichteten. Verwundert hob Corey die Brauen. Dann erwiderte sie das Lächeln. Mit ihrer freien Hand begann sie die steifen kleinen Spitzen selbst zu streicheln.

Mel konzentrierte ihre Aufmerksamkeit wieder auf Rob und küsste ihn leidenschaftlich. Bald beschleunigte er sein Tempo und seine keuchenden Atemzüge. Während seine Hüften vor- und zurückzuckten, dehnte sein Schwanz die Schamlippen und rieb an der Klitoris. Ihre geschwollenen Brustwarzen pressten sich an Robs Hemd. Wenn das ein richtiger Pornofilm wäre, dachte sie halb benommen, müsste er jetzt seinen Schwanz rausziehen und den Zuschauern das Resultat seines Höhepunkts präsentieren. Er keuchte laut. Unterhalb ihrer gekreuzten Fußknöchel spürte sie, wie sich seine Hinterbacken zusammenkrampften, wie er seine Begierde noch ein paar Sekunden länger zu kontrollieren versuchte. Mels vaginale Muskeln liebkosten sein Glied. Da verlor er den Kampf. Sein vehementer heißer Samenerguss trieb auch sie zum Orgasmus.

Für einen Augenblick spannte sich ihr ganzer Körper an. Unwillkürlich ballte sie die Hände, krümmte die Zehen, und dann schien irgendetwas in ihrem Innern zu zersplittern. »O ja – oh, das war's«, gurrte sie und erschlaffte in Robs Armen.

Als sie die Augen öffnete, sah sie, wie Corey die Kamera abgeschaltet hatte und ihr Top in den Rockbund stopfte. Schade, dass die Show für sie beendet ist, überlegte Mel. Sicher hätte ich sie nicht lange bitten müssen, sich selbst zu befriedigen.

Rob stellte Mel auf die Beine und streifte seine Unterhose und die Jeans hoch. Inzwischen hob Corey die Shorts ihrer Freundin vom Boden auf und gab sie ihr.

Nachdem Mel sich angezogen hatte, umarmte sie Rob. »Was die Eintrittskarte angeht – ich weiß nicht recht … Diese Leistung würde dich zu einer ganzen VIP-Loge berechtigen.«

»Aber du wirst doch was für mich tun?«

»Natürlich – eine Frau, ein Wort.« Sie öffnete den

Kofferraum des Jeeps, und Corey wollte den Camcorder in seine Tasche stecken. Aber Mel nahm ihn ihr aus der Hand und entfernte die Videokassette. »Der Film darf nicht in die falschen Hände geraten. Immerhin gibt's gewisse Grenzen. Komm mit uns ins Pressezentrum, Rob. Da will ich mich an ein paar Leute wenden, die mir einen Gefallen schuldig sind. Mach dir keine Sorgen, du kriegst den besten Platz im ganzen Stadion.«

Während Mel das versprochene Ticket für Rob beschaffte, schlenderte Corey ins Café des Pressezentrums und gönnte sich einen kühlen Longdrink. Am liebsten hätte sie unter dem Tisch ihren Rock hochgeschoben, einen Finger ins Höschen gesteckt und einen Orgasmus erzielt. Danach sehnte sie sich, seit sie ihre Freundin und Rob auf dem Parkgelände neben dem Trainingsplatz beobachtet hatte. Und Mels Finger auf ihren Brüsten zu spüren – das konnte sie einfach nicht vergessen. Es war so unerwartet geschehen, dass sie nicht protestiert hatte. Aber ich wollte mich gar nicht wehren, gestand sie sich ehrlich ein. Nie zuvor war sie von einer Frau berührt worden. Und doch – in jenem Moment hatte sie's gut und richtig gefunden. Verwirrt schüttelte sie den Kopf.

Später saß sie inmitten zahlreicher enthusiastischer Fans im Stadion. Immer noch von ihrem Frust gequält, konnte sie sich kaum auf das Match konzentrieren. Wenigstens war's diesmal *ihre* Aufgabe, einen Kicker aus dem gegnerischen Lager zu verführen. Zu ihrem Leidwesen spielte der Mann, den sie sich ausgesucht hatte, nicht mit. Claudio Castelli, mit seiner wilden schwarzen Lockenmähne und dem sinnlichen Schmollmund, war eindeutig das attraktivste Mitglied des italienischen Teams – und eins der aggressivsten. Deshalb saß er jetzt auf der Tribüne, links von Corey, nur ein halbes Dutzend Reihen weiter unten. Die Spieler, die nicht aufliefen, wurden immer ganz vorn platziert. Meistens wirkten sie in ihren Mannschaftsblazern steif und förmlich. Aber Castelli, ein typischer Italiener, trug einen erstklassig geschnittenen, vermutlich sündteuren Anzug mit blütenweißem Hemd und dezenter weinroter Krawatte. Einen Kaugummi im Mund schaute er genauso gelangweilt drein, wie Corey sich fühlte.

Das Spiel würde wohl kaum als denkwürdiges Ereignis in die WM-Annalen eingehen. Wie Rob bei Mels Interview prophezeit hatte, lieferten sich beide Teams eine erbitterte Verteidigungsschlacht. Bei jeder Mannschaft standen drei Spieler ganz hinten und fünf im defensiven Mittelfeld. Hüben und drüben war ein Durchkommen unmöglich. Gelegentlich zeigte Lee Huxley gewisse Ambitionen am rechten Flügel, in der Rolle eines offensiven Verteidigers, die er bei Juventus oft erfolgreich übernahm und sehr genoss. Aber da die italienischen Gegner seine Spielweise in ihrer ersten Liga kennen gelernt hatten, wurden alle seine Vorstöße mühelos im Keim erstickt.

Aufgrund dieser Taktik warteten die beiden englischen Stürmer Alex Wild und Carl Collins vergeblich auf die gewohnten Pässe aus dem Mittelfeld. Und niemand glaubte, dass in diesem Match jemals ein Tor fallen würde. Zudem erhitzte die drückende schwüle Luft die Gemüter. Was dem schwedischen Schiedsrichter entging, sahen Corey und die Zuschauer in ihrer Nähe klar und deutlich – Gianmario Bronzinis Ellbogen in Lee Huxleys Gesicht, als beide um einen hohen Ball kämpften. Lee zog den Kürzeren und musste an der Seitenlinie behandelt werden. Aus einer Platzwunde über dem linken Auge rann klebriges Blut. Mick Phillips, der englische Physiotherapeut, klebte ein Pflaster darüber. Aber der Zusammenprall hatte Lees Kampfgeist merklich gedämpft. Hätte der Schiedsrichter die Szene beobachtet, wäre Bronzini zumindest verwarnt worden. Nun hoffte Corey inständig, keiner von Lees Kameraden würde sich revanchieren. Vor allem Craig Bidwell neigte zum Jähzorn, und sie fürchtete, ein heftiges Gerangel oder Meinungsverschiedenheiten mit dem Schiedsrichter würden zum Platzverweis des Mittelfeldspielers führen.

Während ein anderer englischer Spieler erfolglos vorpreschte, überlegte sie, ob sie sich diese Tragödie noch länger anschauen sollte. Nach neunzig ergebnislosen Minuten würde das Spiel in die Verlängerung gehen und durch ein ›Golden Goal‹ entschieden werden: Die Mannschaft, die das erste Tor schoss, würde gewinnen. Falls in der Verlängerung noch immer nichts geschah, sollte ein Elfmeterschießen stattfinden. Auf diese Weise war England vor vier Jahren aus dem Wettbewerb geflogen, nach Alex' berüchtigtem Fehlschuss. So etwas wollte sich Corey ersparen.

»England vor!« schrie sie. Ihre Stimme klang so hoch und dünn, dass es ihr peinlich war. Als der Mann an ihrer rechten Seite verächtlich grinste, funkelte sie ihn erbost an. Was für ein Fan bin ich eigentlich, fragte sie sich. Ich kann mein Team nicht mal richtig anfeuern.

Bedrückt blickte sie zu den Plätzen der Italiener hinüber und beobachtete, wie Claudio Castelli aufstand. Er sprach mit dem Manager, der nickte und gestikulierte, und stieg die Stufen hinab.

Auch Corey verließ ihren Platz. Wohin mochte er gehen? Vielleicht missfiel ihm das Spiel ebenso wie ihr. Oder er ärgerte sich, weil er nicht eingreifen konnte. Natürlich war's auch möglich, dass er einfach nur einen Drink holte oder die Toilette aufsuchte. Die ersten zehn Minuten der zweiten Halbzeit waren verstrichen, und er hatte wahrscheinlich bis jetzt gewartet, um dem Gedränge in der Pause zu entrinnen.

Aber er steuerte weder die Getränkestände noch die Toiletten an. Stattdessen eilte er zum Ausgang, den die Spieler und Funktionäre benutzten. Der Sicherheitsbeamte, der dort Wache hielt, plauderte mit einem Kollegen und wandte Corey den Rücken zu. Unbemerkt folgte sie Castelli zum Parkplatz.

Neben dem Bus der italienischen Mannschaft blieb er stehen und redete mit dem Fahrer. Corey beobachtete, wie er ein Päckchen Zigaretten hervorzog, dem Mann eine anbot und sich selber eine anzündete. Grinsend bedankte sich der Chauffeur und wanderte in Coreys Richtung. An ein Auto gepresst, hoffte sie, er würde sie nicht entdecken. Glücklicherweise ging er vorbei, ohne sie zu sehen. Sie wartete ein paar Sekunden. Dann lief sie zu dem italienischen Fußballstar. »Hi«, grüßte sie schüchtern.

»*Ciao, bella.*« Er schenkte ihr ein wissendes, sinnliches Lächeln, das Feuerströme durch ihren Körper jagte. »Möchten Sie eine Zigarette?«

»Nein, danke, ich rauche nicht.«

»Ebenso hübsch wie klug«, meinte er in fließendem, aber stark akzentuiertem Englisch. An den Bus gelehnt, zog er genüsslich an seinem Glimmstängel. »Ich habe dem Manager erklärt, ich würde rausgehen und auf dem Parkplatz rauchen. Wenn ich meinem Laster im Stadion fröne, würde ich die Journalisten zu bissigen Kommentaren animieren.«

»Nun, ich bin eine Journalistin, und es ist mir egal, ob Sie rauchen oder nicht.«

»Und was machen Sie hier? Wollen Sie sich nicht das Match anschauen?«

»Das gefällt mir nicht besonders, und ich bin auch nicht beauftragt, die Ereignisse auf dem Platz zu schildern. Ich wollte herausfinden, was Sie vorhaben. Deshalb bin ich Ihnen gefolgt.«

»Also sind Sie – wie nennt man das – eine Klatschreporterin?«

»Gewissermaßen. Ich schreibe ein Tagebuch für den *Daily Clarion*, und ich möchte alle kleinen Geheimnisse der Spieler ergründen.«

»Und das ist *mein* Geheimnis. Ab und zu qualme ich ganz gern.« Er musterte Corey von oben bis unten, und seine kohlschwarzen Augen schienen ihre Kleidung zu durchdringen. »Jetzt können Sie gehen und Ihren Artikel schreiben.«

»Lieber würde ich hier bleiben und mich noch ein bisschen mit Ihnen unterhalten.« Claudio Castelli schürte die Flamme ihres Verlangens, die schon fast erloschen war, und sie spürte, wie sich ihre Brustwarzen erneut aufrichteten.

»Verraten Sie mir auch ein Geheimnis?« bat er. »Erzählen Sie mir etwas, das mich überraschen würde.«

»Wollen Sie das wirklich wissen?« Ihre Stimme nahm einen koketten Klang an, der ihm nicht entging.

Langsam nickte er.

»Okay. Heute Morgen ließ ich eine Frau mit meinen Titten spielen.«

Sofort erwachte sein Interesse. »Was genau ist passiert?«

»Meine Freundin hat's auf dem Parkplatz neben dem Trainingsgelände der Engländer mit einem jungen Burschen getrieben. Während ich zuschaute, zog sie mein Top hoch und berührte meine Brustwarzen.«

Jetzt erinnerte seine Miene beinahe an ein lüsternes Raubtier. »Hat's Ihnen Spaß gemacht?«

»O ja«, erwiderte Corey träumerisch. »Meine Brustwarzen wurden ganz hart. So wie jetzt.« Sie zog ihr Top aus dem Rockbund und entblößte ihre Brüste.

Begierig starrte er sie an. »Steigen wir in den Bus. Ich will noch mehr von Ihnen sehen. Draußen sind wir nicht sicher.« Er drückte auf den Türöffner. Mit leisem hydraulischem Zischen schwang die Bustür auf. Corey kletterte hinter Castelli hinein. Ehe sie wusste, wie ihr geschah, zog er ihr das Top über den Kopf. Dann konzentrierte er sich auf ihren Rock. Als er ihre Kleider im Mittelgang verstreute, protestierte sie nicht. Höflich bat er sie, auf einem der Klapptische im Hintergrund des Vehikels Platz zu nehmen. Nun trug sie nur mehr einen winzigen Slip aus weißer Seide, den ihr Saft befeuchtet hatte. Langsam lehnte sie sich nach hinten und erlaubte Claudio, das Höschen zu entfernen. Er war immer noch vollständig bekleidet. Sogar seine Krawatte saß tadellos, und dieser krasse Kontrast zu ihrer Nacktheit weckte das Gefühl, sie wäre doppelt verletzlich.

Ganz sanft schob er ihre Beine auseinander und murmelte irgendetwas auf Italienisch. Obwohl sie seine Worte nicht verstand, war seine Absicht unmissverständlich.

Er kniete vor ihr nieder. »Spiel mal mit deinen hübschen kleinen Titten. Ich will dir zuschauen.«

Bereitwillig gehorchte sie, knetete die harten Spitzen zwischen Daumen und Zeigefingern und stöhnte vor wachsendem Verlangen. Als Claudio seinen Kopf zwischen ihre Schenkel schob, rutschte sie auf der Tischplatte aus poliertem Resopal rückwärts. Sie tastete nach einem Halt, umklammerte die Kopfstütze des Sitzes hinter ihr und lehnte ihren Nacken dagegen. Eine alberne, ziemlich unsichere Position, dachte sie. Aber die Gefahr steigerte den Reiz.

Claudios volle, feuchte Lippen berührten Coreys Muschi und sandten einen wohligen Schauer über ihren Rücken. Langsam glitt seine Zunge durch den ganzen Spalt, sein heißer Atem liebkoste die Öffnung ihrer Vagina und animierte die schützenden Fältchen, sich wie Blütenblätter in der Sonne zu öffnen. Genüsslich schloss sie die Augen und überließ sich der forschenden Zungenspitze, die ihre Klitoris umkreiste.

Da Claudio ihr so gründlich seine Aufmerksamkeit widmete, rann ihr überschüssiger Saft bald zwischen den Hinterbacken hinab. Der Italiener leckte ihn ab. Dann seufzte sie in schuldbewusstem Entzücken, als seine Zunge kurzfristig auf der Rosenknospe ihres Anus verweilte. Mit kraftvollen Händen umfasste er ihre Hüften, und sie schlang die Beine um seinen Hals. Nun setzte er den oralen Angriff auf ihre Klitoris fort. Seine feuchte Zunge, die über dem winzigen harten Fleischwulst flackerte, entlockte ihr einen Schrei, während sie von den ersten Zuckungen ihres Höhepunkts erschüttert wurde. Atemlos warf sie den Kopf in den Nacken, das Blut rauschte in ihr Gehirn und verstärkte die schwindelerregende Ekstase. Ihre Finger krallten sich in den Sitz hinter ihr, die Knöchel färbten sich weiß. Allmählich verebbten die feurigen Wellen.

Claudio blickte auf und beobachtete sie mit durchdringenden dunklen Augen. An seinem Kinn und den Lippen glänzte Coreys Saft, und als er sie küsste, kostete sie ihren eigenen subtilen, salzigen Geschmack.

»Jetzt du«, flüsterte sie, um sich zu revanchieren. Sie erwartete, er würde sich ausziehen. Aber er öffnete nur den Hosenschlitz und holte seinen Schwanz hervor, der erstaunlich lang war, mit einer dicken bläulichen Ader an der Unterseite. Erregt von der Diskrepanz zwischen seinem entblößten Penis und dem korrekten Anzug, kniete Corey am Boden nieder. Claudio sank auf den Sitz, und ihre Finger umschlossen das glatte, warme Fleisch. Dann neigte sie den Kopf, um die samtige Spitze in den Mund zu nehmen.

Die Lider halb gesenkt, biss er in seine Lippen, während ihre Zunge über die Eichel tanzte. Wenn jemand in den Bus stieg, würde er eine harmlose Szene sehen – Claudio Castelli, vom Fußballspiel gelangweilt, hielt ein Schläfchen. Die nackte Corey unter der Tischplatte würde man nicht entdecken. Langsam ließ sie seinen Schwanz tiefer in ihren weichen Mund gleiten. Sie griff in den Hosenschlitz, ertastete die Hoden und strich behutsam mit den Fingernägeln über die faltige Haut. Über ihrem Kopf hörte sie einen gemurmelten italienischen Fluch, der sie veranlasste, heftiger an Claudios Penis zu saugen. Damit bedeutete sie ihm, wie viel Spaß ihr die Prozedur machte. Der eifrige Druck ihrer Lippen brachte ihn sehr schnell zum Orgasmus, und sie hörte seinen Hosenboden auf dem Sitz schaben, während seine Hüften krampfhaft zuckten und der Schwanz noch tiefer in ihren Mund eindrang. Wenige Sekunden später spürte sie seinen heißen Samen auf ihrer Zunge und schluckte ihn ohne Zögern.

Mittlerweile war das Spiel – hätte Claudio sich in diesem Moment dafür interessiert – in die Verlängerung gegangen. Brian Bradford wechselte den linken Verteidiger Dean Burden, der zusehends ineffektiver agiert hatte, gegen den einundzwanzigjährigen Matty Muir von Wimbledon aus. Acht Minuten nach dem Beginn der Verlängerung schickte der Trainer einen weiteren unerfahrenen Spieler auf den Platz. Martin Stead von Everton sollte Carl Collins ersetzen, der nach einem Zusammenstoß mit zwei Italienern humpelte. Zwei Minuten später erzielte Stead eine Ecke. Alex Wilds Torschuss, der daraus resultierte, wurde vom italienischen Keeper pariert. Aber der Ball fiel vor die Füße Mitch Jones, der ihn blitzschnell ins Netz drosch und sein erstes internationales Tor bejubelte. Mit diesem ›Golden Goal‹ erreichte England das Halbfinale.

Das ohrenbetäubende Freudengeschrei der Fans brachte Corey und Claudio zur Besinnung.

»Offenbar ist das Spiel vorbei«, meinte er. »Ich muss ins Stadion, sonst wird man mich vermissen.« Hastig zerrte er den Reißverschluss seiner Hose nach oben, dann warf er Corey den Rock und das Top zu. »Zieh dich an, *bella*, schnell!« Sie ergriff ihr Höschen, das er ihr aus der Hand riss. »Das behalte ich, zur Erinnerung an diesen Nachmittag.«

Kaum war Corey in ihre Sachen geschlüpft, als auch schon der Busfahrer auftauchte. Er musterte sie und erriet vermutlich, was geschehen war. Aber er sagte nichts. Stattdessen sprach er mit Claudio auf Italienisch und schüttelte traurig den Kopf.

»Wie mir Enzo soeben erzählt hat, wurden wir besiegt. Ein Glückstor ...« Resignierend zuckte Claudio die Achseln und schien zu glauben, nur ein unverdientes Glück könnte einen Sieg der Engländer bewirken. »Ein Grund mehr, warum ich schleunigst ins Stadion zurückkehren sollte. Natürlich werden die Medien jammern: ›Ah, hätte doch Claudio gespielt, dann wär's anders gelaufen!‹ Aber so hat's mir besser gefallen.« Nun sah er wieder korrekt und respektabel aus. »Wirst du jetzt zu deinen englischen Freunden gehen und ausplaudern, was passiert ist?«

»Nein«, erwiderte Corey, »ich muss zur Pressekonferenz. Und wenn mich wieder mal jemand bittet, ein Geheimnis zu verraten ...«

»Dann richte ihm von mir aus, du hättest das Gesicht einer Heiligen und den Mund einer Hure«, fiel er ihr lächelnd ins Wort. »Solche Frauen gefallen mir.«

Als sie hinter ihm aus dem Bus stieg, drängten sich bereits zahllose Leute auf dem Parkplatz. Claudio wurde sofort von Fans in italienischen blauen Trikots belagert. In vielen Augen schimmerten Tränen. Corey nutzte die Gelegenheit, um unauffällig zu verschwinden. Nun prasselten die ersten Regentropfen des Gewitters herab, das sich seit Stunden zusammenballte. Wir sind im Halbfinale, dachte sie auf dem Weg zum Medienzentrum, von den ohrenbetäubenden Freudengesängen englischer Fans begleitet. Wer weiß – wenn's so weitergeht, werden Mel und ich sogar das Endspiel genießen …

9

Vor dem Halbfinale gegen Brasilien muss das englische Kontingent auf Long Island einige Zeit totschlagen und neue Möglichkeiten suchen, um sich zu amüsieren. Ich genieße die Gesellschaft von Laura-Jane Gordon, der Frau des englischen Kapitäns, die dem Kaufrausch verfallen ist und mich in alle berühmten New Yorker Warenhäuser schleppt. Dabei vertraut sie mir die Geheimnisse ihrer erfolgreichen Ehe an. Aber wenn man die Hitze im Bloomingdale's nicht erträgt, sollte man Brian Bradfords Beispiel folgen und sich die Zeit im Fitnessraum vertreiben. So gründlich wie hier kann man nirgendwo trainieren …

Corey erkannte Manhattan sofort wieder. Im Lauf der Jahre hatte sie zahlreiche Kino- und TV-Filme gesehen, die hier spielten. Als sie an der Ecke der Lexington Avenue und der 59th Street die U-Bahn-Station verließ, beobachtete sie die langsamen Patrouillen gelber Taxis auf der Suche nach Fahrgästen; oder sie standen Stoßstange an Stoßstange in einem hupenden Stau. Aus den U-Bahn-Schächten quoll Dampf, und überall eilten hektische Leute umher.

Während sie Laura-Jane über die Straße folgte, gab sie beinahe dem Impuls nach, mitten auf der Kreuzung stehen zu bleiben und die Ereignisse ringsum auf sich einwirken zu lassen. Bereitwillig hatte sie Laura-Janes überraschendem Vorschlag zugestimmt, mit ihr einen Einkaufsbummel zu unternehmen und ein Geburtstagsgeschenk für Danny auszusuchen. So sehr Corey die erholsamen Stunden auf Long Island auch genoss, sie wollte unbedingt die New Yorker City erforschen.

Mel hatte sich unter dem Vorwand entschuldigt, sie müsse eine Sendung über das Halbfinale vorbereiten, obwohl es erst in drei Tagen stattfinden würde. Natürlich wusste Corey, dass ihre Freundin der anderen TV-Moderatorin tunlichst aus dem Weg ging. »Lass dich mit meinem Segen von der Katze entführen, Corey. Inzwischen können die Mäuse ungestört tanzen.«

Die beiden Frauen waren mit dem Long Island Express zur Penn Station im Schatten des Madison Square Garden gefahren. Zu Coreys Erleichterung kannte sich ihre Begleiterin in der City aus. Allein hätte sie sich im düsteren Labyrinth der U-Bahn-Station, wo die Schilder scheinbar willkürlich zu oberen und unteren Bahnsteigen wiesen, hoffnungslos verirrt.

»Wohin gehen wir?« fragte sie, als sie wieder im Tageslicht auftauchten.

»Zu Bloomingdale's«, erwiderte Laura-Jane. »Das ist mein Lieblingskaufhaus. Und dann ein Lunch im Algonquin. Okay?«

»Meinst du das Lokal, wo sich Dorothy Parker mit befreundeten Literaten traf?«

»Davon weiß ich nichts.« Laura-Jane zuckte die Achseln. »Aber ich weiß, wo man den besten Gin Tonic kriegt, den ich je getrunken habe.«

Wenig später folgte Corey ihr durch die Drehtür des Kaufhauses. Im Erdgeschoss wehten ihnen die Düfte Dutzender verschiedener Parfums entgegen. Die meisten Kunden, die umherschlenderten, trugen braune Einkaufstüten. Zielstrebig steuerte Laura-Jane den Lift an, Corey trottete hinterher, und sie fuhren zum vierten Stock hinauf, wo die Wäscheabteilung lag.

Corey schaute sich ehrfürchtig um. An unzähligen Ständern hingen BHs, Slips, Korsetts, Strumpfgürtel und Kleidungsstücke, die in einem Soho-Sexshop keineswegs deplatziert gewirkt hätten. Laura-Jane studierte das Preisschild eines Calvin-Klein-Bodys. »Von Mathematik verstehe ich nichts. Kannst du diese Zahl durch eineinhalb dividieren?«

Nach einem kurzen Blick auf das Schildchen und der erforderlichen arithmetischen Prozedur sagte Corey: »In etwa der Wochenlohn einer Bloomingdale's-Verkäuferin. Wolltest du nicht was für Dannys Geburtstag aussuchen?«

»Das tu ich ja. Dieses Geschenk werde ich tragen, während er die anderen begutachtet.« Laura-Jane zwinkerte ihr zu. »Und zum Schluss packt er die große Überraschung aus – wenn du begreifst, was ich meine.«

»So ungefähr. Wie hast du ihn eigentlich kennen gelernt?« Höchste Zeit, dass ich diese Story höre, dachte Corey.

»Damals arbeitete ich als Model«, erklärte Laura-Jane und nahm einen Bügel-BH mit passendem Slip von einem Ständer. »Nebenbei nahm ich auch andere Aufträge an. Eines Tages wurde ich für einen PR-Job auf einer Auto-Ausstellung engagiert. Danny kam vorbei und suchte einen neuen Wagen. Stattdessen nahm er *mich* mit. Vier Monate später waren wir verheiratet. Nachdem sich England für die letzte WM in Spanien qualifiziert hatte, schlug mir ein TV-Sender vor, die Spiele zu kommentieren, und … Den Rest kennst du. Offenbar war ich immer zur richtigen Zeit am richtigen Ort.«

Corey schwieg und beobachtete, wie Laura-Jane ein paar Wäschestücke auswählte und zu einer Verkäuferin ging. »Das würde ich gern anprobieren. Meine Freundin kommt mit mir zur Kabine.«

Musste das sein? Corey seufzte. Inzwischen hätte sie sich lieber in anderen Abteilungen umgesehen. Aber Laura-Jane schien großen Wert auf das Urteil ihrer Begleiterin zu legen.

Geduldig saß sie auf einem Stuhl und wartete, bis Laura-Jane ihr einen BH und ein passendes Höschen aus scharlachrotem, mit goldenen arabischen Ornamenten besticktem Satin vorführte. Die Körbchen mit den Drahtbügeln drückten die vollen Brüste zusammen, der Slip betonte den flachen Bauch und die reizvoll geschwungenen Hüften. Mit ihrem herzförmigen Gesicht, den rehbraunen Augen und der modischen Zottelfrisur sah sie immer noch so aus wie das Model, das sie einmal gewesen war. »Nicht schlecht, was?« fragte sie und posierte vor Corey. »Ja, das wäre eine Möglichkeit.«

»Schenkst du Danny immer so was zum Geburtstag?«

Laura-Jane nickte. »Nicht nur zum Geburtstag. Offenbar bist du unverheiratet.« Sie verschwand wieder in der Kabine, um die nächste Kombination anzuprobieren. Klar und deutlich drang ihre Stimme durch die Lamellentür. »Falls du mal heiratest, wirst du verstehen, was ich meine. Damit's im Schlafzimmer nicht langweilig wird, musst du das Eheleben ein bisschen aufpeppen. Und das tu ich. Manchmal arbeite ich nachmittags daheim. Wenn Danny vom Training nach Hause kommt, begrüße ich ihn an der Tür, nur mit Strümpfen und einem Strumpfhalter bekleidet. Entweder lieben wir uns in der Halle am Boden, oder ich zerre ihn ins Esszimmer und lege mich vor die Verandatür.« Als sie aus der Kabine auftauchte, trug sie ein schwarzes Korsett mit Fischbeinen, das ihre Stundenglasfigur hervorhob, und einen winzigen schwarzen String-Tanga. »Das finde ich auch toll. Aber Danny würde es ohne Höschen besser gefallen. Was meinst du? Weißt du, Corey …« In verschwörerischem Flüsterton fuhr sie fort: »Wenn Danny für ein paar Tage mit dem Team verreist, packe ich einen meiner ungewaschenen Slips in seine Trainingstasche. Den findet er dann und denkt an mich.

An dem Abend, bevor United in der Champions League gegen die Rangers spielte, rief ich ihn in seinem Hotelzimmer an, und wir führten ein *sehr* intimes Gespräch. Er hatte eines meiner Höschen dabei. Schließlich lag er nackt auf dem Bett, den Slip um seinen Schwanz gewickelt, und spielte mit sich selber, während ich ihm erzählte, wie und wo ich mich daheim auf dem Sofa berührte. Weil wir so was praktizieren, bin ich mir sicher, dass er mich nie betrügt.«

»Befürchtest du, er wäre dir sonst untreu?«

»Ich bin nicht naiv«, entgegnete Laura-Jane und bewunderte sich im Spiegel. »Als ich achtzehn war, besuchte ich mit meinen Freundinnen fast jeden Samstagabend die Nachtclubs in Romford. Dort wurden wir dauernd von Fußballern angemacht. Weil ich damals einen festen Freund hatte, ließ ich mich auf nichts ein. Aber glaub mir, Corey, ich hätte mit den tollsten Stars schlafen können. Im Gegensatz zu mir kannten viele Mädchen keine Skrupel. Daran hat sich bis heute nichts geändert. Und ich wäre verdammt sauer, wenn so eine kleine Nutte einem Klatschkolumnisten erzählen würde, wie oft sie's mit Danny auf der Motorhaube seines BMW getrieben hat. Kein Wunder, dass so viele Spieler fremdgehen! Die meisten heiraten ihre erste Liebe – ein typisches Heimchen am Herd. Mit siebzehn treten diese Mädchen vor den Traualtar, dann kriegen sie ein paar Kinder und schreckliches Heimweh, wenn sie weiter als eine Meile von ihren Müttern entfernt leben. Denk doch an Tina Huxley. Die hat's in Turin nicht ausgehalten. Da war's zu heiß, niemand sprach Englisch, und sie konnte ihren Kindern nirgendwo einen anständigen Hamburger kaufen. Also, *mir* hätte es in Turin gefallen. Und dir sicher auch, Corey. Wir beide wollen die Welt außerhalb unserer Hinterhöfe kennen lernen, nicht wahr?«

»Habt ihr schon mal mit dem Gedanken gespielt, im Ausland zu leben, du und Danny?« fragte Corey, als Laura-Jane in die Umkleidekabine zurückkehrte. Inzwischen hatte sie genug von den sexuellen Praktiken der Gordons gehört und wollte das Thema wechseln.

Aber Laura-Jane schien die Frage nicht zu hören. »Kommst du mal rein, Corey?« rief sie.

Gehorsam öffnete Corey die Tür, betrat den winzigen Raum und sah sofort, warum Laura-Jane dieses Outfit keiner breiteren Öffentlichkeit präsentieren wollte. Die zarte Spitze des Bodys war durchsichtig und zeigte alle Einzelheiten ihrer schweren runden Brüste mit den rosa Knospen, das dichte dunkle Haar am Venusberg.

»Was hältst du davon?«

»Sehr hübsch«, antwortete Corey und beobachtete verwirrt, wie Laura-Jane über ihren fast nackten Körper strich.

»Genau das richtige Geschenk für Danny.« Mit strahlenden Augen wandte sich Laura-Jane zu Corey. Als wäre ihr gar nicht bewusst, was sie tat, streichelte sie die harten Knospen ihrer Brüste, die sich unter der hauchdünnen Spitze abzeichneten. Beinahe berührte ihr Gesicht Coreys Wange.

Sekundenlang stellte Corey sich vor, die andere Frau würde sie küssen und umarmen und auffordern, ihren prallen Busen zu liebkosen. Währenddessen würde sie unter Coreys Rock fassen, den Slip hinabziehen und mit ihrer Muschi spielen.

Abrupt beendete Laura-Jane diesen Tagtraum. »Gehen wir«, sagte sie und schlüpfte aus dem Body. »Jetzt will ich's erst mal bezahlen. Und dann schauen wir uns noch ein bisschen um. Vielleicht finden wir was Hübsches für dich, Corey. Hier gibt's süße kleine Samtkleider. So was würde dir sicher gut stehen.« Lächelnd schob sie die runden Brüste in die Körbchen ihres BHs. »Es macht wirklich Spaß, mit dir einzukaufen. Wir hätten uns schon viel früher kennen lernen sollen, Corey. Schade, dass Mel nicht mitgekommen ist.«

»Sehr schade«, bestätigte Corey und wusste, wie grässlich Mel diese Vision einer schnuckeligen Mädchenrunde finden würde, die Laura-Jane heraufbeschwor. »Ihr hat's auch Leid getan. Aber sie musste was Wichtiges erledigen …«

Hochzufrieden mit sich selbst, trainierte Mel im Fitnessraum. Nach dem Frühstück hatte sie sich von Corey und Laura-Jane verabschiedet, die zu ihrem Einkaufsbummel aufgebrochen waren, zwei Briefe geschrieben und an der Rezeption hinterlegt, mit der Bitte, man möge sie den Adressaten aushändigen. Im ersten Brief teilte sie Brian Bradford mit, sie würde ihn zu Mittag am Pool zu einem Gespräch erwarten. Der zweite, viel wichtigere Brief war für Danny Gordon bestimmt. Darin hatte sie ihm ein Treffen im Fitnessraum vorgeschlagen, um Punkt elf. Sie schaute auf ihre Uhr. Noch fünf Minuten. Für dieses Rendezvous hatte sie keinen bestimmten Grund angegeben. Aber er würde zweifellos vermuten, dass sie ihm ein paar Kommentare für ihre TV-Sendung entlocken wollte. Inzwischen hatte sich ihr neues Faible für ungewöhnliche Locations herumgesprochen, und so würde er ein Interview im Fitnessraum nicht seltsam finden. Verträumt lächelte sie vor sich hin. Eine Unterhaltung mit Danny schwebte ihr nun wirklich nicht vor. Die kostbare Zeit in seiner Gesellschaft würde sie gewiss nicht mit Worten vergeuden.

Das letzte Mal hatte Laura-Janes unerwartete Rückkehr Mels Plan vereitelt. Jetzt würde Corey ihren Auftrag erfüllen und die Frau lange vom Sheridan Heights fern halten. Eigentlich eine überflüssige Vorsichtsmaßnahme – keine zehn Pferde würde Laura-Jane von der Fifth Avenue wegbringen, bevor sie alles gekauft hatte, was ihr Herz begehrte. Da nur wenige Hotelgäste den Fitnessraum benutzten, musste Mel keine unliebsame Störung befürchten. Alles würde planmäßig verlaufen.

In einer möglichst verführerischen Pose an die Sprossenwand gelehnt, hörte sie, wie sich die Tür öffnete. Pünktlich auf die Minute, dachte sie, und löste den Gürtel ihres Bademantels. Darunter hatte sie nichts an. »Was hältst du davon«, fragte sie und drehte eine Pirouette, um ihre vollen Brüste, die sanft geschwungenen Hüften und das sorgsam gestutzte Schamhaar zu präsentieren.

»Sehr hübsch«, antwortete eine belustigte Stimme. »Aber ich dachte, du hättest mich aus einem anderen Grund hierher bestellt, Mel.« Ein grinsender Brian Bradford stand vor ihr. Aber er sollte sie doch in einer Stunde am Pool erwarten – es sei denn … Man musste kein Genie sein, um herauszufinden, was passiert war. Offensichtlich hatte sie die beiden Briefe vertauscht.

Einer schlechten Gewohnheit zur Folge schrieb sie die Namen der Adressaten immer nur auf die Kuverts und redete sie in ihren Briefen nicht an. Also konnte keiner der beiden Männer wissen, dass er die falsche Nachricht erhalten hatte.

Um einem ersten Impuls zu gehorchen, wollte sie den Morgenmantel zusammenziehen und ihre Blößen bedecken. Aber dann sah sie die vielversprechende Wölbung in Brians Trainingshose und entschied, es wäre albern, eine günstige Gelegenheit zu verpassen. Immerhin sah er gut aus, und sein Gesicht erinnerte immer an den Pin-up-Boy aus den frühen achtziger Jahren. Inzwischen war sein Profil markanter geworden – vom berühmten Nasenbeinbruch, den er sich beim Cupfinale gegen Leeds zugezogen hatte, eher vorteilhaft betont als entstellt. Und die Krähenfüßchen rings um die klugen grauen Augen zeugten von Erfahrungen, die er nicht nur auf dem Fußballplatz gesammelt hatte.

Plötzlich dachte sie an eine ferne Vergangenheit, zum ersten Mal seit vielen Jahren. »Als ich sechzehn war, hing im Schlafzimmer meiner besten Freundin Joanne ein Foto von dir, das sie aus einem Fußballmagazin ihres Bruders ausgeschnitten hatte. Damals war sie ganz verrückt nach dir. Sie erzählte mir, sie hätte im Bett gelegen und dein Bild angeschaut. Dabei zog sie den Saum ihres Nachthemds nach oben, schob die Finger zwischen ihre Beine und stellte sich vor, du würdest alle möglichen schlimmen Dinge mit ihr treiben.« Dass dies eines der letzten Geständnisse gewesen war, die ihr die Freundin gemacht hatte, erwähnte Mel nicht.

Während Jo sich auf das Abitur vorbereitet hatte, um Veterinärmedizin zu studieren, war die Freundschaft der beiden Mädchen in die Brüche gegangen. In jener Zeit hatte Mel sich bereits auf die Leichtathletik konzentriert und an County-Meisterschaften teilgenommen. Nun fragte sich Mel, was aus Jo geworden sein mochte. Wahrscheinlich war sie längst verheiratet und die Mutter mehrerer Kinder, arbeitete in einer Tierarztpraxis und hatte die einstige Schwärmerei für Brian Bradford längst vergessen. Was würde sie wohl sagen, wenn sie beobachten könnte, wie Mel dem ehemaligen Objekt pubertärer Träume gegenüberstand – kurz vor einem erotischen Abenteuer?

»Sag die Wahrheit, Mel.« Brians Worte holten sie in die Gegenwart zurück. »Sicher hast du mir nicht von deiner Freundin erzählt, sondern von dir selber. *Du* hast damals im Bett gelegen und an dir rumgespielt.« Offenbar erregte ihn dieser Gedanke. Er umfasste ihre Taille, zog sie an seine Brust, und ihr nackter Venusberg presste sich gegen seine noch verhüllte Erektion. In seinen maskulinen Körpergeruch mischte sich der Minzeduft seines Atems. »Hat dir niemand erklärt, dass sich nur böse Mädchen selber befriedigen?« Seine leise Stimme jagte einen erotischen Schauer über ihren Rücken. »Solchen Mädchen sollte man den nackten Hintern versohlen.«

Darauf legst du's also an, du perverser Bastard, dachte sie und mimte ungläubiges Staunen. »Schlägst du etwa vor …?«

»Dass ich dich verhauen müsste?« Brian lächelte. »Verdienen würdest du's. Das kannst du nicht leugnen. Da stehst du herum, zeigst mir alles, was du zu bieten hast, und erzählst schmutzige Geschichten! Komm mal mit!« Er zog ihr den Bademantel aus und ließ ihn fallen. Dann packte er ihr Handgelenk, sank auf die Bank und legte sie über seine Knie.

Nur zum Schein protestierte sie und versuchte, sich loszureißen. Die Vorstellung, der englische Teamchef würde ihr den nackten Hintern verhauen, erregte sie mehr, als sie sich's selber eingestehen wollte. Besitzergreifend strich er über die strammen Rundungen. Mel wartete angespannt auf den Beginn der Züchtigung. Obwohl sie ein williges Opfer war, wurde sie vom ersten Schlag überrascht, stieß einen Schmerzensschrei aus und wand sich auf Brians Schoß umher. Eine Hand in ihr Kreuz gedrückt, hielt er sie fest, während die andere abwechselnd auf die rechte und die linke Hälfte ihres Pos klatschte. Anfangs erzeugten die Hiebe ein qualvolles brennendes Gefühl, das sich langsam veränderte. In ihrer Muschi entstand das dumpfe Pochen einer wachsenden Begierde.

Um nicht noch einmal zu schreien, biss sie in ihre Lippen. Doch sie konnte ein Stöhnen nicht unterdrücken, als Brians Finger zwischen ihren Hinterbacken nach unten glitt und die feuchten Schamlippen berührte.

Ehe sie ihn auffordern konnte, ihre Klitoris zu stimulieren, zog er seine Hand zurück und schlug wieder auf ihren Hintern, der sich inzwischen feuerrot gefärbt haben musste.

Als sein Finger das nächste Mal zwischen ihre Beine wanderte, suchte und fand er die Klitoris. Die Berührung war so zart, dass Mel sie unter anderen Umständen kaum registriert hätte. Aber durch die erhöhte Sensitivität ihres Körpers reagierte sie sogar auf diesen sanften Druck und erzitterte auf Brians Knien.

»Jetzt bist du bereit für mich, du unartiges Mädchen«, flüsterte er und entfernte seine Hand. An seinen Fingern glänzte Mels Honig. Ungeduldig stieß er sie zum Boden hinab.

Sie lag auf der polierten Holzfläche, den zusammengerollten Bademantel als improvisiertes Kissen unter dem Kopf, und beobachtete, wie Brian sich auszog. In dieser Position schmerzte ihr misshandelter Hintern zwar, doch vor lauter Erregung nahm sie diese Unannehmlichkeit kaum wahr und starrte den aufgerichteten Penis ihres neuen Liebhabers an.

Während er langsam auf sie herabsank, wippte die rötliche beschnittene Eichel. So weit wie möglich spreizte Mel die Beine, vom drängenden Gefühl beherrscht, ihn in sich zu spüren. Er lächelte und küsste ihren Hals.

»Beiß mich«, wisperte sie. »Vergiss nicht – ich bin ein böses Mädchen. Und böse Mädchen wünschen sich keine langweiligen Umarmungen und Küsse.«

Sobald sie seine Zähne auf der weichen Haut ihres Halses spürte, schwelgte sie in der süßen Qual. Seine Brustmuskeln quetschten ihren Busen zusammen, die steifen Knospen schmerzten. Sehnsüchtig griff sie nach seinem Schwanz, ihre Finger umschlossen die pulsierende, vitale Härte und führten die Spitze zu ihrer Vagina. Doch er bewegte die Hüften nur ganz leicht, sodass er höchstens drei Zentimeter in die feuchte Wärme eindrang. Auf einen Ellbogen gestützt, betrachtete er anerkennend Mels wohlgeformten Körper. Sie seufzte frustriert, packte seine Hinterbacken und drückte sie nach unten, um ihn restlos in sich aufzunehmen.

Eine weitere Ermutigung brauchte er nicht. Kraftvoll begann er sich zu bewegen. Ihr Rücken rutschte auf dem glatten Holzboden des Fitnessraums umher. Mit beiden Händen umklammerte sie Brians Hüften und spornte ihn an. Sein Mund streifte wieder ihren Hals, seine Zähne gruben sich in das zarte Fleisch. Sekundenlang überlegte sie, wie viel Make-up sie benötigen würde, um die Spuren seiner Leidenschaft zu verdecken, ehe sie vor die Kamera trat. Von erotischer Rachsucht erfasst, zerkratzte sie seinen Rücken.

Der Beischlaf wirkte in seiner Intensität fast bestialisch, und Brian bewies eine Ausdauer, die Mel eher von einem jungen Mitglied seines Teams erwartet – und zweifellos ebenso genossen hätte. Die Augen halb geschlossen, warf sie den Kopf hin und her und überließ sich den wollüstigen Gefühlen, die ihren Körper erschütterten. Keuchend rang sie nach Atem, während sie dem Gipfel der Lust entgegenstrebte. Dann kam sie mit einem animalischen Schrei, ihre vaginalen Muskeln umspannten Brians Penis, und das genügte, um seine Selbstkontrolle zu besiegen. Einen Augenblick später vergoß er seinen Samen.

Danach lagen sie noch lange beisammen, erschöpft und schweißnass. Brian strich durch Mels Haar, sein Finger zog eine Spur über ihren befriedigten Körper. »Es war unglaublich«, murmelte er. »Was habe ich getan, um das zu verdienen?«

»Nur was du auch auf dem Spielfeld machst – du warst zur rechten Zeit am richtigen Ort. Da wir gerade von der Zeit reden, ich habe noch eine andere Verabredung. Und vorher möchte ich duschen.«

»Klingt wie eine gute Idee.« Jetzt berührte er ihren Körper etwas entschlossener. »Kannst du die Person, die du treffen willst, nicht warten lassen?«

»Nun, du kennst Danny Gordon besser als ich. Glaubst du, er würde sich gedulden?« *Und wäre er's wert, dass ich mich beeile?* wollte sie hinzufügen. Ihre eigene Dummheit erschien ihr immer noch unbegreiflich. Nun hatte sie schon die zweite Chance vermasselt, Danny zu verführen. Allerdings war sein Trainer ein ausreichender Ersatz gewesen.

Brian zwinkerte Mel zu und gab ihr den Bademantel. »Sagen wir einfach, er muss sich eben gedulden.«

Betrachten wir's von der positiven Seite, dachte sie und lächelte wehmütig. Heute hat Plan B nicht funktioniert. Aber der Sex ist fabelhaft gewesen. Und ich war besser dran als die arme Corey, denn ich musste nicht mit Laura-Jane Gordon einkaufen gehen.

10

Ein kleiner Vogel im englischen Lager zwitscherte mir, Brian Bradford würde für das Match gegen Brasilien die Verteidigungsformation ändern. Anscheinend zweifelt er an der Fähigkeit seines Teams, zwei Mittelstürmern Paroli zu bieten, obwohl zumindest ein englischer Verteidiger seine Brillanz in solchen Situationen – einer gegen zwei – bewiesen hat.

Corey schaltete ihren Laptop ein und zog das Modem-Kabel aus der Steckdose des Telefons. Bald würde ihr Artikel auf dem Schreibtisch der *Clarion*-Sportredaktion landen. Brasiliens überzeugender 3:1-Sieg über Argentinien bedeutete, dass die Engländer im Halbfinale auf den Weltmeister treffen würden. Im Pressecorps herrschte die Meinung vor, diesem Gegner wäre Brians Mannschaft nicht gewachsen. Sie hatte zwar Italien geschlagen, einen der stärksten Turnierteilnehmer. Aber einen solchen Triumph könnte sie wohl kaum wiederholen, wenn sie mit den überlegenen technischen Finessen der Brasilianer konfrontiert wurde. Obwohl die englischen Kicker in der Öffentlichkeit unwandelbare Zuversicht ausstrahlten, wusste Corey, wie nervös sie waren.

Seufzend streckte sie ihren verkrampften Rücken, den sie so lange über dem kleinen Computer gekrümmt hatte. Eine schlechte Angewohnheit, mit gekreuzten Beinen im Bett zu sitzen, den Laptop auf den Knien … Wenigstens konnte sie ihre Artikel im komfortablen Hotelzimmer schreiben, während Mel mit der restlichen Crew im mobilen Studio im Suffolk County den Bericht für die Metro-TV-Sportsendung vorbereiten musste. Corey ging zum Toilettentisch und nahm ihren schwarzen Bikini aus der obersten Schublade. Bestimmt würden ein paar Längen im Pool des Hotels die verspannten Muskel lockern.

Sie trat auf den Balkon, schaute hinab und sah eine dunkelhaarige Gestalt das glitzernde Wasser durchpflügen. Zunächst glaubte sie, es wäre Alex. Aber als der Mann auftauchte, erkannte sie Mitch Jones. Neben dem Becken saßen Sean Lester, in ein Buch vertieft, und Carl Collins, der offenbar Kommentare zu Mitchs Rückenschwimmtechnik abgab. Sie ergriff ein Badetuch und fuhr im Lift nach unten.

»Hi, Corey!« rief Sean und hob den Kopf. Sein langes rotblondes Haar, vom üblichen Gummiband – seinem Markenzeichen – befreit, umrahmte ein Gesicht mit markanten Adlerzügen. Grinsend strich er eine Strähne aus seinen Augen und zwinkerte ihr zu.

»Wo ist denn deine Freundin Mel?« fragte Mitch, die Ellbogen auf den blau gekachelten Rand des Pools gestützt.

»Immer noch bei der Arbeit«, erklärte Corey.

»Und dich hat man früher aus der Schule entlassen?« scherzte Carl und musterte sie durch seine Sonnenbrille.

»So ungefähr. Deshalb beschloss ich, ein bisschen zu schwimmen.«

»Ja, an einem solchen Tag hält man's nur am und im Wasser aus«, meinte Sean. »Heute Mittag hatten wir fünfunddreißig Grad im Schatten.«

»Nur gut, dass wir am Abend gegen Brasilien spielen«, bemerkte Carl. »Sonst würden wir schon nach der ersten Halbzeit zerfließen.«

»Ich dachte, daran wärst du gewöhnt«, erwiderte Mitch mit einem Blick auf Carls drahtigen schwarzen Körper. »Wo du doch in sengender Hitze aufgewachsen bist.«

»Klar, in Manchester ist's wahnsinnig tropisch.« Carl griff ins Wasser und spritzte ihn an. »Offenbar vergisst du Scherzkeks, dass ich St. Lucia schon im Alter von neun Monaten verlassen habe. Also konnte ich mich wohl kaum ausreichend akklimatisieren, um in einem Glutofen zu kicken.«

»Wenn du fast dein ganzes Leben in Manchester verbracht hast – warum spielst du dann so beschissen, sobald ein paar Regentropfen fallen?« fragte Sean.

»Hört zu streiten auf, Jungs«, mahnte Corey, setzte sich an den Beckenrand und hielt einen Fuß ins Wasser.

»Und was machst du, wenn sie nicht aufhören?« Mitch packte ihr Bein und zog sie in den Pool. Als kalte Wellen auf ihrer Haut prickelten, kreischte sie, schwamm zu ihm und verwickelte ihn in einen lautstarken Kampf. Er umschlang ihre Taille und versuchte, sie unterzutauchen. Erbost rächte sie sich, indem sie an seinen Boxershorts zerrte.

»Könnt ihr nicht mal für fünf Minuten Ruhe geben?«

Corey erkannte Alex' Stimme und fuhr herum. Die Hände in die Hüften gestemmt, schlenderte er heran und beobachtete sie teils belustigt, teils ärgerlich. Genaugenommen starrte er ihre Brüste an. Erst jetzt merkte sie, dass ihr Bikini-BH zu ihrer Linken schwamm. Wütend errötete sie und bedeckte mit beiden Armen ihre Blößen.

»Machen wir das Interview hier draußen?« Beim Klang einer neuen Stimme wandte sich Corey zu einer hoch gewachsenen, klassisch schönen, weißblonden Frau, die an Alex' Seite trat. Das mintgrüne Strandkleid umspielte eine üppige Figur.

»Ja, falls Ihnen die Fütterungszeit im Zoo nichts ausmacht«, antwortete er und warf Corey einen kurzen Blick zu. Mitch gab ihr den BH. Dann half er ihr aus dem Becken, und Sean reichte ihr das Badetuch, das sie um ihren Körper wickelte.

»Schon gut, Alex«, seufzte Mitch, »wir wollten ohnehin grade reingehen.«

»Unseretwegen müsst ihr nicht verschwinden«, sagte Alex' Begleiterin. »Übrigens, ich bin Lisbet Schoenberg. Ich arbeite für das Magazin *Sport Heute*, und ich schreibe einen Artikel über Alex. Könnt ihr mir interessante Informationen liefern?«

»Sicher, aber ich fürchte, die sind nicht druckreif.« Sean grinste boshaft. »Kommt, Jungs, spielen wir Billard. »Machst du mit, Corey?«

»Ich ziehe mich erst mal an. Schließlich will ich niemanden schockieren.« Ohne Alex anzuschauen, lief sie an ihm vorbei. Sie fühlte sich gedemütigt und bezwang ihren Zorn nur mühsam. Eines Tages würden sie ein zivilisiertes Gespräch führen. Aber nicht an diesem Nachmittag. Eine Partie Billard würde ihr gut tun. Wenn sie sich auf das Spiel konzentierte, konnte sie vielleicht Alex' Interesse an Lisbet Schoenberg vergessen, das seine Körpersprache nur zu deutlich bekundet hatte.

Drei Stunden später kehrte sie zum Pool zurück und suchte ihren verlorenen Ohrring. Dass er verschwunden war, hatte sie erst beim Dinner bemerkt, von Jamie Partridge auf ihre asymmetrische äußere Erscheinung hingewiesen. Ihr Schlafzimmer hatte sie bereits abgesucht, auch den Billardsalon, wo sie zusammen mit Mitch von Carl und Sean vernichtend geschlagen worden war. Also konnte der Ohrring nur beim Pool herabgefallen sein – ein kleines silbernes Einhorn, ein Weihnachtsgeschenk von Stuart, das ihr viel bedeutete.

Erfolglos schaute sie sich ein paar Minuten lang um.

Dann sah sie etwas auf den Stufen glitzern, die ins Becken führten. Sie zog ihre Sandalen aus, stieg ins eiskalte Wasser und hob den Ohrring auf. Während sie ihn abtrocknete und in ihr Ohrläppchen steckte, hörte sie ein mädchenhaftes Kichern.

In der Nähe des menschenleeres Poolgeländes teilten sich Alex und Lisbet Schoenberg einen Liegestuhl. War das Interview noch immer nicht beendet? Corey beobachtete, wie Alex über den Arm der deutschen Reporterin strich und irgendetwas beantwortete, das sie gesagt hatte. Wilde Eifersucht krampfte ihr den Magen zusammen wie eine kraftvolle Faust. Die Sandalen in der Hand, flüchtete sie in die Sicherheit des Hotels.

Jetzt brauchte sie einen großen Drink. Sie eilte in die Bar. An der Theke saß eine vertraute Gestalt, Dean Burden. Den Kopf in die Hände gestützt, starrte er sein halb leeres Glas an.

Vielleicht können wir einander davor bewahren, allein zu trinken, dachte Corey, setzte sich auf den Hocker an seiner Seite und winkte dem Barkeeper. »Brandy und Soda, bitte. Einen Doppelten. Oh – und was immer mein Freund haben will.«

Der Barmann warf Eiswürfel in ein zweites Glas, goss Wodka und Tonicwasser darauf und garnierte den Drink mit einer Limonenscheibe. Als das Glas vor Dean stand, schaute er auf. Erst jetzt bemerkte er Coreys Anwesenheit und lächelte sie an. »Willst du mich etwa betrunken machen?« Er stieß mit ihr an. »Nicht, dass ich was dagegen hätte.«

Vorerst vergaß sie Alex und Lisbet. Sie erwiderte Deans Lächeln. »So schlimm kann's doch gar nicht sein.«

»Ignorier mich einfach«, seufzte er. »Auf die Dauer wird mir der Wodka nicht helfen. Aber jetzt brauche ich ihn.« Bedrückt nippte er an seinem Glas. »Viel hat der Trainer nicht gesagt. Wie auch immer, er lässt mich nicht gegen Brasilien auflaufen.«

»Bist du sicher? Normalerweise gibt er die Mannschaftsaufstellung erst am Morgen vor dem Match bekannt.«

»Ja, aber du hast doch gesehen, wie ich gegen Italien gespielt habe.«

Natürlich erwähnte Corey nicht, dass sie den größten Teil der zweiten Halbzeit im italienischen Bus verbracht hatte, die Beine um Claudio Castellis Hals geschlungen. Sie unterdrückte ein träumerisches Lächeln. »Soviel ich mich erinnern kann, wurdest du ausgewechselt.«

»Kein Wunder! Der Trainer schickte Matty Muir aufs Feld, der in den letzten zwanzig Minuten mit Scheuklappen spielte. Heute Morgen beim Training war ich schon wieder miserabel. Matty wird von Anfang an gegen Brasilien spielen, und ich bin bestenfalls der Joker. Ich würde dir empfehlen, die Neuigkeit deinem Kumpel Pete zu erzählen und ihm einen Exklusivbericht zu verschaffen. Aber nach allem, was er in seiner letzten Reportage über mich geschrieben hat, gönn ich's ihm nicht.« Müde strich er über sein Gesicht und schaute Corey an. »Alex hat natürlich keine Zeit verloren und mich brühwarm auf dieses journalistische Meisterwerk hingewiesen. Nun, auch *er* wurde nicht immer von der Presse verschont.«

»Red bloß nicht von Alex!« Ihr scharfer Ton überraschte sie selbst, und das Blut stieg in ihre Wangen.

»Ist er dir wieder mal zu nahe getreten?« Dean ergriff Coreys Hand, und ein sanftes Prickeln rann über ihren Rücken. Dankbar für den Körperkontakt, schlang sie ihre Finger in seine. Offenbar wusste der blonde Verteidiger genau, wie er sie trösten musste. Und falls er eine Wiederholung des Liebesspiels am West Neck Point plante, hatte sie nichts dagegen.

Sie schüttelte den Kopf. »Vorhin sah ich ihn draußen am Pool, im Tête-à-tête mit Lisbet Schoenberg.«

»Ja, beim Dinner unterhielt ich mich mit ihm, und er erklärte, das Interview hätte ihm viel Spaß gemacht – was mich nicht überrascht. Wirklich ein tolles Mädchen ... Das bist du auch«, fügte Dean hastig hinzu, als er den Kummer in ihren Augen las. »Aber du weißt ja, was ich von dir halte, nicht wahr?« Die Lippen leicht geöffnet, neigte er sich zu ihr, und sie senkte die Lider. Atemlos wartete sie auf einen Kuss.

»Bitte, ein Wodka.« Eine klare Stimme durchbrach den Bann. »Ohne Eis.« Der deutsche Akzent veranlasste Corey, den Kopf seitwärts zu drehen. Neben ihr stand Lisbet Schoenberg, das weißblonde Haar zu einem lockeren eleganten Knoten hoch gesteckt, die braunen Augen voller Zorn.

»Sind Sie okay?« fragte Corey und vergaß ihre Eifersucht.

Aber Lisbet ignorierte sie und fauchte Dean an: »Wie können Sie's nur ertragen, im selben Team wie dieser Bastard Alex Wild zu spielen?«

»Keine Ahnung, was Sie meinen«, antwortete Dean diplomatisch.

»Fast eine Stunde lang hat er mit mir geflirtet und angedeutet, er würde mich begehren. Und als ich ihn in mein Zimmer einlud, ließ er mich fallen wie ein Stück Dreck.« In einem Zug leerte sie ihr Wodkaglas und knallte es auf die Theke. »Er erklärte mir, alle Reporterinnen seien gleich. Und dann stürmte er tief beleidigt davon.«

»Das würde ich nicht persönlich nehmen«, bemerkte Corey. »Mich hat er auch so behandelt. Dabei waren wir noch gar nicht in der Flirt-Phase.«

»Hätte ich vor dem Interview bloß mit Ihnen gesprochen! Dann wäre ich gewarnt worden und hätte meine Zeit nicht verschwendet.« Lisbets lange Fingernägel klopften gegen das leere Glas, und Dean sah die ungeduldige Geste.

»Noch einen Wodka?«

Das deutsche Mädchen schaute ihn an und wandte sich dann zu Corey. »Nein, ich habe eine bessere Idee. Oben in meinem Kühlschrank steht eine Flasche Schnaps. Kommt mit rauf, und wir machen's uns gemütlich.«

»Was meinst du?« Dean hielt Coreys Finger immer noch fest. Unablässig strich sein Daumen über die weiche Haut an der Innenseite ihres Handgelenks. Die beharrliche Liebkosung erregte sie. Aber plötzlich fühlte sie sich eng mit Lisbet verbunden, weil Alex sie beide zurückgewiesen hatte. Noch ein Drink kann nicht schaden, dachte sie. Und die Vorfreude würde das spätere erotische Abenteuer umso süßer gestalten.

»Warum nicht?«

Sie folgten Lisbet aus der Bar zum siebenten Stock hinauf. Den Kopf an Deans Schulter gelehnt, beobachtete Corey das elektronische Display, das die Ziffern der Etagen anzeigte. Lisbet sperrte die Tür Nummer 702 auf und ließ ihren Gästen den Vortritt.

Neugierig schaute sich Corey um. Hier wohnte offenbar nur eine Person. »Wieso müssen Sie Ihr Zimmer mit niemandem teilen?«

»Reines Glück«, erwiderte Lisbet und öffnete den kleinen Kühlschrank. »Ich bin froh, dass niemand meine Privatsphäre stört.«

Ja, und ich weiß auch warum, dachte Corey. Vor ihrem geistigen Auge erschien eine Vision. Alex, nackt auf dem Bett ausgestreckt – und Lisbet, nur mit rauchgrauen Strümpfen und einem Strumpfhalter bekleidet, kniete über seinem erigierten Schwanz …

Dieses Bild wurde von Lisbet verscheucht, die ihr einen Plastikbecher mit Schnaps reichte. »Setzen wir uns aufs Bett.« Sie zog ihre Schuhe aus. In lüsterner Pose sank sie auf die Tagesdecke und schob ein Kissen unter ihren Kopf.

Unsicher wandte sich Corey zu Dean und erkannte, dass die deutsche Reporterin auch ihn gemeint hatte.

»Ich verschwinde mal im Bad«, verkündete er.

Als Corey sich aufs Bett setzte, streckte Lisbet lässig eine Hand aus und strich ihr übers Haar. »Da sind wir nun gelandet, Liebling«, murmelte sie. »Beide vom selben Mann verschmäht … Aber ich glaube, dein blonder Freund wird ihn mühelos ersetzen. Wenn er auch kein Superstar ist – ich weiß, wie heiß er dich begehrt.« Sie seufzte. »O Corey, warum lassen wir uns dauernd von den Männern lächerlich machen?«

Impulsiv umarmte Corey die junge Frau und spürte den Druck voller Brüste an ihren eigenen. Lisbets leidenschaftlicher Kuss überraschte sie, und sie wusste nicht, auf welche Weise sie reagieren sollte. Wie in Trance öffnete sie die Lippen und ließ ihren Mund von einer warmen Zunge erforschen. Sie roch ein würziges Parfum, das maskulin wirkte, vermischt mit einer schwachen, etwas feminineren Note. Fast nonchalant glitt eine schmale, feinknochige Hand über ihren Busen.

Rauschendes Wasser verriet ihr Deans Rückkehr. Warum, zum Teufel, erlaubte sie Lisbet, sie so erotisch zu küssen? Verwirrt riss sie sich los.

Dean starrte die beiden an, die blauen Augen vor Begierde verdunkelt. »Bitte, macht doch weiter«, murmelte er heiser. »Am besten achtet ihr gar nicht auf mich.«

»Sollen wir seinen Wunsch erfüllen, Liebling?« wisperte Lisbet.

»Oh – ich …« Corey schaute zu Dean hinüber und entdeckte eine wachsende Wölbung unter seinen schwarzen Jeans. War sie zu einem solchen Liebesspiel bereit? Der Gedanke schockierte und faszinierte sie gleichermaßen. Vor dem Match gegen Italien, am Rand des Trainingsplatzes hatte Mel eine seltsame Neugier geweckt. Seit der Ankunft auf Long Island entfernte sich Corey immer weiter von einer Art des Liebeslebens, das sie mit Stuart verbunden hatte. Nun erschienen ihr die Küsse und Liebkosungen einer anderen Frau nur wie ein weiterer kleiner Schritt auf ihrer Reise aus der traditionellen Welt ins Reich hemmungsloser Sinneslust. Lächelnd zog sie Lisbet wieder an sich.

Diesmal wich sie nicht zurück, als Lisbet ihre Brüste streichelte. Die Berührung war federleicht. Die Lider gesenkt, begann Corey die neuartigen Emotionen zu genießen.

Sie liebkoste Lisbets nackte Arme, dann umfasste sie ihren Nacken. Hingebungsvoll erwiderte sie die Küsse des Mädchens. Mit scharfen kleinen Zähnen kaute Lisbet an Coreys Unterlippe und steigerte das Verlangen.

Jetzt saß Dean neben ihnen auf der Bettkante. Behutsam begann er Coreys Ohrläppchen zwischen Daumen und Zeigefinger zu reiben, bis sie erschauerte. Sie wandte den Kopf zu Dean und küsste ihn, von seiner Nähe beruhigt und ermutigt.

Ungeduldig zerrte Lisbet an Coreys Top, zog es aus dem Hosenbund der Shorts und streifte es über ihren Kopf. Darunter trug Corey keinen BH. Beim Anblick der kleinen Brüste mit den geschwollenen rosa Knospen quietschte das deutsche Mädchen entzückt auf, leckte daran und beobachtete, wie sie sich allmählich versteiften. Entspannt, die Augen geschlossen, lehnte Corey an Deans Körper und fühlte sich wohl in ihrem halb nackten Zustand, während die beiden anderen noch völlig bekleidet waren.

Als Lisbet an den zarten Brustwarzen saugte, beschäftigte sich Dean mit Coreys Shorts, öffnete den Reißverschluss und liebkoste den Venusberg durch das Spitzenhöschen hindurch. Sie rang nach Atem, und er schob den Zwickel zwischen die schwellenden Schamlippen.

Mit Lisbets Hilfe schlüpfte sie aus den Shorts. Dann stand die Deutsche auf und ließ ihr Kleid zu Boden fallen. Ihre großen Brüste wurden von einem weißen Bügel-BH gestützt, der dieser Aufgabe kaum gewachsen war. Wie Corey erwartet hatte, trug Lisbet Strümpfe.

Nun wanderten Deans Finger in Coreys Höschen und begannen die Klitoris rhythmisch zu streicheln. Ihre Schenkel glitten auseinander, während Lisbet vor ihr niederkniete, ihre Brüste emporhob und ihr anbot. Zögernd streckte Corey ihre Zunge hervor und kostete den schwachen Salzgeschmack der hellen Haut. Lisbet hakte ihren BH auf. Befreit sprangen die runden Brüste aus den Körbchen, und sie spielte wieder mit Coreys harten Knospen.

Von Dean angefeuert, erforschte jede den Körper der anderen, und Corey war fasziniert, weil Lisbets Reaktionen ihren eigenen glichen. Ebenso hingerissen wie Dean, seufzte sie leise, als Lisbet ihr Höschen auszog. Die glattrasierte Muschi zeigte dicke innere Schamlippen, die aus den äußeren ragten. Mittlerweile war Coreys Vagina feucht vor Verlangen, und Dean steckte einen Zeigefinger hinein. Stöhnend reckte sie ihm die Hüften entgegen.

Aber Lisbet schob seine Hand energisch beiseite. »Ich finde, du amüsierst dich viel zu sehr, Corey«, mahnte sie in strengem Ton, »und Dean fühlt sich ausgeschlossen. Mach ihn glücklich. Dann wird er dir noch größere Freude bereiten. Komm, hilf mir!«

Gemeinsam kleideten sie ihn aus. Corey kümmerte sich um das T-Shirt, Lisbet um die Turnschuhe und Socken. Bald lagen auch die Jeans am Boden, und Dean trug nur mehr einen dunkelblauen Slip, der seine Erektion kaum fasste.

Corey zerrte das Bündchen nach unten und entblößte den harten Penis. Um Lisbets Rat zu befolgen und Dean glücklich zu machen, hauchte sie einen zarten Kuss auf seine Eichel. Während sie aufschaute und seinen Blick festhielt, nahm sie das steife Glied in den Mund. Von hinten umschlossen Lisbets lange, schmale Finger Coreys Venusberg und spornten sie an.

Zunächst begnügte sich Lisbet damit, Corey an Deans Schwanz saugen zu sehen. Aber sie schob ihre neue Freundin bald beiseite, und Corey machte ihr bereitwillig Platz.

Links und rechts von Dean postiert, leckten die beiden Mädchen abwechselnd an seinem Penis. Mit einer Hand streichelte er Coreys kleine, mit der anderen Lisbets große Brüste. Sanft glitten die manikürten Fingernägel der Deutschen über seine prallen, samtigen Hoden, und er biss sich stöhnend in die Lippen. Sein Gesicht nahm einen träumerischen Ausdruck an, als könnte er kaum glauben, dass ihn zwei schöne Frauen gleichzeitig verwöhnten.

Schließlich hielt er Coreys Hand fest und bedeutete ihr, sich auf ihn zu setzen. »Jetzt kann ich nicht länger warten – ich will dich bumsen.«

Halb und halb erwartete sie, Lisbet würde wieder die Kontrolle übernehmen. Aber die Deutsche nickte lächelnd. Corey kniete sich über Deans Hüften. Aufreizend streiften ihre Schamlippen die Spitze seines Glieds, das sich ihr eifrig entgegenreckte. Sie benutzte zwei Finger, um ihre Vagina zu öffnen. Vom Speichel beider Mädchen benetzt, glich die Eichel reibungslos hinein. Langsam sank Corey hinab, bis sich die rotblonden Kräusel unter Deans Bauch mit ihrem eigenen

Schamhaar mischten. Während sie sich zu bewegen begann, spürte sie Lisbets Brustwarzen an ihrem Rücken, weiche Lippen an ihrem Nacken. Über ihren Busen glitten verführerische Hände.

Corey und Dean wippten auf und ab. Immer begieriger hob er die Hüften, als sein Orgasmus näher rückte. Sie verstand nicht, wieso er sich so lange beherrschen konnte, nach allem, was Lisbet und sie selbst mit ihm getrieben hatten.

Zwischen ihren Schenkeln spürte sie Lisbets Finger, die nach der Klitoris tasteten und gelegentlich Deans Penis berührten, wenn er glänzend aus der engen Öffnung auftauchte.

»Koste dich selber, Liebling«, flüsterte Lisbet und hielt ihr einen nassen Zeigefinger an die Lippen.

Beim Anblick Coreys, die ihren eigenen Saft vom Finger des anderen Mädchens leckte, erreichte Dean stöhnend seinen Höhepunkt. Als sein Glied konvulsiv in ihr zuckte, dauerte es nicht lange, bis sie ebenfalls kam. Hinter ihren geschlossenen Lidern tanzten Regenbogenfarben, heißes Entzücken durchfuhr ihren Körper. Danach sank sie auf Dean hinab. Ihre Wange an seine Brust geschmiegt, spürte sie, wie er sie liebevoll streichelte.

»Und ich?« gurrte Lisbet. »Wenn ich das glückliche Paar auch nur ungern störe ...«

Corey rückte zur Seite und beobachtete das Mädchen, das sich über Deans Kopf kniete, die Finger in der rasierten Muschi.

»Küss mich!« drängte Lisbet. Bereitwillig gehorchte er. Seine Zunge erforschte die unbehaarten Schamlippen.

Fasziniert schaute Corey zu und erinnerte sich, wie raffiniert er seinen Mund damals am Strand benutzt hatte. Die braunen Augen geschlossen, spielte Lisbet mit ihren eigenen Brustwarzen.

»Lass mich …« Corey richtete sich auf, und während Dean seine intimen Küsse fortsetzte, saugte sie an den harten, rotbraunen Knospen. Nach ihrem machtvollen Orgasmus wollte sie auch der neuen Freundin zur Befriedigung verhelfen.

Plötzlich erschauerte Lisbet. Ihre Schenkel umklammerten Deans Kopf, ihr Oberkörper rötete sich. Mit einem heiseren Schrei kündete sie ihren Höhepunkt an.

»Danke, ihr beiden«, keuchte sie und streckte sich neben Dean aus.

Auf seiner anderen Seite zog er Corey an sich, sodass sie wie zwei Löffel in einer Schublade beisammenlagen. »Vor allem musst du Corey danken. Wäre sie nicht in die Bar gekommen, würde ich jetzt allein in meinem Bett liegen und mich hemmungslos betrinken. Stattdessen werde ich von zwei schönen Frauen erfreut. Eigentlich interessiert's mich gar nicht so sehr, ob ich gegen Brasilien spiele oder nicht.«

»Und Alex Wild ist genauso unwichtig«, meinte Lisbet. »Wie dumm war ich doch, als ich mich seinetwegen so aufgeregt habe, nicht wahr, Corey?«

Lächelnd spürte Corey, dass Deans Penis sich an ihrem Hinterteil regte. Für sie zählte in diesem Augenblick nur eine einzige Frage – wann würde sie für einen neuen Liebesakt bereit sein. »Dankt nicht mir – dankt dem Einhorn«, wisperte sie und schmiegte sich noch enger an Dean.

11

SO WILD …

So, wie er aussah, wäre er auf den Laufstegen der Pariser Haute Couture nicht fehl am Platz. Und sein lupenreiner Ruf in der Fußballszene zeugt von jener Professionalität, die auch ein Topmodel auszeichnet. Aber was erwartet Englands bester Stürmer vom Leben, das außerhalb des Spielfelds stattfindet? Hat er die Katastrophe von Barcelona schon überwunden? Corey lässt sich auf eine haarsträubende Fahrt ein, um herauszufinden, was wirklich in Alex Wild vorgeht …

Corey schlief tief und fest, als das Telefon neben ihr läutete. Mühsam kam sie zu Bewusstsein und tastete nach dem Hörer. Im anderen Bett seufzte Mel, murmelte etwas Unverständliches und drehte sich auf die andere Seite.

»Hallo?« flüsterte Corey.

»Sind Sie's, Corey?« dröhnte Harry Cravens vertraute Stimme in ihrem Ohr.

»Wissen Sie, wie spät es ist, Harry?« Sie spähte auf ihre Uhr. »Halb sieben Uhr morgens.«

»Oh, natürlich, ich hab vergessen, dass Sie uns fünf Stunden hinterherhinken. Jedenfalls musste ich Sie unbedingt erreichen, bevor unsere Redaktionsbesprechung anfängt. Ich brauche einen zusätzlichen Artikel von Ihnen.«

»Klar«, antwortete sie und versuchte, wacher zu klingen, als sie sich fühlte. »Worum geht's?«

»Achthundert Wörter über Alex Wild. Wahrscheinlich wird die Reportage auf der Frauenseite erscheinen. Also brauchen wir möglichst viel Herz und Schmerz.

Am besten locken sie ihn vom Trainingsplatz weg und bringen ihn in eine andere Umgebung. Der Artikel ist für die Samstagsausgabe bestimmt. Spätestens am Freitagnachmittag um vier, nach unserer Zeit, muss er auf meinem Tisch liegen. Da gibt's doch keine Probleme?«

»Gar keine«, beteuerte Corey und fragte sich, wie der Stürmerstar reagieren würde, wenn sie ihn in eine ›andere Umgebung‹ zu entführen versuchte. Von allen Spielern, die Harry ausgewählt haben könnte, würde Alex ihr am wenigsten entgegenkommen. »Natürlich muss ich zuerst mit Brian Bradford reden. Aber er wird wohl kaum nein sagen.«

»Braves Mädchen. Später rufe ich noch mal an.«

»Bitte, zu einer zivilisierten Tageszeit«, stöhnte sie, als die Leitung bereits tot war. Bevor Mels Wecker schrillte, würde sie sicher nicht mehr einschlafen. Sie wählte ihre Londoner Nummer. Seit sie Stuart zu erreichen versucht und stattdessen mit Andy gesprochen hatte, waren ein paar Tage verstrichen. Das Telefon läutete und läutete – ein ferner, einsamer Klang. Vielleicht war ihr Freund in seine Arbeit vertieft, oder er lieferte gerade eine Diskette bei seinem Auftraggeber ab.

Schließlich meldete sich der Anrufbeantworter. »Hier ist Stuart Langton. Im Augenblick bin ich unterwegs. Hinterlassen Sie bitte eine Nachricht, und ich rufe möglichst bald zurück.«

»Hi, Stu, hier ist Corey. Melde dich mal, falls du Zeit hast.« Als sie auflegte, wurde ihr bewusst, dass die auf Band gesprochene Antwort nicht mehr ihren eigenen Namen enthielt, nur noch Stuarts.

Corey paßte Brian vor dem Hotel ab, ehe er mit seinem Team zum Trainingsplatz aufbrach. »Darf ich kurz mit dir reden?«

»Klar«, erwiderte er und warf seinem Assistenten den Ball zu. »Schieß los.«

»Mein Redakteur hat mich gebeten, einen Artikel über Alex Wild zu schreiben. Dazu brauche ich dein Okay. Und ich wollte dich fragen, wo ich ihn am besten interviewen könnte.«

»Heute Nachmittag wollen wir Golf spielen. Wir wurden eingeladen, den Golfplatz auszuprobieren, wo das Hampton Classic stattfindet ... Ah, da ist er ja. Alex, komm mal her!«

Lässig schlenderte Alex herüber. Erst musterte er Corey, dann seinen Trainer. Das dunkle Haar war noch feucht von der Dusche. Unter der offenen Jacke seines Trainingsanzugs zeigte sich ein weißes T-Shirt. Wie immer in seiner Nähe, musste Corey einen wohligen Schauer unterdrücken.

»Corey will dich interviewen«, sagte Brian, »und ich dachte, wir nehmen sie zum Golfplatz mit.«

»Da gibt's ein Problem«, wandte sie hastig ein.« Der Artikel soll auf der Frauenseite des *Clarion* erscheinen. Und ich glaube, die meisten unserer Leserinnen interessieren sich nicht für Golf.« Sie selbst hatte auch keine Lust, den ganzen Nachmittag hinter dem englischen Team von einem zum anderen Loch zu trotten.

»Dann fragen wir doch deine Freundin Mel, ob sie uns den Jeep leiht«, schlug Alex vor, »und fahren irgendwohin aufs Land. Abseits der Piste.«

»Moment mal, das ist unmöglich!« warnte Brian. Dann erklärte er Corey: »Wenn Alex eine Spritztour unternimmt und sich durch puren Leichtsinn verletzt, zahlt die Versicherung nichts.«

Geistesabwesend nickte sie und dachte an ein paar leichtsinnige Dinge, die sie gern mit Alex erleben würde und die nichts mit Landpartien zu tun hatten.

»Keine Bange, Boss, mir passiert nichts«, versprach

Alex. »Um halb zwei in der Hotelhalle – okay, Corey?« Bevor er davonging, schlug er ihr auf die Schulter, und es kribbelte in ihrer Muschi.

Auf dem Rückweg zum Hoteleingang stieß sie beinahe mit Dean zusammen. »Wie ich sehe, verbessert sich deine Beziehung zu Alex«, bemerkte er grinsend.

»Oh, wir haben uns nur zu einem Interview heute Nachmittag verabredet.«

»Kommst du zum Training mit?«

»Nein, ich muss meinen Chefredakteur anrufen und fragen, ob er Fotos von Alex braucht.«

»Vorzugsweise ohne Hemd.« Als sie errötete, umarmte er sie freundschaftlich. »Man kann nie wissen. Vielleicht klappt's. Ich werde beim Training mit ihm reden und dran arbeiten.«

»Wenn du beim Training arbeiten würdest, wäre das ganz was Neues«, meinte Danny Gordon, der gerade hinzukam und die letzten Worte gehört hatte.

Dean starrte ihn an. »Sehr komisch. Ich habe Corey nur versprochen, ich würde Alex dazu kriegen, sich ohne Hemd fotografieren zu lassen. Natürlich nur zur Freude der *Clarion*-Leserschaft. *Du* hättest ja nichts davon, Corey, oder?«

»Einmal sollte sich Danny für ein Frauen-Sexmagazin ausziehen«, erzählte Tony Day und lenkte den boshaften Dean von Corey ab. »Aber das war ihm zu peinlich.«

»Warum machst *du* so was nicht, Doris?« fragte Lee Huxley. »Du hättest einiges zu bieten, wofür du dich nicht schämen müsstest.«

»Abgesehen von dem blöden Tor, das er in der dritten Pokalrunde gegen Darlington reinließ«, mischte sich Jamie Partridge ein.

»Jetzt reicht's, Jungs«, ermahnte Brian seine lachenden Spieler. »Kommt endlich, wir haben zu tun!« Energisch scheuchte er sie zum Mannschaftsbus, und Corey schaute ihnen nach.

Bevor das große Vehikel den Parkplatz verließ, entdeckte sie Dean an einem der Fenster. Lächelnd warf er ihr eine Kusshand zu. Dann sah sie Alex' ausdrucksloses Gesicht hinter einer Sonnenbrille. Sie blieb vor dem Hotel stehen, bis der Bus aus ihrem Blickfeld verschwand. Worauf hatte sie sich da eingelassen?

Pünktlich auf die Minute wartete Alex in der Halle, als Corey aus dem Lift stieg. Er trug ein T-Shirt und eine Trainingshose, die passende Jacke unter dem Arm. Zu seinen Füßen stand ein Korb. »Ein Picknick, von der Hoteldirektion gespendet.«

»Was für eine gute Idee«, erwiderte sie.

»Hör mal, ehe wir losfahren – ich weiß, wir wollten's beide nicht, aber wir scheinen immer wieder aneinander zu geraten. Vergessen wir's und fangen wir noch mal von vorn an, okay?«

»Klar.« Sie führte ihn zum Jeep und drückte den Schlüssel in seine Hand.

»Möchtest du das Mel-Mobil nicht ausprobieren?«

»Leider kann ich nicht fahren«, gestand sie und wartete, bis er die Tür aufsperrte.

»Oh, ich hatte nur angenommen …« Er schlüpfte aus der Trainingshose, unter der er Shorts trug, und warf sie neben den Picknickkorb auf die Rückbank. Inzwischen nahm Corey auf dem Beifahrersitz Platz und schnallte sich an. »Gibt's hier irgendwo eine Landkarte?« fragte Alex.

»Wahrscheinlich nicht, so wie ich Mel kenne.«

»Also ein Trip ins Unbekannte. Aber wir werden auf keinen Fall in die Nähe eines Golfclubs geraten, das verspreche ich dir.«

»Am Montauk Point soll's sehr schön sein. Wenn's dir nichts ausmacht, so weit zu fahren.«

Er schüttelte den Kopf und steuerte den Jeep zum Freeway. Offenbar bereitete es ihm keine Schwierigkeiten, sich in den dichten Verkehr einzuordnen. Corey bewunderte, wie umsichtig er wiederholt die Fahrspuren wechselte. Bald bogen sie rechts ab und folgten den Schildern, die zum Montauk Point wiesen. Die Landschaft war hügelig, Kiefern glitten vorbei.

Beinahe döste Corey ein, und sie zuckte verwirrt zusammen, als Alex den Wagen in eine schmale, holprige Waldstraße lenkte. Ein Rad streifte einen Kaninchenbau. Durch das ganze Vehikel ging ein heftiger Ruck, der sie fast vom Sitz hob. Besorgt spähte sie auf den Tachometer und wünschte, Alex würde das Tempo drosseln.

Ohne sich zu entschuldigen, fuhr er weiter. Er beachtete sie nicht. Die Augen zusammengekniffen, konzentrierte er sich auf den schmalen Weg. Der Jeep polterte über mehrere Schlaglöcher und schwankte gefährlich.

»Hat Brian dich nicht vor solchen Spritztouren abseits der Hauptstraßen gewarnt?« Corey versuchte möglichst beiläufig zu sprechen. »Wenn die Versicherung ...«

»Zum Teufel mit der Versicherung! Falls du was über mich rausfinden willst – so was gefällt mir. Wann immer ich Zeit habe, fahre ich im Epping Forest herum. Mein Führerschein gilt für alle Vehikel, die's gibt, und ich weiß, was ich tue. Also lehn dich zurück und genieß den Trip.« Er schaltete das Radio ein.

Während er durch die gespeicherten Sender zappte, hörte Corey Jazz- und Hip-Hop-Klänge, dann die Stimme eines Nachrichtensprechers. »Die Ausläufer des Hurrikans Irene ...«

»Warte mal, das ist vielleicht wichtig ...«, begann sie.

Aber Alex drückte wieder auf die Taste und entschied sich schließlich für K-ROQ. Alanis Morrisettes Stimme erfüllte den kleinen Jeep, schrill und ohrenbetäubend. Ärgerlich drehte Corey die Lautstärke herab. Er wartete dreißig Sekunden, bevor er die Musik wieder lauter stellte, und Corey seufzte enttäuscht. So sieht also der neue Anfang aus, dachte sie. Wenn er nicht mit mir reden will, wieso war er dann mit diesem verdammten Interview einverstanden? Ich hätte mir den Nachmittag frei nehmen und mit Mel zum Strand fahren können. Sogar eine Runde Golf wäre noch besser als dieser Quatsch.

Bäume rasten vorbei, Zweige schabten über die Fensterscheiben. Immer wieder wurde der Jeep heftig durchgerüttelt, und Alex' Augen strahlten vor Freude. Wie Corey zugeben musste, lernte sie einen seiner Wesenszüge kennen, mit dem sie nicht gerechnet hatte.

Endlich verließen sie den Wald, und Alex trat auf die Bremse. Hier mündete die Straße in einen noch schmaleren Sandweg. Corey wünschte, sie hätten eine Landkarte mitgenommen – nicht nur, weil einige Ortsnamen ihrem Artikel etwas Kolorit verleihen würden, sondern weil sie keine Ahnung hatte, wo sie war.

In der Nähe der Stelle, wo der Jeep parkte, fanden sie eine schöne Lichtung. Alex breitete eine Decke über das saftige Gras, und sie packten den Picknickkorb aus. Die Hotelküche hatte sie mit Hühnerkeulen, Nudelsalat, Baguette, frischem Obst und einer Flasche Mineralwasser versorgt. Heißhungrig begann Corey zu essen. Der Adrenalinschub der aufregenden Fahrt hatte ihren Appetit geweckt.

Während der Mahlzeit beobachtete sie Alex und versuchte, dieses Bild in ihrem Gedächtnis festzuhalten. Wie sollte sie den Mann beschreiben, der sich so liebenswert und im nächsten Moment so abscheulich verhalten konnte? Seine tiefsten Gefühle schien er in seinem Inneren zu verbergen. Nur gelegentlich öffnete er die Tür und gestattete ihr einen Einblick in sein wahres Wesen. Es war kaum verwunderlich, dass der offenherzige Dean keinen Zugang zu Alex' komplexer Persönlichkeit fand ...

Als er seine Finger ableckte, bezwang sie den Impuls, ihm ihre Hand hinzuhalten und die gleiche Behandlung zu verlangen. »Willst du die Inquisition beginnen?« fragte er.

»Wenn du bereit bist ...« Sie nahm ihr Notizbuch und einen Kugelschreiber aus der Jackentasche, um die Antworten zu stenografieren.

»Erst mal will ich's mir bequem machen.« Er streckte sich im Gras aus, die Hände hinter dem Kopf verschränkt, in der Pose eines Patienten auf der Psychiatercouch. »Okay. Schieß los.«

»Wieso bist du Fußballer geworden?«

»Etwas anderes hat mich nie interessiert. In der Schule war ich ganz gut. Aber ich konnte mich immer nur für Fußball begeistern. Ein Sportlehrer erkannte mein Talent, brachte mich zu einem Probetraining nach West Ham, und ich dachte, meine Karriere wäre nicht mehr aufzuhalten. Leider habe ich mich getäuscht.«

»Was ist passiert?«

»Die Leute in West Ham erklärten mir, ich würde es nicht schaffen, weil ich nicht groß und stark genug sei. ›Besten Dank, mein Junge, wir brauchen dich nicht.‹ Und so wurde ich in die bürgerliche Welt hinausgejagt und versuchte, mich darin zurechtzufinden. Ich bekam einen Job bei einer Immobilienagentur. Unter der Woche zeigte ich unserer Kundschaft Häuser und Grundstücke, die Samstagnachmittage verbrachte ich im Upton Park, und sonntags spielte ich in einem Regionalligateam, um mit der Fußballszene in Verbindung zu bleiben. Schließlich wurde West Ham wieder auf mich aufmerksam. In der Zwischenzeit war ich gewachsen, und diesmal empfahlen sie mir nicht mehr, die Fußballschuhe an den Nagel zu hängen.«

Corey studierte die Liste ihrer Fragen und versuchte, den eins dreiundachtzig großen, kräftigen Mann, der vor ihr im Gras lag, mit dem schmächtigen Jungen in Einklang zu bringen, den der West Ham-Club damals abgewiesen hatte. »Darüber redest du nicht gern, das weiß ich – aber wie war dir nach deinem verschossenen Elfmeter gegen Norwegen zumute?«

»Natürlich fühlte ich mich elend. So was vermasselt man manchmal, wenn man unter besonders starkem Druck steht. Ich war überzeugt, ich würde den Ball ins Netz donnern. Und als ich's nicht schaffte, wurde ich an den Pranger gestellt. Das war am allerschlimmsten – monatelang kannten die Leute kein anderes Gesprächsthema, ganz egal, wo ich mich blicken ließ. Hätte ich in einer tibetanischen Hütte gewohnt, wäre eines Tages ein Sherpa aufgetaucht, um mir zu erzählen, sogar seine Großmutter könnte so einen läppischen Elfmeter verwandeln.«

Corey lachte. »Kennst du irgendein Ziel, das du erreichen willst?«

»O ja, ich möchte Kapitän in meinem Club werden – und in der Nationalmannschaft.«

»Und wenn du nicht mehr Fußball spielst?«

Nachdenklich runzelte er die Stirn. »Dann werde ich vielleicht Trainer. Das weiß ich noch nicht. Vorerst mache ich mir keine Gedanken über diese ferne Zukunft. Aber was immer ich tue – ich werde sicher keine verdammten Häuser und Grundstücke verkaufen.«

»Möchtest du nicht heiraten und jede Menge kleine Fußballer großziehen?«

Als er ihr einen vernichtenden Blick zuwarf, bereute

sie ihre Frage. »Warum interessiert ihr euch eigentlich so wahnsinnig für unser Privatleben?« Mit ›ihr‹ meinte er zweifellos das gesamte Pressecorps. Aber seine schroffe Stimme erweckte den Eindruck, er würde Corey persönlich attackieren. »Müssen deine Leser unbedingt wissen, ob Lee zu seiner Frau zurückkehren wird oder warum Dean höchstens fünf Minuten bei ein und derselben Freundin bleibt? Übrigens, warum schilderst du in der *Clarion*-Kolumne nicht deine eigenen erotischen Abenteuer? Das wäre doch sensationell, nach allem, was ihr getrieben habt – du und Mel.«

Damit war das Interview beendet. Alex verkroch sich wieder in seinem Schneckenhaus. Also wusste er, was damals am Strand geschehen war. Er hatte den Anschein erweckt zu schlafen – und stattdessen ihr orales Liebesspiel mit Dean beobachtet, um sich eine voyeuristische Befriedigung zu verschaffen. Vielleicht war es das, was ihn anmachte – er schaute nur zu und konnte auf eigene sexuelle Aktivitäten verzichten.

Ein Regentropfen fiel auf Coreys Notizbuch, dann noch einer. Plötzlich ließ ein heftiger Wind die Bäume schwanken. Der Himmel verdüsterte sich.

»Am besten gehen wir zum Jeep zurück«, schlug Corey vor.

Gemächlich stand Alex auf und packte die Reste des Picknicks in den Korb. Was er zu Corey sagte, wurde von einem dröhnenden Donnerschlag übertönt.

Noch nie hatte sie einen so gewaltigen Wolkenbruch erlebt. Zahllose winzige Fäuste schienen auf ihr Gesicht zu prasseln. Als sie den Jeep erreichten, war sie bis auf die Haut durchnässt. An ihrer Stirn klebten die Ponyfransen, triefende Strähnen umrahmten ihr Gesicht. Unter dem geblümten Baumwollkleid zeichneten sich deutlich ihre Brüste und ihr Bauch ab, sogar der Venusberg. Nur der Rücken war trocken, weil ihr der

Sturm waagerechte Wassermassen entgegengepeitscht hatte.

Als sie sich zu Alex wandte, sah sie, dass sein T-Shirt und die Shorts genauso klatschnass waren wie ihre eigenen Sachen. Am liebsten hätte sie ihn ausgezogen. Doch sie gehorchte der Stimme ihrer Vernunft, die ihr befahl, sich in Sicherheit zu bringen. Hastig öffnete sie die Beifahrertür und kletterte in den Jeep.

»Wie wir aussehen!« seufzte sie, spähte in den Rückspiegel und versuchte zu ignorieren, wie unangenehm sich das nasse Kleid auf ihrer Haut anfühlte. »Zwei ertrunkene Ratten ...«

Darauf gab er keine Antwort. Er drehte den Zündschlüssel herum, ohne Erfolg. Ungeduldig versuchte er es noch einmal und fluchte leise.

»Stimmt was nicht?« fragte sie.

»Der Motor springt nicht an«, erklärte er, strich mit allen Fingern durch sein dunkles Haar, in dem unzählige Wassertropfen glitzerten. »Am Benzin liegt's nicht. Der Tank ist voll. Und die Batterie kann auch nicht leer sein. Wahrscheinlich ist Wasser in den Motorraum geflossen. Dieses verdammte Gewitter ...«

Dicke Tropfen schlugen gegen die Windschutzscheibe. Da sich der Motor nicht starten ließ, wollte Alex die Scheibenwischer nicht einschalten, um die Batterie zu schonen. Mittlerweile hatte sich der Himmel tintenblau gefärbt. Wie wilde Gespenster tanzten die Bäume im Wind.

»Versuch's noch mal«, drängte Corey, und Alex gehorchte. Nach einem kurzen Seufzer verstummte der Motor wieder.

»So kommen wir nicht weiter. Wir brauchen einen Mechaniker. Aber wer würde bei diesem Wetter hierher fahren?«

»Mel hat ihr Handy ins Handschuhfach gelegt – für

alle Fälle.« Corey öffnete das Handschuhfach und wühlte zwischen verschiedenen Sachen, bis sie fand, was sie suchte. »Da ist es.«

»Kennst du zufällig die Nummer der nächsten Autowerkstatt?« fragte Alex sarkastisch, während sie auf ein paar Tasten drückte.

»Natürlich nicht. Ich rufe Mel an und werde sie bitten, eine Werkstatt zu verständigen. Hallo? Ist dort das Sheridan Heights Hotel? Verbinden Sie mich bitte mit Mel Matheson in Zimmer 311.«

Dreißig Sekunden lang ertönten knisternde Geräusche, dann hörte sie endlich die Stimme ihrer Freundin. »Mel, hier ist Corey.«

»Ich verstehe dich kaum – die Verbindung ist schrecklich ...«

»Ja, ich weiß. Hör mal, der Jeep ist zusammengebrochen. Alex und ich sitzen in einem Gewitter fest, und wir brauchen einen Mechaniker.«

»Wo seid ihr denn?«

»Da bin ich mir nicht sicher. Im Wald irgendwo beim Montauk ...« Plötzlich war die Leitung tot. »Was ist los? Bist du noch da, Mel?« Corey wählte noch einmal die Nummer. Aber das Handy hatte seinen Geist aufgegeben. »Nicht zu fassen! Die Batterie ist leer. Offenbar hat Mel vergessen, das verdammte Ding aufzuladen.«

»Hast du ihr wenigstens gesagt, wo wir sind?« fragte Alex.

»Ja. Vielleicht.« Beinahe hätte Corey das nutzlose Gerät zu Boden geworfen. »Ich weiß ja gar nicht, wohin wir geraten sind. Und du hast vermutlich auch keine Ahnung.«

Wütend starrte sie ihn an. Er war schuld an dieser Notlage. Hätte er die Nachrichtensendung und die besorgniserregende Wettervorhersage gehört, statt wie ein Verrückter durch den Wald zu rasen, nur um sie zu erschrecken, wären sie längst in die Zivilisation zurückgekehrt. Nun mussten sie hier ausharren, bis ihnen jemand zu Hilfe kam – falls sie überhaupt darauf hoffen durften.

Nein, das war unfair. Mel mochte zwar zu schusselig sein, um ihr Handy aufzuladen, aber sie würde alles tun, um ihre Freundin zu retten.

Unbehaglich erschauerte Corey in ihrem nassen Kleid. Obwohl die Klimaanlage des Jeeps nicht funktionierte, war es merklich kälter geworden.

»Zieh dich aus«, mahnte Alex, als sie fröstelnd die Arme vor ihrer Brust verschränkte. In seiner Stimme schwang eine gewisse Sorge mit. Vermutlich fühlte er sich genauso unwohl in seiner Haut wie Corey.

»Das würde ich gern tun, wenn ich was anderes hätte, das ich anziehen könnte.«

»Da.« Alex griff nach hinten, nahm seinen Trainingsanzug von der Rückbank und gab ihr die Jacke. Dann schlüpfte er aus seinem durchnässten T-Shirt.

Während sie das Kleid über ihren Kopf streifte, bemerkte sie, dass er sich abwandte. Typisch, dachte sie. Würde ich mit Dean hier festsitzen, wäre er nicht so prüde. Ganz im Gegenteil, er würde mir sogar aus dem nassen Zeug helfen. Sie zog die Jacke an und schloss den Reißverschluss. Dank der Körpergröße des Besitzers reichte ihr das Kleidungsstück bis zu den Schenkeln. Auch ihr Höschen war nass. Sie streifte es nach unten und spürte die kühle Lederpolsterung des Beifahrersitzes an ihrem nackten Hinterteil.

Sekundenlang sah sie im Rückspiegel Alex' Hüften, als er sich in die Trainingshose zwängte. Der Anblick eines goldbraunen Schenkels und lockiger dunkler Haare zwischen seinen Beinen beschleunigte Coreys Puls. Aber so heiß sie ihn auch begehrte – sie schien ihn nicht im mindesten zu interessieren. Wortlos knüllte er ihre nassen Sachen und seine eigenen zusammen und warf sie auf die Rückbank.

»Und was jetzt?« fragte sie. »Wollen wir irgendwas spielen?« Sie beobachtete die endlose Prozession der Regentropfen, die an der Windschutzscheibe herabrannen. »Ich sehe, ich sehe, was du nicht siehst, und das fängt mit R an.«

»Wahnsinnig komisch«, erwiderte er. »Ich will versuchen zu schlafen. Das solltest du auch tun.« Ohne ein weiteres Wort schloss er die Augen, kehrte ihr den Rücken und machte sich's auf dem Fahrersitz so bequem wie möglich.

Du Bastard, ich hasse dich, formten ihre Lippen lautlos. Sie kuschelte sich noch tiefer in die Jacke, die nach Alex' würzigem Aftershave roch. Krampfhaft kniff sie die Lider zusammen, um ihre Tränen zu unterdrücken.

Monoton trommelte der Regen auf das Dach des Jeeps. Tiefe, gleichmäßige Atemzüge verkündeten, dass Alex eingeschlafen war. Bedrückt verdrängte Corey die Erinnerung an die Schauergeschichten, die ihre Mitschülerinnen vor vielen Jahren am Lagerfeuer im Feriencamp erzählt hatten – vom Missgeschick hoffnungslos verirrter junger Paare. Um wild zu knutschen und intensives Petting zu praktizieren, waren sie in einsame Wälder gefahren und erst nach mehreren Tagen halb verhungert zurückgekehrt. *Diese* Gefahr besteht hier nun wirklich nicht, dachte sie.

In wachsender Verzweiflung durchsuchte sie wieder das Handschuhfach und fand eine halb leere Packung Pfefferminzbonbons. Von der Wärme im Jeep aufgeweicht, klebten sie aneinander. Aber besser als gar nichts. Sie schob ein Bonbon in den Mund, lutschte daran und hob sich den Rest für später auf, wenn Alex erwachen würde. Seit dem Picknick war eine halbe

Ewigkeit verstrichen. Zumindest kam es ihr so vor. Und allem Anschein nach mussten sie an diesem Abend auf ihr Dinner verzichten.

Wenn Mel keinen Mechaniker aufspürte oder das Wetter noch schlechter wurde, drohte ihnen eine lange, höchst unerfreuliche Nacht.

Schließlich sank Coreys Kopf auf die Brust, und sie schlief ein. Der unheimliche Lärm des Gewitters beschwor zunächst seltsame, wirre Bilder herauf. Und dann erlebte sie die Ereignisse des Nachmittags noch einmal.

Sie stieg mit Alex aus dem Jeep, und sie suchten sich einen hübschen Picknickplatz. Plötzlich begann es zu regen. Alex' Blick fiel auf das nasse Kleid, das an Coreys Körper klebte. Mit unverhohlener Bewunderung musterte er ihre Figur. Von seiner Leidenschaft übermannt, zog er sie an sich und küsste sie. Seine Zunge erforschte begierig ihren Mund. Schwindelig vor heißem Verlangen, klammerte sie sich an ihn. Ihre Hände wanderten unter sein nasses T-Shirt und spürten die glatte, nackte Haut.

Als sie beim Jeep ankamen, stieg er hastig hinein, um Schutz vor den Elementen zu suchen. Der Regen war mild und erfrischend, und die Tropfen, die über Coreys Schultern rannen, erschienen ihr so sinnlich wie die Berührung eines Liebhabers.

Während Alex auf den Vordersitzen lag, beobachtete er, wie sie vor ihm im nassen Gras kniete und das Kleid über ihren Kopf zog. Darunter trug sie nur ihr weißes Höschen. Ihre Brüste bebten, die Knospen richteten sich sehnsüchtig auf. Im feuchten Höschen zeichneten sich die Konturen der geschwollenen Schamlippen ab.

Deutlich verrieten Alex' Augen sein Verlangen. Sie strich über ihren Körper, und sein Blick folgte fasziniert den Bewegungen ihrer Hände. Unter seinen Shorts wuchs eine Erektion, und Coreys Muschi begann zu pulsieren, als sie sich vorstellte, wie sie auf die Säule aus hartem Fleisch hinabsinken würde. Sie fuhr fort, sich selbst zu liebkosen, ihre Brüste, den Venusberg durch ihr Höschen hindurch. Den Kopf in den Nacken gelegt, ließ sie den Regen auf ihr Gesicht fallen. Doch sie nahm die Tropfen nicht wahr und spürte nur die verzehrende Glut, die Alex in ihr entfacht hatte.

Inzwischen hatte er sein T-Shirt ausgezogen. Er griff nach dem Hosenbund seiner Shorts, aber Corey hielt sein Handgelenk fest. »Nein, das will *ich* machen.« Langsam streifte sie die Shorts nach unten. Wie schön sein Schwanz ist, dachte sie und strich behutsam darüber. Lang und glatt, mit einem spitzen Köpfchen unter der straffen Vorhaut.

Genüsslich schloss Alex die Lider und biss sich in die Lippen, als Corey seinen Penis zu streicheln begann. Zwischen ihren Händen spürte sie erregende Vibrationen. Sie neigte sich hinab, nahm die Eichel in den Mund, und er konnte ein lustvolles Stöhnen nicht unterdrücken. Genauso ekstatisch flatterte ihre Zunge und leckte den Tropfen ab, der aus der winzigen Öffnung gequollen war.

Seine Finger schlangen sich in ihr seidiges blondes Haar. Behutsam drückte er ihren Kopf hinab, sodass sein hartes Glied noch tiefer in ihren Mund eindrang. Aber sie wollte das Tempo des Liebesspiels selbst bestimmen. Aufreizend nahm sie nur ein kleines bisschen mehr von seinem Schwanz zwischen ihren Lippen auf, schwelgte in seinem frischen Geschmack, im würzigen Geruch seines Fleisches. Mit einer Hand umfasste sie seine strammen Hoden. Verführerisch liebkoste sie die samtigen Kugeln. Alex seufzte und spreizte die Beine, während sie immer gieriger an seiner Erektion saugte.

Inbrünstig sehnte sich ihre Muschi nach der Berührung stimulierender Finger – ihrer eigenen oder vorzugsweise *seiner*. Corey richtete sich auf, und er blinzelte bestürzt, als die intimen Zärtlichkeiten ein Ende fanden. Doch seine Enttäuschung verflog sehr schnell. Corey schlüpfte aus ihrem Höschen, kniete sich über Alex' Hüften und küsste ihn. Nun schmeckte er sein Verlangen auf ihren Lippen und ihrer Zunge. Sie setzte sich auf seinen Schoß. Warm und pochend stand sein Penis zwischen ihren Körpern. Dann sank sie hinab und schmiegte ihren kleinen Busen an seine Brust. Seine Finger glitten unter ihre Hinterbacken, teilten die feuchten Schamlippen, suchten und fanden die Klitoris. Betörend begannen sie an der harten Perle zu reiben. Hin und wieder jagte ein Windstoß Regenschleier durch die offene Tür in den Jeep, und Alex leckte die Tropfen ab, die über Coreys Schultern und Brüste rannen. Schließlich ertrug sie es nicht länger und hob die Hüften, um ihre Absicht zu bekunden.

Während sie mit ihren Fingern ihre Muschi öffnete, hielt Alex seinen Penis fest. Sie postierte sich direkt über seiner Eichel und senkte ihren Körper hinab, bis er tief in sie eingedrungen war. Stöhnend spürte sie, wie exquisit ihre Vagina von seinem Glied geweitet wurde. Seine Hände umklammerten ihre Taille und ermunterten sie, auf und ab zu wippen. Immer schneller bewegte sie sich. Ihre Hinterbacken schlugen gegen seine muskulösen Schenkel. Den Kopf in den Nacken gelegt, bot sie ihm ihren Hals an und erschauerte, als er behutsam in das helle Fleisch biss.

Seine Finger kreisten beharrlich um ihre Klitoris, und ihr Körper bebte in einem plötzlichen Orgasmus, der sie verblüffte. Kaum waren die süßen Gefühle verebbt, die Alex' aufreizende Berührung geweckt hatte, wurde sie von neuen Zuckungen erschüttert – diesmal noch intensiver. Aus der Tiefe ihres Bauchs strömten feurige Wellen empor. Die Finger in Alex' dichtes dunkles Haar geschlungen, gab sie sich ihrem neuen Höhepunkt hin. Sekunden später wurde auch er von seiner Lust besiegt und ejakulierte in ihrem warmen Schoß.

Überwältigt von dem Glück, das sie einander geschenkt hatten, lächelte sie, und er küsste zärtlich ihre Lippen. Jetzt fühlten sich ihre Glieder bleischwer an, und sie überließ sich ihrer angenehmen Schwäche, legte den Kopf auf Alex' Brust und schlief ein …

Jemand klopfte ans Autofenster. Verwirrt öffnete Corey die Augen und sah zwei Gesichter, die sie im Lichtkreis einer großen Taschenlampe anstarrten – Mel und ein Mann in mittleren Jahren.

Als Corey sich aufrichtete, merkte sie, dass sie ihren Kopf an Alex' Schulter gelehnt hatte. Locker umfing sein Arm ihren Körper, und Mels Lächeln verriet, was sie dachte – ein Mann und eine Frau, die sich einen Trainingsanzug teilten … Konnte es eine andere Erklärung geben?

Mel bedeutete ihrer Freundin, das Fenster herunterzukurbeln, und Corey gehorchte.

Inzwischen war das Gewitter weitergezogen. Nur der Schrei einer Eule durchbrach die nächtliche Stille.

»Ein Glück, dass ihr beide okay seid!« seufzte Mel. »Stundenlang haben wir euch gesucht.«

»Ich hatte solche Angst, du würdest nicht wissen, wo du unsere Spur aufnehmen solltest«, entgegnete Corey. An ihrer Seite rieb sich Alex die Augen.

»Was, zum Teufel, hast du mit meinem Jeep gemacht, Alex?« schimpfte Mel in scherzhafter Empörung. »Von jetzt an lasse ich dich nicht mehr mit meinen Sachen spielen.«

»Erspar mir deine Vorwürfe. Gegen monsunartige Regenfälle sind diese Vehikel eben nicht gefeit.«

»Schon gut. Das ist Lou von der Sheridan-Heights-Garage. Er wird euch jetzt abschleppen.« Zu Corey gewandt, fuhr Mel mit leiser Stimme fort: »Tut mir Leid, dass ihr so lange warten musstet. Wie habt ihr euch denn die Zeit vertrieben?«

»Darüber will ich nicht reden«, erwiderte Corey tonlos.

Zehn Minuten später hatte Lou den Jeep am Heck seines Abschleppwagens festgehakt. Auf dem Rückweg zum Hotel wetterte er gegen alberne Touristen, die's eigentlich besser wissen müssten.

Den Kopf an Mels Schulter gelehnt, döste Corey auf dem Vordersitz des Lasters und bekam nur wenig von der langen Fahrt mit.

Brian Bradford wartete in der Hotelhalle, das Gesicht vor Zorn verzerrt. Unsanft packte er Alex' Schulter und zog ihn beiseite. »Verdammt, was ist dir bloß eingefallen? Wie konntest du das Mädchen und dich in Lebensgefahr bringen? Ich sollte dich in den nächsten Flieger nach Heathrow setzen …«

»Beruhige dich, Brian, er kann nichts dafür«, mischte Corey sich ein. »Das Radio im Jeep hat nicht funktioniert, und wir konnten die Wettervorhersage nicht hören.«

Erstaunt hob Alex die Brauen und schien sich zu fragen, warum sie ihn schützte. Das wusste sie selber nicht, hoffte aber, ihre Hilfe würde seine feindselige Haltung etwas mildern.

Brians Miene nahm einen sanfteren Ausdruck an. »Okay, du versuchst ihn vor der verdienten Strafe zu retten, und nachdem dir nichts passiert ist …«

»Mir geht's gut. Ich bin nur sehr müde. Kann ich dir deine Trainingsjacke morgen früh geben, Alex?«

Er nickte. »Falls Brian mich nicht zum Zimmerarrest verdonnert, sehen wir uns beim Frühstück.«

Als Corey mit Mel zum Lift gehen wollte, voller Sehnsucht nach einem warmen Bad, wurde sie von der Empfangsdame zurückgehalten. »Miss Palmer, im Salon wartet ein Gentleman auf Sie. Schon seit Stunden.«

»Oh, vielen Dank.« Verwundert überlegte Corey, wer das sein mochte.

Sobald sie den Salon betrat, wurde die Frage beantwortet. Der Besucher wandte ihr den Rücken zu. Aber das rotblonde Haar war unverwechselbar. Stuart.

12

Erwartungsgemäß verlief das Match gegen Brasilien in einer emotional aufgeladenen Atmosphäre. Raidel, der vielgepriesene Teenagerschwarm, erfüllte alle Hoffnungen seiner Landsleute. Aber das Rückgrat, das die Engländer nach einer katastrophalen Verletzung in einer kritischen Phase bewiesen, sorgte gestern Abend nur für die erste Überraschung im Suffolk-County-Stadion …

»Stuart! Was machst du hier?«

»Ich musste dich einfach besuchen.« Hastig sprang er auf und nahm sie in die Arme. »O Corey, ich habe mir solche Sorgen gemacht! Als Andy mir von eurem Telefongespräch erzählte, meinte er, deine Stimme hätte unglücklich geklungen.« Nun trat er einen Schritt zurück, um sie besitzergreifend zu mustern. »Du siehst wirklich nicht gut aus. Was ist denn los?«

Mühelos konnte sie sich vorstellen, wie sie auf ihn wirkte – das Haar zerzaust, in Alex' Trainingsjacke, die bis zu ihren Schenkeln reichte, das zusammengeknüllte feuchte Kleid in der Hand. »Heute Nachmittag fuhr ich mit Alex Wild weg und interviewte ihn. Dabei wurden wir von einem Gewitter überrascht, und der Jeep, den wir uns ausgeliehen hatten, gab seinen Geist auf. Weil mein Kleid klatschnass war, musste Alex mir seine Jacke borgen.«

»Aber – bist du okay?«

»Ja, nur ziemlich erschöpft. Jetzt brauche ich ein heißes Bad.«

»Ist das eine Einladung?«

Corey schüttelte den Kopf. »Tut mir Leid – ich wohne mit Mel Matheson zusammen, dem Mädchen von der Metro-TV-Sportsendung. Ich weiß nicht, was sie von einem fremden Mann in unserem Badezimmer halten würde«, fügte sie nicht ganz wahrheitsgemäß hinzu. Sie wusste genau, wie Mel reagieren würde, sobald sie erfuhr, wer der Mann war – nämlich Coreys Freund. Und Mel hatte ihr am ersten Abend in der Hotelbar dringend geraten, ihm den Laufpass zu geben. Würde Jamie Partridge in der Wanne sitzen oder Danny Gordon, wär's was anderes … »Komm doch mit rauf und schau dir das Zimmer an, Stuart. Sicher macht's Mel nichts aus, wenn wir Kaffee bestellen. Sie ist mit diesem Typ aus der Hotelgarage im Abschleppwagen zum Montauk Point gefahren, um Alex und mich zu retten. Also wird sie selber was Heißes trinken wollen.« Sie merkte, dass sie zu viel redete. Aber Stuarts unerwartete Ankunft hatte sie völlig verwirrt. Unglaublich – nur weil Andy ihm von jenem Telefonat erzählt hatte, war er in die Staaten geflogen … »Wohnst du im Sheridan Heights?« fragte sie, während sie im Lift zum dritten Stock hinauffuhren.

»Nein, in einer Frühstückspension zwei Meilen weiter unten an der Straße. Ich habe einen Hausschlüssel. Und den Leuten ist's egal, wann ich heimkomme.«

Offensichtlich hoffte er, die Nacht mit ihr zu verbringen. Sie würde ihn abweisen müssen, obwohl seine Nähe immer noch jenes vertraute Kribbeln in ihrem Bauch bewirkte. Aber als er sie an sich drückte, wünschte sie unwillkürlich, Alex würde sie umarmen.

Sie öffnete die Tür Nummer 311. In einem knappen Nachthemd aus weißem Satin saß Mel vor dem Toilettentisch und bürstete ihr Haar. Beim Anblick des Besuchers riss sie die Augen auf.

»Das ist Stuart«, erklärte Corey. »Vor ein paar Stunden kam er aus London an. Würdest du bitte Kaffee bestellen und dich mit ihm unterhalten? Ich muss unbedingt ein heißes Bad nehmen.«

»Kein Problem«, erwiderte Mel, griff zum Telefon und rief den Zimmerservice an.

Während Corey Wasser in die Wanne laufen ließ, hörte sie Mels und Stuarts leise Stimmen, verstand aber nicht, was sie sagten. Sie öffnete den Reißverschluss von Alex' Trainingsjacke und warf sie zu Boden. Wäre sie allein gewesen, hätte sie der Versuchung nachgegeben, die Jacke ins Bett mitzunehmen, sich hineinzukuscheln und den einzigartigen Duft des Besitzers einzuatmen, bis sie einschlafen würde.

Sie seufzte und entsann sich, wie grässlich Alex sie an diesem Nachmittag behandelt hatte. Hätte er eins ihrer Kleidungsstücke mitgenommen, würde er's zweifellos in den Wäschekorb werfen und vergessen. Sie schäumte ihre Haut und ihr Haar mit einem Gel ein, das nach Gardenien duftete. Dann lehnte sie sich entspannt im warmen Wasser zurück und hoffte, sie würde sich bald wieder wie ein zivilisierter Mensch fühlen.

Als sie das Badezimmer verließ, ein Handtuch um ihren Körper und ein zweites wie einen Turban um das nasse Haar gewickelt, war der Kaffee serviert worden. Mel reichte ihr eine Tasse. Dankbar nippte Corey daran.

»Stuart will mit dir zum Match gegen Brasilien gehen«, verkündete Mel.

Lächelnd ergriff er Coreys Hand und zog sie neben sich auf die Bettkante hinab. »Ich möchte natürlich möglichst viel Zeit mit dir verbringen. Aber ich weiß, du musst arbeiten. Also dachte ich, wir sollten die Pflicht mit dem Vergnügen verbinden und uns zusammen das Spiel anschauen.«

»Das würde ich gern tun. Aber ich weiß nicht, ob ich dir eine Karte besorgen kann.«

»Nicht nötig. Andy und ich sprachen mit einem

Kunden, der uns einen Gefallen schuldig war. Da erwähnte er zufällig, er hätte eine Karte, die er nicht nützen würde.«

»Wenn's so ist – wie kann ich da noch nein sagen?« Erfolglos versuchte sie, ein Gähnen zu unterdrücken.

»Jetzt solltest du ins Bett gehen, Corey«, meinte Mel. Vielsagend schaute sie Stuart an und gab ihm zu verstehen, er müsste sich endlich verabschieden. »Alles Weitere könnt ihr sicher morgen besprechen.«

Stuart küsste Corey liebevoll. Sekundenlang klammerte sie sich an ihn und spürte Mels prüfenden Blick. »Bis morgen«, flüsterte er, und sie nickte nur, viel zu müde, um zu antworten. Wie immer er Mels Worte interpretieren mochte – zunächst würden Corey und Stuart nur die Fahrt zum Stadion erörtern. Alles andere war völlig unklar. Das hatte sich bei diesem kurzen Wiedersehen bereits herausgestellt.

Als Corey nach dem Frühstück das Hotelrestaurant verließ, wartete Stuart in der Halle. Dean und Jamie folgten ihr, und sie spürte, wie fasziniert die beiden den fremden jungen Mann anstarrten, der sie umarmte und ihre Stirn küsste.

»Willst du uns deinen Freund nicht vorstellen?« fragte Dean. »Alex hat uns schon von deinem Besuch erzählt.«

»Oh, tut mir Leid, Jungs«, erwiderte Corey und fragte sich, was Alex sonst noch erzählt hatte. »Das ist Stuart, und er ist eigens aus England herübergeflogen, um sich euer Match gegen Brasilien anzuschauen ...« Abrupt hielt sie inne und erinnerte sich, wie sorgsam Mel auf der Fahrt zum West Neck Beach die Beziehung ihrer Freundin zu Stuart verschleiert hatte. »Vor einiger Zeit habe ich ihn mal erwähnt – der Mann, der die Computerspiele entwirft.«

»Ja, Ihnen haben wir ›Midnight Raiders‹ zu verdanken.« Jamie schüttelte Stuarts Hand. »Und Corey sagte, Sie würden an einer Fortsetzung arbeiten. Könnten Sie uns hier im Hotel eine kleine Vorpremiere bieten?«

»Damit du die ganze Nacht im Bett sitzt und mich mit einem neuen Spiel zum Wahnsinn treibst?« stöhnte Dean. »Tut mir Leid, Mister, aber sobald man diesem Kerl ein Computerspiel in die Hand drückt, dreht er durch. Wir müssen ihn wieder mal mit ein paar Mädchen bekannt machen. Mal sehen, ob ihn das von dieser Obsession kuriert. Komm, Jamie.« Er zerrte seinen Freund mit sich und zwinkerte Corey zu. »Bis später.«

»Musst du von morgens bis abends diesen Unsinn ertragen?« fragte Stuart, während die beiden Kicker zu den Aufzügen schlenderten.

»Glaub mir, sie sind völlig harmlos. Und sie amüsieren mich. Mach dir ihretwegen keine Sorgen. Außerdem habe ich für heute Vormittag Pläne, die nichts mit Fußball zu tun haben.«

An diesem Nachmittag, als Corey und Stuart kurz vor dem Match ihre Plätze im Stadion einnahmen, fühlte sie sich in seiner Gesellschaft so sicher und geborgen wie schon lange nicht mehr. Sie hatten den Vormittag in Sheridan Flats verbracht und den Markt besucht. Zum Lunch gingen sie in eine altmodische Imbissstube und setzten sich an die Theke. Links und rechts hatten uniformierte Polizisten ihr Hefegebäck verspeist und in der ruhigen Kleinstadtatmosphäre seltsam deplatziert gewirkt.

Das ist der Stuart, in den ich mich verliebt habe, dachte Corey, mit fröhlich funkelnden grünen Augen und einem unaufhörlichen Lächeln im runden jungenhaften Gesicht. Jetzt waren die Streitigkeiten und Irritationen in den Wochen vor der WM fast vergessen, wenn sie auch vermutete, dass es zwischen ihnen nie wieder so sein würde wie früher.

Beide freuten sich auf das Match. Wenn England gegen eine Mannschaft vom Kaliber Brasiliens spielte, musste man sich einfach aufregen. Bei der Ankunft im Stadion hatten sie die Party-Stimmung der brasilianischen Fans sofort bemerkt. Im vertrauten Grüngelb gekleidet, sangen sie und schlugen im Sambarhythmus auf ihre Trommeln, während zauberhafte Mädchen graziös und temperamentvoll herumtanzten.

Auch nach dem Spiel werden sie feiern, dachte Corey wehmütig. Und sie? Schon wenige Minuten nach dem Anpfiff hatten die Brasilianer das Match völlig unter Kontrolle. Wie Dean erwartet hatte, gehörte er nicht zur Anfangsformation. England spielte in derselben Aufstellung wie gegen Frankreich, mit drei Mann im defensiven Mittelfeld und Lee Huxley und Sean Lester dahinter. Ausnahmsweise schien Brian Bradford auf die falsche Taktik zu setzen. Angeführt von dem neunzehnjährigen Raidel, hatte der brasilianische Sturm nicht die geringsten Probleme mit der englischen Verteidigung. Garry Redington sollte ihn hautnah decken. Aber der Bursche war zu schnell und viel zu wendig. Ein Schuss an den Pfosten war ihm bereits geglückt, ein zweiter hatte das Außennetz getroffen. Anscheinend war es nur mehr eine Frage der Zeit, bis er ein Tor erzielen würde.

Während Corey beobachtete, wie er sich erneut von Garry löste, erinnerte sie sich an ihr Gespräch mit Alex am Montauk Point. Was musste er – nachdem West Ham ihn damals wegen mangelnder körperlicher Eignung abgelehnt hatte – beim Anblick Raidels empfinden, der höchstens drei Zentimeter größer war als Corey? Und wie würde er sich fühlen, wenn er kein Fußballstar geworden wäre, wenn er dieses Spiel im

TV sehen und sein Schicksal verfluchen würde, nachdem er am Nachmittag ein paar Immobilien verkauft hätte?

Jetzt wärmte sich Dean an der Seitenlinie auf, sprang hin und her und schwenkte die Arme, um seine Schultermuskeln zu lockern. Obwohl er so pessimistisch gewesen war, schien Brian ihm eine Chance zu geben. Vielleicht dachte der Trainer, schlechter als die anderen Verteidiger könnte Dean auch nicht spielen. Nur Matty Muir kam annähernd an das Niveau der Brasilianer heran.

Noch während Corey dieses Urteil fällte, schlug Matty den Ball vor den Füßen des brasilianischen Kapitäns Aldhino weg. Dann stürzte er unglücklich, versuchte aufzustehen und sank wieder zu Boden. Mick Phillips, der englische Physiotherapeut, ergriff seine Tasche und rannte auf den Rasen. Nach einem kurzen Blick auf Mattys Knöchel beorderte er die Sanitäter mit der Trage zu sich.

»O Gott, der arme Matty«, murmelte Corey. »Hoffentlich ist's nichts Ernstes.«

Stuart streichelte lässig ihren Nacken. Seit dem Beginn des Spiels hatte er seinen kleinen Finger in ihren geschlungen, seine Lieblingsmethode, einen diskreten Körperkontakt herzustellen. »So läuft's doch immer. Ganz egal, ob er schwer verletzt ist oder nur Schmerzen hat – sie müssen ihn außerhalb des Spielfelds behandeln. Wahrscheinlich tragen sie ihn nur auf der Bahre raus, um auf Nummer Sicher zu gehen.«

Als die Minuten verstrichen und England mit zehn Mann spielte, stellte sich heraus, dass die Trage tatsächlich nötig gewesen war. Corey reckte den Hals, um Phillips' Aktivitäten an der Seitenlinie zu beobachten und herauszufinden, wo das Problem lag. Offenbar ging es um Mattys Knöchel. Gequält zuckte der junge

Verteidiger zusammen, während Mick ihm den Socken auszog und die verletzte Stelle abtastete. Dann schaute er Brian an und schüttelte den Kopf. Matty Muir konnte nicht weiterspielen.

Sobald der englische Trainer die Aufmerksamkeit des Schiedsrichters auf sich gelenkt hatte, nahm er die Auswechslung vor. Dean, der mittlerweile aus seinem Trainingsanzug geschlüpft war, rannte auf den Rasen. Nach Mattys erzwungenem Ausscheiden musste Brian die Anfangsformation ändern. Jetzt spielte England im klassischen Stil, mit einer Viererabwehrkette. Inständig hoffte Corey, ihr Freund Dean würde eine gute Leistung zeigen.

»Hör mal, Schiedsrichter, das war ein klares Foul!« rief Stuart, als Danny Gordon nach der Attacke des brasilianischen Vorstoppers zu Boden ging.

Corey zeigte auf Lee Huxley, der den Ball an der rechten Außenlinie vorantrieb. »Vermutlich lässt der Schiedsrichter Vorteil gelten«, entgegnete sie gleichmütig.

»Seit wann kennst du die Vorteilsregel? Vor drei Wochen wusstest du noch nicht einmal, was ein Freistoß ist.«

»Nun, jetzt schaue ich mir bereits das fünfte Match an, und ich habe ziemlich viele Trainingseinheiten beobachtet. Dabei konnte ich natürlich einiges lernen.«

Stuart warf ihr einen scharfen Blick zu. »Irgendwie hast du dich verändert, Corey. Woran's liegt, weiß ich nicht. Aber ich glaube, da stecken nicht nur ein paar Trainingseinheiten dahinter.«

»Ist das so wichtig?«

Er zuckte die Achseln. »Keine Ahnung. Offen gestanden, im Augenblick ist nur *das* wichtig.« Er griff nach ihrer Hand und schob sie zwischen seine Schenkel. Durch die verwaschenen Jeans spürte sie seine wachsende Erektion. »Ich will dich, Corey«, flüsterte er heiser in ihr Ohr, »sofort.«

»Unmöglich ... Ich meine, wohin sollen wir gehen?«

»Nirgendwohin. Alle Leute schauen sich das Match an. Also wird niemand merken, was wir tun.« Entschlossen strich er über ihren Schenkel. »Lauf zur Damentoilette und zieh dein Höschen aus.«

Eine idiotische Idee ... Aber der Gedanke, Stuart würde seinen harten Schwanz in ihre Vagina stecken, umringt von zahlreichen ahnungslosen Zuschauern, erregte sie. Hastig stand sie auf und eilte zur Toilette. Sie sperrte sich in einer Kabine ein, schlüpfte aus dem Slip und verstaute ihn in ihrer Handtasche. Ein paar Sekunden lang blieb sie auf dem Toilettendeckel sitzen und rieb mit ihrem Mittelfinger über die Klitoris. Dabei lauschte sie mit halbem Ohr auf die Geräusche im Stadion, um festzustellen, ob ein plötzlicher vielstimmiger Schrei ungewöhnliche Ereignisse begleiten würde. Als sie zu Stuart zurückkehrte, war sie feucht genug, um ihn mühelos aufzunehmen. Und wenn der Gedanke, Alex' Finger würde ihren eigenen ersetzen, den Fluss ihres Nektars beschleunigt hatte, so brauchte das niemand außer ihr selbst zu wissen.

»Okay?« fragte Stuart, während sie neben ihm Platz nahm. Statt zu antworten, schob sie seine Hand unter ihren weiten Rock, und er ertastete ihr nacktes Hinterteil. Mit einem anzüglichen Grinsen zog er sie auf seinen Schoß und ließ ihren Rock über seine Schenkel fallen. Wie üblich hing sein Hemd über die Jeans. Corey merkte, dass er inzwischen den Hosenschlitz geöffnet und sein steifes Glied entblößt hatte, das sich warm und pulsierend zwischen ihre Hinterbacken schmiegte. Falls ein argloser Beobachter in ihre Richtung schaute, würde er glauben, eine junge Frau hätte sich auf den Schoß ihres Freundes gesetzt, um das Match besser zu sehen. Niemand würde die Erektion bemerken, die sich drängend der Öffnung ihrer Vagina näherte.

Corey hob ihre Hüften ein wenig hoch und griff nach hinten. So diskret wie möglich brachte sie Stuarts Penis in die richtige Position, bevor sie hinabsank und ihn in sich aufnahm. Stuarts linke Hand kroch unter ihren Rock. An dieser Seite hatte er keinen unmittelbaren Nachbarn, und so fiel niemandem auf, was er tat. Sein Zeigefinger teilte Coreys Schamlippen und berührte besitzergreifend die Klitoris.

Bis sie einen Orgasmus erreichten, würde es lange dauern – zumindest, was Stuart betraf. Corey wusste, dass er sie mit seinem Finger schon bald befriedigen konnte. Aber sie durfte sich auf seiner Erektion nur dann etwas heftiger bewegen, wenn die Menge aufstand, um irgendwelche Aktionen an den Eckfahnen genauer zu beobachten. Meistens begnügte sie sich mit einem sanften Wippen und benutzte ihre vaginalen Muskeln, um Stuarts Penis zu massieren. Damit hatte sie offenbar Erfolg. Sein heißer Atem streifte ihr Ohr, als er sie anspornte. In wachsender Erregung stimulierte er ihre Klitoris noch vehementer.

Jetzt konnte sie sich kaum auf das Match konzentrieren. Am liebsten hätte sie die Augen geschlossen und sich ihrem Höhepunkt überlassen. Doch das verhinderte der nächste Spielzug der Engländer.

Brasilien hatte die gegnerische Verteidigung unter Druck gesetzt und drei Ecken hintereinander erzwungen. Sogar Alex war in seinen eigenen Strafraum gelaufen, um die Kameraden mit seiner Kopfballstärke zu unterstützen. Als der Ball zum dritten Mal vor das englische Tor flog, wurde er von Mitch Jones abgewehrt und landete vor den Füßen Dean Burdens, der völlig freistand und die günstige Gelegenheit sofort nutzte. Während er am linken Flügel vorpreschte, suchte sein

Blick einen anspielbaren Teamgefährten. Da sah er Alex durch die Mitte nach vorn sprinten. Corey hielt den Atem an – einerseits, um ein lustvolles Stöhnen zu unterdrücken, und andererseits vor lauter Angst, Dean würde einen Fehler begehen. Diese Sorge war überflüssig. Zentimetergenau landete der Pass auf der Fußspitze des Stürmers, und Alex brachte das Leder elegant unter Kontrolle.

Das schafft er, dachte Corey. Ganz sicher … Alex erzielte das Tor im selben Augenblick, in dem sie ihren Höhepunkt erreichte. Gleichzeitig zuckte Stuarts Penis und vergoß seinen Samen. Entzückt und erlöst schrie sie auf und stimmte in den Jubel der englischen Fans ein, die ringsum aufsprangen. »Mein Gott! Ja, ja! O *Alex*, das war fabelhaft!«

Stuart stieß sie unsanft von seinem Schoß auf ihren Platz und schloss seinen Hosenschlitz. Überrascht starrte sie ihn an. Dann erkannte sie etwas zu spät, wie der Ruf ›Alex‹ aus ihrem Mund geklungen haben musste.

Voller Misstrauen verengten sich Stuarts grüne Augen. Und da brach auch schon die Anschuldigung über sie herein. »Du hast mit ihm geschlafen, nicht wahr? Von Anfang an hab ich geahnt, dass da was vorgeht. Und jetzt weiß ich's. Du fährst mit ihm aufs Land, trägst seine Sachen …«

»Das habe ich dir doch erklärt«, fiel sie ihm ins Wort. »Wir haben uns verirrt. Zwischen uns ist nicht das geringste passiert. Hör mal, wenn wir unbedingt streiten müssen – könnten wir's woanders tun, ohne Publikum?« Wenn sie auch wusste, dass sie von niemandem beachtet wurden, fand sie es einfach würdelos, in der Öffentlichkeit über private Dinge laut zu diskutieren.

»Okay, wie du willst.« Stuart packte ihren Arm und führte sie zum nächsten Ausgang. Sobald sie außer Hörweite der Sicherheitsbeamten waren, wandte er sich zu ihr und bemühte sich nicht mehr, den Zorn zu bezwingen, der in seiner Stimme mitschwang. »Wusste er Bescheid über uns beide? Oder war's ihm egal? Bevor du hierher gekommen bist, habe ich dich vor diesen Kickern gewarnt. Die nehmen sich, was sie wollen, und scheren sich einen Dreck drum, wen sie verletzen.« Mit allen zehn Fingern fuhr er durch sein zottiges rotes Haar. »Dachtest du auch nur eine Sekunde lang an mich? Die ganze Zeit saß ich daheim und fragte mich, was, zum Teufel, du ohne mich tun würdest. Hast du das Wort ›nein‹ vergessen?«

»Darf ich auch mal was sagen?« Mittlerweile war sie genauso wütend wie er. »Kriegst du's nicht in deinen bornierten Schädel, dass ich kein einziges Mal mit Alex Wild geschlafen habe?« In diesem Moment hätte sie die Debatte beenden und auf ihren Platz zurückkehren können. Aber irgendein Dämon zwang sie hinzuzufügen: »Wenn du's unbedingt wissen musst, es war Dean Burden.«

»Was? Ausgerechnet dieser elende Schürzenjäger? Was, zum Teufel, ist nur in dich gefahren, Corey?«

»Ganz einfach – ich wollte es.«

»Und wie war er?«

»Bitte, Stuart, darüber möchte ich nicht reden. Lassen wir's dabei bewenden.«

»Erwartest du allen Ernstes, ich würde ganz einfach zur Tagesordnung übergehen, nachdem du mit Dean Burden gebumst hast? Sag schon, wie war er?«

»Wenn du's unbedingt wissen willst …« Corey holte tief Atem. »Besser als du.«

»Du Biest!« zischte Stuart und hob eine Hand. Einen schrecklichen Augenblick lang glaubte sie, er würde sie schlagen. Aber er rammte seine Faust nur gegen die Betonwand, und der dumpfe Krach ging im Lärm des Fußballstadions unter.

»Typisch!« erwiderte sie. »Erst zwingst du mich, die Wahrheit zu erzählen, und wenn ich's tu, passt's dir nicht. Dabei hast nur *du* mich dazu getrieben …«

»Jetzt will ich nichts mehr hören. Schon gar keine Entschuldigungen oder irgendwelche Lügen. Zwischen uns ist's vorbei.«

»Es war schon vor meiner Reise in die Staaten vorbei. Oder so gut wie.«

»Vielleicht für dich. Ich wollte dich dran hindern, diesen Job anzunehmen. Das weißt du, Corey.«

»Zum Glück bin ich trotzdem rübergeflogen.« Corey's Stimme klang grausamer, als sie's beabsichtigte. »Hier wurde mir endlich klar, was ich an deiner Seite verpasst habe.«

»Oh, das freut mich«, entgegnete Stuart sarkastisch. »Keine Bange, ich werde dir nicht länger auf die Nerven fallen. Wenn du nach London zurückkommst, bin ich verschwunden. Dann hast du das Haus für dich allein – falls du nicht zu deinem Kicker ziehst.« Ohne ein weiteres Wort machte er auf dem Absatz kehrt und eilte davon. Sollte sie ihn zurückhalten? Nein, es war sinnlos. Stuart hat Recht, dachte sie, es ist vorbei. Natürlich würde Mel ihr erklären, das sei die beste Lösung. Aber in diesen beklemmenden Sekunden zweifelte Corey daran. Warum hatte sie nicht den Mund gehalten und ihre Affäre mit Dean verschwiegen? Sie lehnte sich an die Wand und merkte nicht, dass Tränen über ihre Wangen rollten.

»Dean, Dean, hierher!« Sobald das Match abgepfiffen wurde, rannte Mel zur Seitenlinie, um die englischen Spieler zu interviewen. Einige sprachen bereits mit der Konkurrenz, aber es gelang ihr, Dean Burdens Aufmerksamkeit zu erringen. Grinsend schlenderte er zu ihr, das brasilianische Trikot an die Brust gedrückt, das er gegen sein eigenes ausgetauscht hatte. »War das nicht ein fantastischer Sieg, Dean?« ermunterte sie ihn und hielt ihm das Mikrofon unter die Nase.

Lässig zuckte er die Achseln. »Nun ja, wir haben neunzig Minuten lang alles gegeben und das gewünschte Ergebnis erzielt. Natürlich freuen wir uns.«

»Du weißt doch, dass du nur gespielt hast, weil Matty Muir verletzt wurde.«

»Pech für Matty. Aber der Trainer erklärte mir, was ich tun musste, und ich nutzte meine Chance, Alex Wilds Tor vorzubereiten.«

»Das zweite Halbfinale wird zwischen Deutschland und Nigeria ausgetragen. Welcher Gegner wäre dir lieber?«

»Das ist mir egal. Hauptsache, wir stehen im Finale.«

»Ja, das kann ich mir vorstellen. Herzlichen Glückwunsch, Dean, und alles Gute für dein Team.«

Nachdem sie das Interview in der Tasche hatte, schaute sie sich auf dem Spielfeld um. Jetzt konzentrierten sich ihre Gedanken auf die brasilianischen Spieler. Die meisten sprachen so schlecht Englisch, dass es wenig Sinn hatte, sie anzureden. Also war es besser, die offizielle Pressekonferenz abzuwarten, bei der die Fragen der Journalisten und die Antworten der Teams gedolmetscht wurden. Mels Interesse galt Raidel, dem Teenagerschwarm. Während des Spiels hatte sie ihren Blick kaum von seinem schlanken, geschmeidigen Körper losreißen können, fasziniert von seiner athletischen Anmut. Wäre Brian durch Matty Muirs Verletzung nicht gezwungen worden, die Taktik zu ändern, hätten Raidel und seine Kameraden vermutlich einen Triumph gefeiert.

Stattdessen lehnte er jetzt an einem Torpfosten, ein englisches Trikot um eine Schulter drapiert, und starrte blicklos zu den brasilianischen Fans hinüber, die enttäuscht das Stadion verließen.

In diesem Moment wirkte er so jung und verletzlich, dass sie ihn am liebsten in die Arme genommen und seinen Kummer weggeküsst hätte. Belustigt schüttelte sie den Kopf – eine typische Corey-Reaktion, die aus dem Herzen kam und kein bisschen mit erogenen Zonen zusammenhing. Da gab es bessere Methoden, ein besiegtes Team aufzuheitern. In ihrer Fantasie sah sie sich mit der brasilianischen Mannschaft im Gemeinschaftsbecken plantschen – glitschige nasse Körper pressten sich an ihren, seifige Finger erforschten ihre Brustwarzen und ihre Muschi, während sie stramme Hinterbacken und steife Schwänze streichelte.

Von dieser Vision ermutigt, ging sie zuversichtlich zu Raidel hinüber. Als er sie anschaute und schweißnasses dunkelblondes Haar aus seinem Gesicht strich, hätte sie schwören können, in seinen braunen Augen würden Tränen glänzen. Sie sprach nicht portugiesisch. Aber in gewissen Situationen waren Worte überflüssig. Und so folgte sie einfach ihrem Instinkt, schmiegte sich an ihn und küsste seine Lippen. Verblüfft und entzückt hob er die Brauen, dann erwiderte er den Kuss voller Leidenschaft und umfasste Mels Hüften.

Das Trikot glitt von seiner Schulter, fiel zu Boden, und Mel las ein paar Buchstaben – RDEN. Kein Wunder, dass Dean so zufrieden war. Immerhin besaß er nun das Trikot des brasilianischen Stars – nach einem spektakulären Match, in dem er selbst eine entscheidende Rolle gespielt hatte.

Und dann verdrängte Mel diese Gedanken, denn Raidel küsste sie immer begieriger. Er schob seine Zunge in ihren Mund, presste ihren vollen Busen an seine nackte Brust, und sie spürte, wie sich die Knospen erhärteten. In diesem Moment fühlte sie sich an ihre Teenagerzeiten erinnert. Der erste Kuss eines Jungen war damals stets ein besonderes Erlebnis gewesen.

Plötzlich standen sie im Dunkeln. Das Scheinwerferlicht des Stadions war erloschen. Wie lange umarmten sie sich schon? Raidel ließ Mel los, hob Deans Hemd vom Boden auf und ergriff ihre Hand. Vielleicht musste er jetzt zu seinem Team zurückkehren. Er zeigte auf ihre Sandalen mit den flachen Absätzen, und sie erriet, dass sie herausschlüpfen sollte. Nachdem sie seinen Wunsch erfüllt hatte, führte er sie lächelnd über den Rasen, der sich angenehm weich und kühl unter ihren nackten Sohlen anfühlte.

Im Mittelkreis blieb er stehen. Mel schaute sich um und betrachtete die Sitzreihen, die in nächtlichen Schatten lagen. Da und dort schimmerte ein Licht, wo das Personal seiner Arbeit nachging. Jetzt würde im Medienzentrum der Teufel los sein, und sie wusste, dass sie sich unter ihre Kollegen mischen müsste. Aber war es nicht viel süßer, Raidels sanftem Drängen zu folgen und ins Gras zu sinken? Eine Machismo-Intuition gebot ihm, die Kontrolle zu übernehmen. Doch wenn er Mel für eine passive Partnerin hielt, täuschte er sich ganz gewaltig.

Verblüfft hielt er die Luft an, als sie seine Shorts nach unten zerrte. Dann murmelte er irgendetwas auf portugiesisch, während sie ihn ebenso schnell von Stiefeln, Socken und einem Suspensorium befreite.

Der schmale Penis reagierte sofort auf den erotischen Angriff und schwoll pulsierend an.

Auf einen Ellbogen gestützt, lag Raidel im Gras und beobachtete, wie Mel sich auszog. Es dauerte nicht lange, bis sie ihr Jeans-Minikleid aufgeknöpft hatte. In einem weißen Baumwoll-BH mit passendem Slip stand sie vor dem jungen Brasilianer.

Anerkennend musterte er ihre athletische Figur. Sie griff nach hinten, hakte den BH auf und ließ ihn fallen. Verführerisch wippten die entblößten Brüste. Bald landete auch das Höschen auf dem Rasen. Mel strich über ihre wohlgeformten Kurven und schwelgte in Raidels Bewunderung.

Dann verschwendete sie keine Zeit mehr und kniete sich über seine Hüften. Ihre Brüste hingen zu seinem Gesicht hinab. Eifrig begann er an einer Knospe zu saugen. Sein kraftvoller junger Körper roch nach maskuliner Begierde und dem Schweiß des anstrengenden Halbfinales, und das erinnerte Mel an die Atmosphäre in ihrer Umkleidekabine nach den Leichtathletik-Wettkämpfen. Sie griff zwischen ihre Beine und schob einen Finger in ihre heiße, feuchte Vagina. Langsam sank sie auf Raidels erigierten Schwanz hinab. Mit einer einzigen Bewegung nahm sie ihn zur Gänze in sich auf.

Nur zu gern lag er träge auf dem Rücken und überließ ihr die Arbeit, während sie sich immer schneller bewegte. Seine seelenvollen braunen Augen waren geschlossen, seine Hände krallten sich ins Gras. Vergiss bloß nicht, die Rasenstücke nachher wieder zurechtzurücken, dachte Mel, beschleunigte das Tempo, als sie die ersten Wellen ihres Höhepunkts spürte. Auch Raidel konnte sich nicht länger zurückhalten, schrie etwas Unverständliches und bäumte sich unter ihr auf. Ihre vaginalen Muskeln spannten sich an und stillten sein Verlangen. Gleichzeitig rieb sie mit fachkundigen Fingern über ihre Klitoris und verschaffte sich einen beglückenden Orgasmus.

Lächelnd und atemlos sank sie seitwärts ins Gras, immer noch mit Raidel vereint, und strich das wirre Haar aus ihrem Gesicht. Nach einer Weile löste er sich von ihr, stand auf und schlüpfte in seine Shorts. Am liebsten hätte Mel die ganze milde Nacht auf dem weichen Rasen verbracht. Aber sie erhob sich und sammelte ihre verstreuten Sachen ein.

Raidel küsste sie noch einmal. Dann rannte er barfuß

zur Umkleidekabine. Mel überlegte, ob sie ins Medienzentrum gehen sollte, und entschied sich dagegen. Ausnahmsweise würde die Metro-TV-Crew ohne sie zurechtkommen müssen. Der Gedanke an ein heißes Bad im Hotel war viel zu verlockend.

Auf dem dunklen, fast verlassenen Parkplatz sah sie jemanden an der Beifahrertür ihres Jeeps lehnen. Es war Corey, die Augen rot geweint, und die Tränen drohten jeden Moment erneut zu fließen. Bestürzt eilte Mel zu ihr. »Was ist denn passiert?«

»Ich habe mit Stuart gestritten.« Coreys Stimme zitterte. »Als er behauptete, ich hätte mit Alex geschlafen, erzählte ich ihm von Dean, und da war er stinksauer.«

»Wo ist er jetzt?«

»Wahrscheinlich am Flughafen.« Corey schlug die Hände vors Gesicht. »O Mel, wir haben Schluss gemacht. Obwohl's vorauszusehen war – es tut so weh.«

»Das weiß ich«, seufzte Mel und umarmte sie. »Eine Zeit lang tut's weg. Aber glaub mir, du wirst gestärkt aus deinem Kummer hervorgehen. Komm jetzt, fahren wir zum Hotel.«

Sie schob die widerstandslose Corey auf den Beifahrersitz, setzte sich ans Steuer und startete den Motor. Also hat dieser schöne Abend ein trauriges Ende gefunden, dachte sie, während sie den Jeep vom Parkplatz steuerte. Doch so unglücklich sich Corey im Moment auch fühlte – ihre innere Kraft würde ihr über den Schmerz hinweghelfen. Daran zweifelte Mel keine Sekunde lang. Sie schaltete das Radio ein, suchte eine Late-Night-Talk-Show und ließ sich auf der Fahrt nach Sheridan Flats von den Problemen anderer Leute berieseln.

13

Heute wird Danny Gordon vierunddreißig. Aber er will den letzten Geburtstag in seiner internationalen Fußballkarriere nicht großartig feiern. »Ich bin sicher, die Jungs werden irgendwas aus dem Ärmel schütteln«, sagt er. »Aber da meine schöne Frau auf mich aufpasst, wird nichts außer Kontrolle geraten.« Wahrscheinlich werden ihm nicht alle Teamkameraden zustimmen …

»Und was schenkst du Danny zum Geburtstag?« fragte Corey, als sie mit Mel hinter dem Trainingsplatz zum Jeep ging.

»Was ich ihm schon seit unserer Ankunft auf Long Island schenken will.« Mel zog den Autoschlüssel aus ihrer Jeanstasche. »Bedauerlicherweise wird's nicht über das Planungsstadium hinausgehen. Beim Frühstück paßte mich Laura-Jane ab und erzählte mir, heute Abend würde sie Danny zu einem romantischen Dinner einladen. Ein paar Meilen weiter unten an der Küste soll's ein fantastisches Fischlokal geben. Vermutlich will sie Danny mit einer Austernplatte animieren.«

»Nun, man kann nie wissen … Vielleicht erwischt sie eine verdorbene Auster und liegt ein paar Tage mit einer Lebensmittelvergiftung im Bett …« Corey wurde von Danny unterbrochen, der ihren Namen rief, drehte sich um und sah ihn auf den Parkplatz laufen.

»Alles Gute zum Geburtstag.« Mel packte ihn und drückte einen Kuss auf seine Wange.

»Danke, Mel. Hört mal, ich hab nicht viel Zeit, und ich wollte euch nur sagen, dass ich heute Abend eine kleine Party in meinem Zimmer gebe. Dazu möchte ich euch beide einladen.«

»Eine Party?« Erstaunt runzelte Mel die Stirn. »Ich dachte, du gehst mit Laura-Jane essen.«

»Ja, und danach feiern wir noch ein bisschen im Hotelzimmer. Sobald Brian glaubt, wir würden alle brav im Bett liegen. Nur ein paar Drinks. Nichts Extravagantes. Laura-Jane meint, das würde allen Spaß machen. Ihr kommt doch?«

»Versuch bloß nicht, uns dran zu hindern!« rief Mel ihm nach, als er zum Trainingsplatz zurückjoggte.

»Warum bist du so euphorisch?« Corey stieg in den Jeep. »Wo doch Laura-Jane dabei sein wird.«

Mel startete den Motor und wendete den Wagen so rasant, dass der Kies aufspritzte. »Weil *sie* diesmal im Schrank festsitzen wird.«

Mühsam schleppte sich der restliche Nachmittag dahin. Als Corey ihren Artikel geschrieben hatte, sank sie aufs Bett und schlief ein. Sie träumte von Stuart und sah ihn im gemeinsamen Londoner Reihenhaus, wo er systematisch ihre gesamte Garderobe zerschnitt und ihr übriges Eigentum zertrümmerte.

Nicht einmal ein abendlicher Spaziergang auf dem Hotelgelände konnte das Unbehagen verscheuchen, das dieser Traum heraufbeschworen hatte. Sie wünschte, sie hätte sich freundschaftlich von Stuart getrennt. Aber er war viel zu wild entschlossen gewesen, ihre Untreue zu beweisen. Die Beziehung hatte sehr erfreulich begonnen, und es enttäuschte sie, dass er so misstrauisch und besitzergreifend geworden war. Was sie sich nicht eingestand – vielleicht fühlte sie sich nur deshalb so verbittert, weil die Affäre mit Alex, die Stuart ihr angedichtet hatte, nur in ihrer sehnsüchtigen Fantasie existierte.

Während Corey und Mel ihre Vorbereitungen für die Party trafen, klopfte es an der Tür.

Corey ließ Jamie Partridge eintreten, der eine geheimnisvolle Miene aufsetzte. »Inzwischen haben sich die Pläne geändert«, verkündete er. »Wir können nicht in Dannys Zimmer feiern, weil Laura-Jane an einer Migräne leidet und im Bett liegt.«

»Was für eine nette Abwechslung!« meinte Mel. »Normalerweise ist *sie's*, die allen Leuten Kopfschmerzen bereitet.«

»Jedenfalls findet die Party bei uns statt.«

»Ah, schummriges Licht, sanfte Musik und überall Deans schmutzige Unterwäsche.« Mel grinste. »Genau das richtige Ambiente.«

»Was weißt du denn von Deans Unterwäsche?« fragte Corey.

»Nun, wie ich zugeben muss, bist du in dieser Hinsicht besser informiert«, erwiderte Mel und handelte sich einen freundschaftlichen Fausthieb in die Rippen ein.

»Wir haben alles fantastisch hergerichtet«, erklärte Jamie. »In zehn Minuten erwarten wir euch.«

»Okay. Wer kommt sonst noch?« erkundigte sich Mel.

»Mitch, Sean und Matty – die übliche Bande.«

»Und Alex?« Krampfhaft versuchte Corey, den Eindruck zu erwecken, seine Anwesenheit wäre ihr höchst unangenehm.

Jamie schüttelte den Kopf. »Nach eurem Trip in die Wälder hat Brian ihn zum Zimmerarrest verdonnert. Daran muss sich Alex wohl oder übel halten. Sonst darf er nicht am Finale teilnehmen.«

»Schade«, seufzte Mel. »Aber wir werden uns auch ohne ihn amüsieren. Holt ihr Drinks aus der Bar?«

»Nicht nötig. Dean hat ein fabelhaftes Getränk gebraut, das er King-Kong-Cocktail nennt.«

»King Kong?« wiederholte Corey argwöhnisch.

»Ja«, bestätigte Jamie. »Ein Glas genügt, und man verwandelt sich in einen liebestollen Affen.« Mit diesen Worten verließ er das Zimmer, und die beiden Freundinnen vollendeten ihr Make-up. Zweifellos stand ihnen ein vergnüglicher Abend bevor.

Was das Zimmer betraf, hatte Jamie nicht zu viel versprochen. Gemeinsam mit Dean hatte er aus drei Luftballons ein groteskes männliches Fortpflanzungsorgan gebastelt. Ein länglicher, dünner Ballon wurde von zwei runden flankiert. Auf dem Spiegel über dem Toilettentisch stand ›Alles Gute zum Geburtstag, Danny‹, mit rosa Lippenstift geschrieben. Die Glühbirnen in den Nachttischlampen waren durch rote ersetzt worden, die eine verführerische Atmosphäre erzeugten.

Sean saß auf einem der Betten, ein Glas mit dem ominösen Cocktail in der Hand, in dem Apfel- und Bananenstückchen schwammen.

»Dass du so kreativ bist, wusste ich gar nicht, Dean«, bemerkte Mel und nahm einen Drink entgegen.

»Vielleicht jobbe ich nach dem Ende meiner Fußballkarriere als Barkeeper.« Dean schlang einen Arm um Coreys Taille. »Alles okay, Mädchen?«

»O ja, danke.« Obwohl sie Stuarts plötzliche Abreise mit Problemen bei der ›Beyond Midnight‹-Produktion erklärt hatte, fürchtete sie, man würde ihr den Kummer anmerken. Und ihre Kumpel im Team ahnten vermutlich, dass Stuart nicht nur ein guter Freund gewesen war. Und wenn jemand die Wahrheit erriet – dann natürlich Dean. »Wie schmeckt der Cocktail, Mel?«

»Erstaunlich trinkbar, und das macht mir Sorgen.«

»Ein altes Burden-Familienrezept«, erklärte Dean. »Dieser köstliche Nektar bringt euch garantiert in erotische Stimmung.«

»Da muss man bei Mel gar nicht nachhelfen«, bemerkte Jamie grinsend.

Mels Antwort ging in Mattys und Mitches lautstarker Ankunft unter.

»Gleich kommt das Geburtstagskind!« rief Mitch und warf allen Anwesenden aufgerollte Papierschlangen zu.

Sobald Danny die Tür öffnete, wirbelten bunte Spiralen in seine Richtung. Mel stimmte ›Happy Birthday‹ an, und alle sangen mit.

»Vielen Dank.« Mit einem verlegenen Grinsen nahm Danny ein gefülltes Glas aus Deans Hand entgegen. »Ich bin tief beeindruckt.«

»Wie war das Dinner?« fragte Mel in beiläufigem Ton.

»Oh, wer immer Laura-Jane von diesem Lokal erzählt hat, kennt sich aus.« Danny zupfte Papierschlangen aus seinem Haar. »Sehr schön, direkt am Meer. Und das Essen war einfach himmlisch. Leider konnte Laura-Jane das Menü nicht richtig genießen, weil sie Kopfschmerzen hatte.«

Mel lächelte unschuldig. »Wie bedauerlich …«

Inzwischen hatte Jamie sein Kofferradio eingeschaltet, in akzeptabler Lautstärke, sodass sich die Zimmernachbarn nicht belästigt fühlen würden. Aus den Lautsprechern tönte ›Where the Streets Have No Name‹ von U2.

»Diesen Song liebe ich!« schwärmte Mel, stand auf und begann zu tanzen. Unter ihrem rückenfreien Top mit Nackenband trug sie keinen BH – Danny zuliebe, vermutete Corey –, und ihre prallen Brüste wippten im Takt der Musik.

Eifrig füllte Dean alle Gläser nach. Sean und Matty gesellten sich zu Mel und tanzten mit ihr. Als Corey sich neben Danny auf eines der Betten setzte, sah sie zu ihrer Überraschung Tränen in seinen Augen. »Allmählich geht's mir an die Nieren«, gestand er. »Das ist wohl die letzte Party, die ich mit den Jungs feiere. Wenn die nächste WM-Qualifikation beginnt, werde ich nicht mehr für England spielen. Ich weiß nicht einmal, ob ich dann überhaupt noch spiele. Klar, ich weiß, es ist an der Zeit aufzuhören. Trotzdem macht's mir Angst.«

»Das verstehe ich«, erwiderte Corey mitfühlend. »Aber denk doch an Brian. Auch er hat so was durchgemacht, und schau mal, was aus ihm geworden ist.«

»Ja, natürlich. Tut mir Leid, dass ich so sentimental bin, Corey. Wahrscheinlich liegt's an Deans Cocktail.«

»Falls du eine Schulter brauchst, um dich auszuweinen – Mel bietet dir sicher sehr gern eine an.«

Danny schaute zu Mel hinüber. Mittlerweile hatte sie ihre silberne Spange aus dem Haar gelöst. Verführerisch flatterten die kastanienroten Locken um ihr Gesicht, während sie tanzte. »Was für eine schöne Frau ...«, seufzte er. »Wäre ich nicht verheiratet ...«

»Ich glaube, das stört sie nicht. Und in dieser Nacht sollte es dich auch nicht stören.«

»Vielleicht hast du Recht, Corey.« Danny stand auf und stellte sein leeres Glas ab. »Höchste Zeit für sanftere Musik!« verkündete er und schaltete das Kofferradio aus. Dann inspizierte er die Kassetten, die Dean und Jamie bereitgelegt hatten, und ignorierte ihre übliche Auswahl von Oasis, The Jam und Blur. Er schob eine Kassette in den Recorder, und eine kuschelige Mariah-Carey-Ballade ertönte. »Willst du tanzen, Mel?«

»Mit dem größten Vergnügen.« Sie trat zu ihm und ließ sich umarmen. Die Hände um seinen Nacken gelegt, schmiegte sie ihre Brüste an ihn. Selbstvergessen wiegten sie sich in der Mitte des Raums. Während der Song seinem Höhepunkt entgegenstrebte, glitten Dannys Hände von ihrer Taille zu den runden Hinterbacken hinab.

»Offensichtlich beißt er an«, flüsterte Dean in Coreys Ohr.

»Nun ja, ich hätte ihn nicht ermutigen dürfen. Aber Mel versucht ihn schon seit dem Beginn des Turniers herumzukriegen. Ehrlich gesagt, ich bin froh, dass er ihre Gefühle erwidert. Andererseits – ich möchte nicht in der Nähe sein, wenn's Laura-Jane rausfindet.«

Wenig später tönte lebhaftere Musik aus dem Recorder. Danny und Mel ließen einander los. Unter seiner dünnen Leinenhose zeichnete sich deutlich eine Erektion ab. Corey warf Dean einen Blick zu und merkte, dass es ihm nicht entgangen war. »Wie lange wird's dauern, bis wir eine etwas privatere Party feiern?« fragte sie.

»Also, mir würde es nichts ausmachen. Und das ist immerhin mein Zimmer.«

»Wenn du willst, kannst du bei mir schlafen. Falls Mel anderweitig beschäftigt ist, habe ich ein Bett frei.«

»Wenn ich die Nacht in deinem Zimmer verbringe, hast du immer noch ein freies Bett.« Seine Finger streiften ihr Ohrläppchen. Wie er inzwischen wusste, wurde sie von solchen Zärtlichkeiten unweigerlich erregt.

Plötzlich wünschte Corey, sie wäre allein mit ihm und nackt, und sie spürte, wie sich ihre vaginalen Muskeln zusammenzogen.

Danny küsste Mel, die Hände unter dem Saum ihres Tops.

Als Mitch den Eindruck gewann, die Situation könnte außer Kontrolle geraten, schlug er vor: »Spielen wir was?«

Danny hob den Kopf. »Was denn?«

»Wir haben getrunken und getanzt. Jetzt ist's an der Zeit, ein Spiel zu beginnen.«

»Was für eine gute Idee!« Corey setzte sich auf den Teppich und bedeutete Dean, ihrem Beispiel zu folgen.

Lächelnd flüsterte er ihr zu: »Dadurch wird das Unvermeidliche nur hinausgezögert.«

»Lass den Dingen einfach ihren Lauf. Offenbar glauben die Jungs, sie könnten Danny von Mel ablenken. Wenn wir Glück haben, verschwinden die beiden bald in unserem Zimmer, und dann ist's nicht mehr euer Problem.«

Nun setzten sich Mitch, Matty, Sean und Jamie zu Corey und Dean auf den Boden. Alle bildeten den Teil eines Kreises, der von Mel und Danny vervollständigt wurde.

»Wenn wir unbedingt spielen müssen ...« Danny sank auf die Knie. »Wie wär's mit dem Flaschenspiel?«

»Das ist doch langweilig«, protestierte Mitch.

»Hört mal, das ist mein Geburtstag, und ich bestimme, was geschieht!« erwiderte Danny grinsend. »Außerdem gibt's von diesem Spiel eine Version, die für Erwachsene gedacht ist. Ich drehe die Flasche. Dann warten wir, bis sie liegen bleibt. Die Person, auf die der Flaschenhals zeigt, muss was ausziehen. Danach darf sie die Flasche drehen. Und so weiter. Dabei gibt's nur eine einzige Regel – Armbanduhren und Schmuck zählen nicht.«

»Und wer zuerst nackt ist, hat verloren?« fragte Mel.

»Nein, das Spiel ist erst beendet, wenn *alle* nackt sind«, erwiderte Danny.

Unfähig, ein Lächeln zu unterdrücken, stellte Corey sich vor, welche Visionen diese Worte ringsum heraufbeschwören würden.

»Verdammt, heute Abend flippst du wirklich aus«, murmelte Dean.

Danny ignorierte ihn und fuhr fort: »Sobald jemand nackt ist, und der Flaschenhals zeigt auf ihn, muss er irgendwas als Pfand geben. Jetzt läuft deine dreckige Fantasie auf Hochtouren, was, Deano?« Ohne eine Antwort abzuwarten, ging er ins Bad und fand im Abfalleimer eine leere Wodkaflasche, deren Inhalt Dean in den Cocktail geschüttet hatte.

Dann nahm er seinen Platz auf dem Teppich wieder ein und ließ die Flasche kreisen. Ein paar Mal drehte sie sich um die eigene Achse, bevor der Flaschenhals auf Sean zeigte. Belustigt zog er einen Turnschuh aus und wirbelte die Flasche herum.

Wie Corey bald merkte, wurden die Männer bei diesem Spiel begünstigt, obwohl Danny das sicher nicht beabsichtigt hatte. Jedenfalls war sie selbst und Mel halb nackt, im Gegensatz zu den Jungs. Vor allem Mel hatte sich so gekleidet, dass ihr Striptease nicht lange dauern würde. Als der Flaschenhals wieder einmal auf sie zeigte, schlüpfte sie aus ihrer weiten Baumwollhose und enthüllte einen String-Tanga aus roter Spitze. Zu beiden Seiten lugte kastanienrotes Kraushaar hervor und zog bewundernde Blicke auf sich.

Nach der nächsten Runde musste Dean sein T-Shirt ausziehen. Er warf es über seine Schulter und ließ die Flasche wieder kreisen. »Jetzt bist du dran, Corey.« Erwartungsvoll grinste er sie an, denn er wusste, dass sie diesmal ihr Kleid ausziehen musste.

Bevor sie das blaue Samtkleid über ihren Kopf streifte, zögerte sie nur kurz. Sie trug keinen BH, und alle starrten ihre Brüste an. Hastig nahm Sean eine andere Position auf dem Teppich ein, und sie wusste, dass ihn ihr Anblick erregte. In den nächsten Minuten beobachtete sie die Flasche nicht mehr so genau. Nur vage nahm sie zur Kenntnis, dass Matty nichts mehr trug außer einem knappen schwarzen Slip und Mel ihr Top eingebüßt hatte. Danny musterte ihre vollen Brüste, und Mel hatte nur Augen für den Reißverschluss des englischen Kapitäns, den er öffnete, um aus seiner Hose zu schlüpfen. Das Unvermeidliche würde nur hinausgezögert, hatte Dean prophezeit. Und er behielt Recht. Allem Anschein nach würden Danny und Mel in wenigen Minuten übereinander herfallen.

»Hallo, Corey ...«, flüsterte Dean herausfordernd und unterbrach ihre Gedanken. Erst jetzt bemerkte sie den Flaschenhals, der sich erneut auf sie richtete, und alle erwarteten, sie würde ihr Höschen ausziehen. Typisch für mein sprichwörtliches Pech, dachte sie. Ausgerechnet sie war die Erste, die sich vollends entkleiden musste, während Dean und Mitch immer noch ihre Jeans trugen und halbwegs respektabel aussahen.

Langsam erhob sie sich auf die Knie und schob die Daumen in das Gurtband des winzigen Spitzenslips. Der Stoff war bereits feucht, und alle würden das dunkle Zeichen ihrer Erregung sehen.

Sie setzte sich wieder, in einer möglichst diskreten Pose, und das Spiel ging weiter. Danach verlor Matty seine Unterhose und präsentierte seinen halb erigierten Penis. Offenbar hatte das Glück auch ihn verlassen, denn die Flasche, von ihm selbst gedreht, zeigte schon wieder auf ihn. »So geht das nicht!« rief er. »Kann ich's noch mal versuchen?«

»Tut mir Leid.« Danny kannte keine Gnade. »Jetzt musst du ein Pfand einlösen.«

»Aber das darf er nicht selber aussuchen«, wandte Mel ein.

»Okay, die Entscheidung liegt bei dir, Mel«, erwiderte Danny.

Eine Zeit lang überlegte sie, dann lächelte sie boshaft. »Geh auf den Balkon und sing ›Rule Britannia‹, Matty.«

»In diesem Zustand?« Der junge Verteidiger schaute auf seinen nackten Körper hinab. »Unmöglich. Wenn mich jemand sieht ...«

»Komm schon, Matty. Du spielst für Wimbledon,

und du kannst mir nicht erzählen, die Presse hätte sich noch nie in eure Umkleidekabine geschlichen.«

Widerstrebend stand Matty auf und ging zur Glastür. Deans und Jamies Zimmer lagen fast direkt über dem Raum, den Corey und Mel bewohnten, und so genossen die Jungs den gleichen Ausblick auf den Swimmingpool und den Hotelgarten. Trotz der Befürchtung, die Matty geäußert hatte, war es unwahrscheinlich, dass ihn irgendjemand beobachten würde. Er öffnete die Tür und betrat den Balkon. Sekundenlang herrschte tiefe Stille, bevor sich seine kraftvolle Stimme in die Nachtluft erhob. Corey glaubte beinahe, er würde salutieren, während er die patriotische Hymne sang.

Bei Mattys Rückkehr stellten alle fest, dass sich seine Erektion vergrößert hatte. Triumphierend ließ er die Flasche kreisen, und Dean war gezwungen, seine Hose auszuziehen.

Bei der nächsten Drehung musste Corey ein Pfand einlösen. Abwartend schaute sie Dean an. Seine blauen Augen funkelten, sein harter Penis verwandelte seine Boxershorts in ein Zelt. Zweifellos wusste er längst, was er von ihr verlangen würde. Aber er erweckte den Anschein, er würde sich den Kopf zerbrechen.

»Jetzt fällt mir was ein!« verkündete er schließlich. »Weißt du noch, was Lisbet Schoenberg dir alles beigebracht hat, Corey? Würdest du an Mel demonstrieren, wie viel du gelernt hast?«

Was er damit meinte, errieten alle Anwesenden mühelos. Gespannt beobachteten sie, wie Corey zu ihrer Freundin kroch.

»Los, Corey!« drängte Dean. »Zeig uns, was du mit Lisbet gemacht hast!«

»Zuerst haben wir uns nur geküsst.« Weil die Jungs vor Erregung vernehmlich keuchten, war Coreys Flüstern kaum zu hören. »So ...« Sie umarmte Mel und presste die Lippen auf den Mund ihrer Freundin.

Enthusiastisch erwiderte Mel den Kuss, und ihre Zunge erforschte begierig Coreys Mund.

»Und dann hat sie mich berührt – so ...« Corey streichelte Mels linke Brust. Behutsam glitten ihre Finger über die harte Knospe. Mel lächelte zufrieden, als hätte sie schon sehr lange auf diesen Moment gewartet, und schlang ihre Finger in Coreys seidiges blondes Haar.

Aus den Augenwinkeln sah Corey, wie Dannys Hand zwischen seine Schenkel glitt und den Penis umfasste. Dean schien sich rhythmisch durch die Boxershorts hindurch zu stimulieren. Falls die anderen diesem Beispiel noch nicht folgten, würde es nicht mehr lange dauern, bis sie sich dazu entschlossen.

»Hat sie auch an deinen Brustwarzen geleckt?« fragte Dean mit heiserer Stimme.

»Ja, ich denke schon.«

Ohne Zögern ließ Corey ihre Zunge über einer steifen, dunklen Spitze flackern und entlockte dem anderen Mädchen einen wohligen Seufzer. Mel zog Coreys Kopf noch näher zu sich heran, und ihre freie Hand spielte mit den empfindsamen Brustwarzen ihrer Freundin.

Inzwischen war die Kassette im Recorder abgelaufen. Aber niemand erhob sich, um eine neue einzulegen. Nur das Stöhnen der beiden Frauen, die einander liebkosten, und die heftigen Atemzüge der sechs Zuschauer durchbrachen die Stille.

»Was hat Lisbet sonst noch getan?« fragte Dean, und Corey wusste, er würde sie bis zu den Grenzen ihrer Erfahrungen treiben.

»Sie – berührte mich«, antwortete sie leise.

»Wo?«

Nach kurzem Zögern wisperte sie: »Zwischen den Beinen.«

»O Gott«, murmelte Jamie, dessen Fantasie den Ereignissen bereits vorauseilte.

Mel streckte sich auf dem dicken Teppich aus, die Beine leicht gespreizt. Schweigend wartete sie, bis Corey ihr den String-Tanga auszog und dem Publikum den Venusberg mit dem kastanienbraunen Kraushaar zeigte, unter dem sich die Konturen der Schamlippen abzeichneten. Sie strich vorsichtig über die fleischigen Fältchen und betrachtete die rosige Klitoris, die fordernd hervorragte. Da konnte Corey nicht länger widerstehen und umkreiste die Perle behutsam mit einer Fingerspitze. Mel erschauerte und öffnete die Schenkel noch weiter. Auf den Schamlippen, die nun auseinander klafften, glänzte der Tau ihrer wachsenden Erregung.

Als Corey aufblickte, sah sie, dass jetzt alle, die zuvor noch ein Kleidungsstück getragen hatten, nackt waren. Dannys Faust massierte rhythmisch seinen Penis. Auf einen Ellbogen gestützt, streichelte Matty seinen schwarzen Schwanz etwas sanfter. Nie zuvor hatte sie die Bewunderung so vieler Männer auf einmal genossen, und das erschreckte und beglückte sie gleichermaßen. Mel öffnete den Mund. Offenbar wollte sie etwas sagen, und Corey beugte sich zu ihr.

»Leck mich, Corey«, flüsterte Mel.

Verwirrt hob Corey die Brauen. Wenn sie auch wusste, wie sehr ihre Freundin die intimen Zärtlichkeiten genoss – *damit* hatte sie nicht gerechnet. »So etwas – habe ich noch nie …«

»Aber du kannst es. Komm schon, Corey, ich begehre dich wirklich. Schon seit dem Nachmittag am West Neck Beach.«

Langsam drehte Corey sich herum, sodass sie über Mels Gesicht kniete, und neigte den Kopf zu der schimmernden rosa Muschi. Sie stellte sich vor, was ihr selbst gefallen würde. Und so knabberte sie zuerst an den Innenseiten von Mels Schenkeln. Allmählich näherte sie sich dem Zentrum. Sie roch den einzigartigen Moschusduft ihrer Freundin, sah die geschwollenen inneren Schamlippen, die ihr mühelosen Zugang zum Mittelpunkt gewährten, und berührte sie mit ihrer Zungenspitze.

Zum ersten Mal kostete sie den würzigen Geschmack einer anderen Frau. Hinter ihr stöhnte jemand. Wahrscheinlich Jamie, dachte sie, und die Vermutung bestätigte sich, denn seine Stimme mit dem ausgeprägten Liverpool-Akzent verkündete, nun würde er kommen.

Aber sie beachtete ihn nicht, zu fasziniert von Mels Zunge, die sie in ihrer eigenen Spalte spürte – und deren Bewegungen bezeugten, dass die Freundin viel erfahrener war als Corey.

Für ein paar Sekunden hob sie den Kopf und gönnte Danny und Mitch den Anblick von Mels Saft auf ihrem Kinn. Beide Männer bearbeiteten ihre Schwänze immer schneller. Offensichtlich würden sie den Höhepunkt demnächst erreichen. Auch ihr eigener stand kurz bevor, und ihre Muschi sehnte sich danach, ausgefüllt zu werden. Ob es Dean oder Matty oder ein anderer war, der in sie eindringen würde, interessierte sie nicht mehr – wenn nur irgendjemand ihr Verlangen stillte.

Wie ein Schmetterlingsflügel flatterte Mels Zunge über Coreys Klitoris und erinnerte sie an das Vergnügen, das vergolten werden sollte.

Corey begann wieder in der Furche ihrer Freundin zu lecken und spürte, wie Mels angespannte Schenkel den Orgasmus ankündigten. Durch ihren eigenen Körper strömten bereits die warmen Wellen des Entzückens, als Mel unter ihr aufschrie und ekstatisch die Hüften wand.

Corey wurde hochgezogen, wandte sich um und erwartete, Deans lächelndes Gesicht zu sehen. Stattdessen war es Sean, der sie festhielt. Mel drehte sich auf die Seite und streckte eine Hand nach Danny aus. Sofort kroch er zu ihr, küsste sie leidenschaftlich und umfasste ihre Brüste. Matty, Mitch und Jamie waren offenbar schon gekommen. Jedenfalls saßen sie zufrieden da und warteten ab, welch ein Spektakel die anderen ihnen bieten würden.

Maßlos erregt, lehnte Danny an einer Bettkante, und Mel setzte sich rittlings auf seine Erektion. Während ihre Vagina seinen Penis umschloss, spürte Corey, die auf allen vieren lag, eine tastende Eichel an ihrer eigenen Öffnung. Diesmal war es Dean. Anscheinend wurde der Liebesakt zwischen ihnen zur Gewohnheit. Wird er Stuarts Platz einnehmen, fragte sie sich. Mit einer Hand hielt er seinen Schwanz fest, um ihn in ihre Scheide einzuführen. Sie reckte ihm begierig das Hinterteil entgegen, und er verschmolz mit ihr.

Natürlich wollte Sean nicht zu kurz kommen. Er kniete vor Corey nieder und bedeutete ihr, an seinem Schwanz zu saugen, den sie nicht besonders lang oder dick fand. Aber die Eichel war hübsch und verlockend geformt, und Corey ließ sie sanft zwischen ihre Lippen gleiten.

Während Dean sich in ihr bewegte, wurde sie von den Stößen gezwungen, Seans Penis zur Hälfte in den Mund zu nehmen, und ein erotischer Rhythmus, zunächst etwas ungelenk, begann alle drei anzufeuern. Deans Position eignete sich ideal für eine Liebkosung von Coreys Klitoris, und die Kombination seiner Finger und seines zuckenden Glieds führten sie sehr schnell zu einem neuen lustvollen Gipfel.

Mel schaute herüber und genoss den Anblick, den ihre Freundin und die beiden Männer boten. Die grünen

Augen halb geschlossen, kostete Corey träumerisch Seans Penis, während Dean sie von hinten bumste. Wäre der Sex mit Danny nicht die Erfüllung aller Wünsche gewesen, hätte Mel das andere Mädchen beneidet.

Niemals würde sie vergessen, wie sein Schwanz zum ersten Mal in ihren Schoß geglitten war und welch ein Triumphgefühl sie dabei empfunden hatte. Das bedeutete ihr genauso viel wie früher die Freude nach einem sportlichen Sieg. Die Vollkommenheit dieser Minuten ließ sich nur mit jenem Glück vergleichen, das sie beseligt hatte, als sie bei den Brisbane Games einen Sekundenbruchteil vor Myrtle Tunney über die Ziellinie gestürmt war. Und dann ihre Zeit auf der Anzeigentafel ... Nie zuvor war eine Engländerin so schnell gelaufen.

Sie wippte noch schneller auf und ab und nutzte die Muskelkraft ihrer Vagina, um Dannys hartes Fleisch zusammenzudrücken. Den braunen Lockenkopf zwischen ihren Brüsten, flüsterte er immer wieder ihren Namen. Die Vielfalt der Reize – Dean, Corey und Sean in erotischer Verstrickung und Dannys samtiger, heißer Penis, der ihre Scheidenwände weitete – überwältigte Mel.

Plötzlich wurde sie von einem ekstatischen Orgasmus erschüttert, der auch Dannys Erfüllung bewirkte. Atemloses Stöhnen und gemurmelte Koseworte drangen vom anderen Ende des Raums herüber und bekundeten, dass Corey und ihre beiden Liebhaber ebenfalls Befriedigung fanden. Erschöpft sank Mel an Dannys Brust, küsste dankbar seine schweißnasse Schulter und konnte kaum glauben, dass sich ihre Mühe endlich gelohnt hatte.

Halb benommen von den Nachwirkungen ihres Höhepunkts, öffnete Corey die Augen und sah Alex neben der Balkontür stehen. War er verspätet hereingekommen, um an der Party teilzunehmen? Wie lange hielt er sich schon hier auf? Was hatte er beobachtet?

»Wo kommst denn *du* auf einmal her, Alex?« fragte Danny, einen Arm um Mel geschlungen.

»Brian ist auf dem Weg hierher. Offenbar hörte er an der Rezeption, wie sich eine Frau über den Lärm in diesem Zimmer beschwerte. Sie meinte, da würde eine Party stattfinden. Jetzt schaut er natürlich überall nach, um festzustellen, wer nicht in seinem Bett liegt. Garry hielt ihn lange genug auf, sodass ich aus dem Fenster, die Feuerleiter hinauf und über ein paar Balkone klettern konnte. Bevor er hier aufkreuzt, habt ihr bestenfalls zwei Minuten Zeit.«

Nun war die Party zweifellos beendet. Hastig hoben alle ihre verstreuten Kleidungsstücke vom Boden auf und begannen sich anzuziehen. Jamie ließ die Luftballons platzen, während Dean ein Handtuch über den Spiegel warf, um die Aufschrift mit dem Lippenstift zu verbergen.

»Vielleicht solltet ihr auf demselben Weg verschwinden, den ich benutzt habe«, schlug Alex vor. »Außer Corey und Matty«, fügte er mit einem Blick auf Mattys bandagierten Fußknöchel hinzu.

»Für Brian wird's keinen Unterschied machen, wenn er mich nicht in meinem Zimmer findet«, meinte Matty. »Im Finale kann ich ohnehin nicht spielen.«

»Und ich?« fragte Corey, empört über Alex' Annahme, sie wäre nicht so gelenkig wie die anderen, obwohl sie davor zurückschreckte, im nächtlichen Dunkel über mehrere Balkone zu steigen.

»Diese Geländer sind ziemlich hoch«, erwiderte er. »Und ich fürchte, du bist zu klein, um drüberzuklettern, ohne dich zu verletzen.«

»Keine Bange, Corey, wir verstecken dich«, versprach Dean.

Im selben Augenblick klopfte es an der Tür.

»Wer ist da?« rief Jamie, während Alex, Danny, Sean, Mitch und Matty auf den Balkon flüchteten. Matty presste sich flach an die Mauer, und die anderen sprangen über die Balustrade.

»Brian. Kann ich reinkommen?«

»Moment mal, die Tür ist versperrt!« rief Jamie. In seinen Boxershorts, das dunkelrote Haar zerzaust, bot er den überzeugenden Anblick eines braven Fußballers, der soeben erwacht war. Mel stürmte ins Bad, versteckte sich in der Wanne und zog die Duschvorhänge zu.

Inzwischen packte Dean Coreys Arm und schob sie unter seine Bettdecke. Im warmen Dunkel klammerte sie sich an seinen nackten Körper und wagte kaum zu atmen.

»Ich sag's nicht gern, Jungs«, begann Brian, nachdem Jamie die Tür geöffnet hatte, »aber man hat sich über den Lärm in diesem Zimmer beklagt.«

»Tut uns Leid, Trainer«, erwiderte Jamie. »Dean und ich konnten nicht schlafen. Also haben wir ein bisschen Musik gemacht. Wir dachten, die wäre nicht zu laut.«

»Und wieso konnte die Frau nebenan behaupten, sie hätte Frauenstimmen und seltsames Stöhnen gehört?«

»Oh, das war der Fernseher!« log Dean geistesgegenwärtig. »Ein blöder Film mit Demi Moore.«

»Als sie sich auszog, hast du's gar nicht blöd gefunden«, bemerkte Jamie.

Inständig hoffte Corey, Brian würde den beiden glauben. Immerhin klangen die Ausreden wie das übliche freundschaftliche Geplänkel seiner Kicker.

»Irgendwas habt ihr beide zu verbergen, nicht wahr?« seufzte Brian. »Ich weiß bloß nicht, was. Wenn ich noch eine einzige Beschwerde über euer schlechtes Benehmen höre, sitzt ihr gegen Deutschland auf der Ersatzbank. Ich nehme an, diese Warnung wird genügen.«

»Klar, Boss«, beteuerte Dean, »wir werden Ihnen sicher keinen Ärger mehr machen.« Während er sprach, streichelte er unter der Decke Coreys Brüste, und sie unterdrückte mühsam ein Stöhnen.

»Also, dann gute Nacht, Jungs.«

Mit einem leisen Klicken fiel die Tür ins Schloss.

»Jetzt könnt ihr rauskommen«, verkündete Jamie. Als Corey unter der Decke hervorkroch, kehrten Matty und Mel aus ihren Schlupfwinkeln zurück.

»O Mann, das war knapp«, seufzte Dean.

»Allerdings, und ihr habt keine Ahnung, *wie* knapp«, fügte Jamie hinzu, hob einen Fuß und bückte sich, um Mels roten String-Tanga aufzuheben, den er unter seiner nackten Sohle verborgen hatte. »Ein Wunder, dass der Trainer das Ding nicht gesehen hat.«

Vorsichtig öffnete Mel die Tür und spähte hinaus. »Keine Spur von Brian. Ich glaube, jetzt können wir abhauen.«

»Muss das sein?« fragte Dean und schaute Corey hoffnungsvoll an.

»Leider«, erwiderte Mel. »Bis morgen, Jungs.« Sie scheuchte Corey aus dem Zimmer, und beide Mädchen rannten zum Lift. Als sie die Kabine betraten, brach Mel in Gelächter aus. »Ich bin schon gespannt, wie oft ich mich noch in den Schlafzimmern fremder Männer verstecken muss.«

»Wenigstens hast du's endlich mit Danny getrieben.«

»Und es hat sich gelohnt, auf diesen großen Augenblick zu warten.« Mels Augen strahlten, und Corey spürte die tiefe Genugtuung ihrer Freundin. »Nun müssen wir nur noch dein Problem lösen, das Alex betrifft.«

»Da wird nichts passieren«, meinte Corey wehmütig. »Ich fürchte, er interessiert sich nicht für mich.«

»An deiner Stelle wäre ich da nicht so sicher«, entgegnete Mel rätselhaft und sperrte ihre Zimmertür auf.

»Wie kommst du darauf?« fragte Corey erst ein paar Minuten später. Aber da lag Mel bereits in ihrem Bett und schien zu schlafen.

14

Am Sonntagabend werden sich zweiundzwanzig erbitterte Rivalen auf dem Spielfeld treffen und ein weiteres Scharmützel in einer Fußballschlacht austragen, die seit dreißig Jahren tobt. Aber vorher, bei einem Empfang, den der Präsident der US Soccer Federation gab, kamen sich die englischen und deutschen Teams so nahe wie nie zuvor …

Die Einladungen lagen in Coreys und Mels Schlüsselfach an der Rezeption, in Kuverts aus dickem weißem Pergamentpapier mit dem Logo der US Soccer Federation. Während sie im Lift nach oben fuhren, riss Corey ihren Umschlag auf und las vor: »Sie werden herzlich zu einem Empfang vor dem WM-Finale zwischen England und Deutschland eingeladen.«

»Wow, die größte Tortenschlacht der Saison«, seufzte Mel sarkastisch. »Womit haben wir das verdient?«

»Da fallen mir ein paar Leute ein, die vielleicht ein gutes Wort für uns eingelegt haben. Warum beklagst du dich? Das wird sicher eine tolle Fete. Am Freitagabend um acht. Irgendwo in den Hamptons.«

»Smoking für die Herren, Cocktailkleid für die Damen.« Mel studierte ihre eigene Einladung.

»Hoffentlich hast du deinen Party-Fummel mitgebracht. Wenn nicht, macht's auch nichts. Laura-Jane hat sicher vier oder fünf schicke Klamotten eingepackt, und wir können unsere Wahl treffen … War nur ein Scherz«, fügte Corey hastig hinzu, als sie Mels entsetzte Miene sah.

Mel steckte die Einladung in den Umschlag und verstaute ihn in ihrer Schultertasche. »Besten Dank! Die

Garderobe dieser Frau kenne ich gut genug, um zu wissen, dass ich nichts davon anziehen will.«

Obwohl Mel behauptete, glanzvolle Ereignisse würden sie nicht interessieren, wusste Corey, dass sich ihre Freundin insgeheim auf den Empfang freute. Sie konnte Mel zwar nicht zu einem Einkaufsbummel in Manhattan überreden, aber sie suchten in einer nahe gelegenen Ladenstraße nach passenden Kleidern. Bei der Fahndung nach dem perfekten Outfit war Mel noch pingeliger als Laura-Jane. Und am Tag des Empfangs traf sie sorgsamste Vorbereitungen. Nie zuvor hatte Corey so lange gebraucht, bevor sie ausgegangen war. Mel bestand darauf, ihr das Haar mit der Brennschere zu kräuseln, ermutigte sie zu einem Experiment, das ihr Make-up betraf, und wählte Lidschatten und einen Lippenstift in dramatischen Farben, die Corey normalerweise niemals benutzt hätte. Doch sie konnte nicht leugnen, dass der Effekt die Mühe lohnte – ihre grünen Augen wirkten größer, die Lippen sinnlicher.

»Heute Abend werden sich Alex und Dean um dich prügeln.« Mel zwängte sich in ihr neues Kleid aus mitternachtsblauem Satin. Hauteng und schulterfrei, betonte es die vollen Brüste und schön geschwungenen Hüften. An einer Seite zeigte ein Schlitz die langen, schlanken Beine.

Dazu trug sie Pumps mit Bleistiftabsätzen, die sie sich während ihrer sportlichen Karriere niemals gestattet hatte. Ihr Haar war hoch gesteckt. Nur ein paar Locken umrahmten das Gesicht.

Corey gab keine Antwort. Bevor sie das Zimmer verließen, warf sie einen letzten Blick in den Spiegel. Ihr schwarzes Minikleid war mit Jettperlen bestickt, schwarze Handschuhe reichten bis zu den Ellbogen. Am linken Handgelenk glitzerte ein breites Strassarmband.

An diesem Abend würde sie ihre letzte Chance erhalten, Alex näher zu kommen – ein Gedanke, der wie eine beharrliche, entnervende Wespe durch ihren Kopf schwirrte.

Sie hatte halb und halb gehofft, sie würden eine Limousine mieten, die zu ihrer edlen Aufmachung passen würde. Stattdessen stiegen sie mit Mitch und Dean in ein gelbes Taxi. Mitch hielt die Tür auf, bis Mel ihre langen Beine anmutig im Fond verstaut hatte.

Auf der Rückbank zwischen beide Mädchen gequetscht, legte Dean seine Arme um ihre Schultern. »Heute Abend seht ihr toll aus.«

»Ihr auch«, meinte Mel.

»In diesem Outfit fühle ich mich wie ein Pinguin«, klagte Mitch und zupfte an den Ärmeln seines Dinnerjacketts.

»Also, *mir* gefallen elegante Männer.« Mel griff nach vorn und rückte seine Fliege zurecht. »Entspann dich, Mitch, und genieß die Fahrt.«

An Dean gelehnt, schaute Corey aus dem Fenster und fühlte sich wohl in seiner Umarmung. Der Smoking stand ihm gut, und die formelle Kleidung bildete einen sehr erotischen Kontrast zu seinen Haaren, die bis über den Kragen reichten. Wie würde Alex im Smoking aussehen? Unwillkürlich erschauerte sie.

Irgendwie kam ihr die Landschaft bekannt vor, durch die sie fuhren. Der Empfang fand in einem Haus außerhalb der Stadt Southampton statt. Etwa zwanzig Meilen weiter östlich lag der Montauk Point, wo sie mit Alex im Gewitter festgesessen hatte. An diesem Abend drohte ihnen wenigstens keine Panne im Nirgendwo, die eine dramatische Rettungsaktion erfordern würde. Bedauerlicherweise war das keine Garantie für Alex' gutes Benehmen, und Corey hoffte, sie würden nicht streiten. Oder würde sie sich gezwungen fühlen, ein

Glas Champagner in sein Gesicht zu schütten? Das wäre ein netter Gag für ihre *Clarion*-Kolumne.

Endlich bog das Taxi in die Zufahrt eines großen Anwesens, das wie ein Privatbesitz aussah, und fuhr durch ein Kiefernwäldchen zu einem imposanten Haus. Als der Wagen vor dem Eingang hielt, bezahlte Mitch den Chauffeur.

»Wie im ›Großen Gatsby‹«, meinte Corey und musterte den Stuck der Fassade, die offensichtlich aus dem späten neunzehnten Jahrhundert stammte.

»An den erinnere ich mich«, warf Dean ein. »Andy Gatsby. Hat mal für Stoke City gespielt.«

»Nein, das war sein Bruder«, erwiderte Mitch. »Andy war bei Hartlepool engagiert.«

Lächelnd legte Corey einen Finger an die Lippen und brachte sie zum Schweigen. Vor der Tür blieben sie sekundenlang stehen und strichen ihre Kleidung glatt. Dann betraten sie die Halle.

Vor der Tür des Ballsaals hielten sie wieder inne und musterten die Gäste, die sich bereits versammelt hatten. Ein Lakai in weißer Livree nahm die Einladungen entgegen und verkündete: »Mr. Mitchell Jones und Miss Melissa Matheson, Mr. Dean Burden und Miss Corinne Palmer.«

»Eh? Corinne?« fragte Dean spöttisch. »Das hast du uns verschwiegen.« Er bot Corey den Arm, und sie folgten Mel und Mitch in den Saal.

Überall flammten Blitzlichter auf, und Corey fragte sich, ob einer der Fotografen für den *Clarion* arbeitete. Sie entdeckte Pete Graveney in ein Gespräch mit einem älteren, kahlköpfigen Mann vertieft, dessen Smoking sich über einem runden Bauch spannte. In einer Ecke schwatzte Lisbet Schoenberg mit Danny und Laura-Jane. Alex ließ sich nirgends blicken.

Als eine hübsche, dunkelhaarige Kellnerin in einem

weißen Hemd und einer schwarzen Hose ein Tablett mit Champagner herumreichte, nahm sich Corey ein Glas und nippte daran. »Lass mich nicht zu viel davon trinken«, bat sie und prostete Dean zu. »Sonst steigt mir der Alkohol zu Kopf. Und ich will nichts tun, was ich später bereuen würde.«

»Wenn's so ist, werde ich mir eine ganze Flasche sichern, sobald die Kellnerin das nächste Mal vorbeikommt«, erwiderte er und grinste boshaft.

Mel klopfte auf Deans Arm. »Wer ist denn der große blonde Bursche da drüben, der mit der Frau im roten Kleid redet?«

»Matthias Schenker, der deutsche Torwart. Warum willst du das wissen?«

Unschuldig lächelte sie ihn an. »Aus keinem besonderen Grund.« Hinter Deans Rücken zwinkerte sie Corey zu und reckte den Daumen nach oben.

Bald wich Coreys anfängliche Verwirrung der Erkenntnis, dass Mel das Ouartett auflösen und sich an einen deutschen Spieler heranmachen wollte, damit ihre Freundin eine Gelegenheit fand, sich um Alex zu kümmern. Hoffentlich war Mels Hilfsbereitschaft nicht fehl am Platz.

»Mr. Garry Redington, Mr. Carl Collins und Mr. Alex Wild«, kündigte der Lakai an.

Atemlos drehte Corey sich um und sah Alex auf der Schwelle stehen. In seinem geliehenen Dinnerjackett mit der eleganten Fliege sah er umwerfend aus, das dunkle, glatt nach hinten gekämmte Haar schimmerte im Licht des reich verzierten Lüsters. Dean folgte ihrem Blick. Ehe er einen Kommentar abgeben konnte, ertönte ein Gong. »Ladys und Gentlemen, das Dinner ist serviert.«

Dean umfasste Coreys Ellbogen und führte sie in den Speiseraum. »Da wir an Brians Tisch sitzen, müssen wir uns leider anständig benehmen.«

»Hattest du etwa vor, dich mit Jamie um die besten Bissen zu prügeln?«

In gespieltem Entsetzen riss er die blauen Augen auf. »Würden wir so was jemals tun?«

»Natürlich.« Corey suchte die Platzkarte mit ihrem Namen. Wie sie bald feststellte, würde sie neben Dean und gegenüber von Alex sitzen. Sie nahm an, Mel würde ihnen folgen, schaute sich um und entdeckte ihre Freundin an Matthias Schenkers Seite. Offenbar hatte Mel keine Zeit verschwendet, um das neueste Ziel ihrer Wünsche anzusteuern.

Als Corey sich setzte, nahm auch Alex Platz und lächelte wehmütig. »Oh, ich wusste gar nicht, dass ich dich am Tisch der unartigen Jungs treffen würde.«

»Am Tisch der unartigen Jungs?«

»Ja«, bestätigte er und senkte die Stimme. »Brian möchte alle, denen er misstraut, im Auge behalten. Deshalb wurden wir an diesen Tisch verfrachtet. Nachdem ich mit dir zum Montauk gefahren war, fiel ich in Ungnade. Dean und Jamie sind derzeit ziemlich unbeliebt, weil sie die Zimmernachbarin gestört haben. Inzwischen muss er gemerkt haben, dass sämtliche Schwierigkeiten mit dir und Mel zusammenhängen ...« Er sah sich um. »Wo steckt sie denn?«

»Da drüben, bei ihrem neuen Freund.« Corey beobachtete, wie Mel und der deutsche Torwart die Köpfe zusammensteckten. Lächelnd berührte sie seine Hand.

»Guten Abend, Corey.« Der Trainer setzte sich neben Alex. »Leistet uns deine Freundin Melissa nicht Gesellschaft?«

»Nein, sie infiltriert gerade das deutsche Lager«, erklärte Dean, nahm sich ein Vollkornbrötchen und reichte den Brotkorb an Corey weiter.

»Was für eine Schande!« seufzte Brian. »So ein nettes Mädchen ...« Sein Gesicht nahm einen träumerischen

Ausdruck an, als würde er angenehmen Erinnerungen nachhängen.

Trotz Deans düsterer Warnung, sie müssten sich anständig benehmen, genoss Corey den Abend. Das Essen schmeckte ausgezeichnet. Nach einer sämigen Venusmuschelsuppe wurde Hähnchen in Weißweinsauce mit Pilzen serviert. Zum Dessert gab es eine weiße *mousse au chocolat*, garniert mit Himbeeren und Blaubeeren. Brian unterhielt die ganze Tischrunde mit skurrilen Geschichten über seine Reisen mit der englischen Nationalmannschaft in den frühen achtziger Jahren. Und Alex, von Dean angespornt, bewies ein unerwartetes Talent als Stimmenimitator, indem er Tony Days Lancaster- und Jamies Liverpool-Akzent nachahmte.

»Er kann auch Brian nachmachen«, flüsterte Dean in Coreys Ohr. »Aber wahrscheinlich wär's keine gute Idee, das in diesem Moment zu demonstrieren.« Während er sich zu ihr neigte, sah sie Alex' prüfenden Blick. Sekundenlang glaubte sie, Eifersucht in seinen Augen zu lesen. Sie dachte an Mels Worte. *Heute Abend werden sich Alex und Dean um dich prügeln …*

Hastig verdrängte sie den Gedanken und reichte der Kellnerin ihre Kaffeetasse, um sie nachfüllen zu lassen. Sollte Alex auf dieser Party aus seiner gewohnten Rolle fallen – Mel hatte ihr bereits den Weg geebnet. Seit zwanzig Minuten waren die Plätze leer, die sie mit dem deutschen Keeper eingenommen hatte, und das konnte nur eins bedeuten …

Sobald das Personal die Reste des Hauptgangs abgeräumt hatte, entschuldigte sich Mel und verließ den Tisch. Ein paar Minuten später folgte ihr Matthias Schenker, und sie erwartete ihn in der Halle. Vor dem Dinner hatte sie sich dem blonden Deutschen vorgestellt, und seither flogen die Funken zwischen ihnen.

Länger hätten sie die Mahlzeit nicht genießen können, eifrig bestrebt, einen ganz anderen Hunger zu stillen.

Langsam näherte er sich ihr, fast eins neunzig groß, mit breiten Schultern und langen kraftvollen Beinen. Er hatte kurzes lockiges Haar und ein kantiges Gesicht mit hohen Wangenknochen. Aber es waren seine Augen, die sie faszinierten. In den blauen Tiefen glaubte sie, einen Hang zur Perversion zu erkennen. Und nach Raidels jungenhaftem Enthusiasmus war sie bereit für einen Mann, der sie ins Reich sexueller Ausschweifungen entführen würde.

»Wohin gehen wir?« fragte sie.

»In diesem Haus gibt's viele Schlafzimmer. Sicher finden wir einen Raum, wo wir allein sein können.«

Er führte sie nach oben, in den ersten Stock. Leise klickten Mels hohe Absätze auf Bodenbrettern aus poliertem Kiefernholz. Matthias öffnete eine der zahlreichen Türen, und sie betraten ein Schlafzimmer, das unbenutzt und etwas antiquiert aussah. Neben der Tür fanden sie mehrere Lichtschalter. Vorsichtig drückte Mel auf einen Knopf. Ein paar Wandlampen flackerten auf und spendeten gerade genug Licht, dass sie den Raum erforschen konnten.

»Offenbar lässt sich die Tür nicht versperren«, berichtete Matthias, nachdem er am Schloss herumhantiert hatte. »Aber die Gefahr, ertappt zu werden, ist besonders reizvoll.«

Ohne zu antworten, setzte sich Mel auf das breite Bett und beobachtete, wie er die schweren pflaumenblauen Vorhänge zuzog. Sie knipste die Art-déco-Nachttischlampe an, die ein weiches bernsteingelbes Licht verbreitete. Inzwischen schaltete Matthias die andere Beleuchtung aus. Er kam zu ihr, packte ihre Handgelenke und legte sie auf den Rücken. Fordernd küsste er sie, bis ihre Lippen anschwollen. Dann löste er die

Spange aus ihrem Haar und ließ die üppigen Locken auf ihre nackten Schultern fallen. Wie gebannt starrte sie ihn an. Was würde er als Nächstes tun?

Er nahm ein rotes Tuch aus einer Brusttasche und faltete es zusammen. »Setz dich auf, Melissa«, befahl er und schlang das Tuch um ihren Kopf, um ihr die Augen zu verbinden. Für Mel war das eine neue Erfahrung, und sie wehrte sich nur ein paar Sekunden lang. Mit dieser Maßnahme befreite er sie von jeder Verantwortung, und es wäre albern, die interessanten Möglichkeiten dieser Situation nicht auszuschöpfen.

»Und jetzt steh auf«, sagte er. Etwas ungeschickt gehorchte sie und schwang die Beine über den Bettrand. Als ihre Füße den Boden berührten, erhob sie sich langsam. Da sie nichts sah, schärften sich ihre anderen Sinne. Sie spürte, dass Matthias hinter ihr stand, und alle Geräusche verstärkten sich, während er den Reißverschluss ihres Kleids öffnete und der raschelnde Satin hinabfiel.

Darunter trug sie ein elfenbeinweißes, mit Spitzenborten verziertes Korsett. Zum Kauf dieser Reizwäsche war sie von Corey überredet worden. Sie hatte geklagt, die Körbchen mit den Drahtbügeln würden ihre Brüste so auffällig hochheben, dass sie wie eine Nutte in einer derben Restaurationskomödie aussah. Aber Matthias schien ihren Anblick zu würdigen.

»Zieh deine Strümpfe aus, Melissa, und gib sie mir.«

Obwohl sie diesen Wunsch etwas merkwürdig fand, erfüllte sie ihn, tastete nach den Strumpfbändern, die am Korsett befestigt waren, hakte die teuren Seidenstrümpfe los und rollte sie an ihren Beinen hinab. Matthias nahm sie ihr aus der Hand. Als er sie zum Bett zurückführte, ahnte sie, was er mit den Strümpfen vorhatte, und ihre Vermutung traf tatsächlich zu. Er forderte sie auf, sich hinzulegen und die Arme hinter dem

Kopf auszustrecken. Erstaunlich fachkundig band er ihre Handgelenke an den Bettpfosten fest. Versuchsweise zerrte sie an ihren Fesseln.

»Du kannst dich nicht befreien, Melissa«, flüsterte Matthias. »Jetzt werde ich mit dir tun, was ich will.«

Wenn sie auch am ersten Teil seiner Behauptung zweifelte, erregte sie der Gedanke, ihrem neuen Liebhaber hilflos ausgeliefert zu sein. Sie spürte, wie er ihre Brüste aus den Körbchen des Korsetts hob, und seine Finger, die über die Knospen strichen, weckten die Sehnsucht nach anhaltenden stimulierenden Zärtlichkeiten. Doch seine Hände streiften das Spitzenhöschen nach unten und schoben ihre Schenkel auseinander. Dann befahl er ihr, die Beine anzuwinkeln, sodass er ungehindert ihre feuchte, glänzende Weiblichkeit betrachten und sehen konnte, wie heiß sie ihn begehrte.

Eine Zeit lang schien gar nichts zu passieren, und Mel lauschte vergeblich auf Matthias' Atemzüge. Sie stellte sich vor, er wäre lautlos aus dem Zimmer verschwunden, um nach unten zu gehen und mit einigen Teamkameraden zurückzukehren. Vielleicht wurde sie schon jetzt von fremden Jungs angestarrt, während sie gefesselt dalag, den Busen und die Muschi entblößt.

Endlich wurden ihre Brüste wieder berührt. Da er sie so lange hatte warten lassen, empfand sie umso intensivere Emotionen. Matthias' Finger kniffen in die Knospen und formten harte kleine Kegel. Als er daran zu saugen begann, wand sie sich stöhnend in ihren Fesseln umher und wollte seine Lippen zwischen den Beinen genießen. Doch sie wusste, dass sie das Recht aufgegeben hatte, irgendetwas zu verlangen.

Während sein Mund ihre Brüste reizte, spürte sie einen Finger in der feuchten Wärme ihrer Muschi. Bald wurde er entfernt und durch ein härteres, dickeres Etwas ersetzt, das sich nicht wie Matthias' Penis anfühlte, denn es war viel zu glatt und zweifellos nicht von menschlicher Konsistenz. Mel versuchte die Einrichtung des Zimmers, die sie vorhin gesehen hatte, in ihrer Fantasie heraufzubeschwören und erinnerte sich an zwei dicke Kerzen auf dem Toilettentisch. Offenbar benutzte Matthias eine dieser Kerzen als improvisierten Phallus. Ganz tief drang der lange, wächserne Zylinder in ihre Vagina ein, und sie gab sich erschauernd dem ersten von mehreren Orgasmen hin.

O Corey, dachte sie, hoffentlich macht dir dieser Abend genauso viel Spaß wie mir. Und dann verscheuchte Matthias Finger auf ihrer geschwollenen Klitoris alle klaren Gedanken …

Im Erdgeschoss wurde der letzte Kaffee serviert, und die Gäste wurden aufgefordert, mit ihren Drinks in den Ballsaal zurückzukehren, wo eine Drei-Mann-Band auf einem niedrigen Podest spielte. Zwei oder drei Paare begannen zu tanzen.

Als Alex eine Hand auf Coreys Schulter legte, glaubte sie, er würde sie um einen Tanz bitten. Stattdessen schlug er vor: »Wollen wir frische Luft schnappen? Ich muss mit dir reden.«

»Ja, natürlich.« Sie folgte ihm durch eine der Glastüren auf die Veranda, und sie wanderten in den Garten, der im Gegensatz zum tadellos gepflegten Haus einer wuchernden Wildnis glich. In der milden Nachtluft verströmten Heckenrosen süße Düfte. Ein schmaler Weg zwischen dichten Büschen und ein paar bemooste Stufen führten sie zu einem kleinen, mit Efeu überwachsenen Pavillon inmitten einer Lichtung hinab. Von hier aus genossen sie einen wunderbaren Ausblick auf das Meer, dessen Brandung hundert Meter weiter unten an die Klippen schlug. Gegen das Haus war der Pavillon völlig abgeschirmt, und sie konnten die Musik und das Stimmengewirr der Gäste kaum noch hören. Plötzlich gewann Corey den Eindruck, sie wäre mit Alex allein im Universum.

Er setzte sich auf eine Holzbank und wartete, bis sie neben ihm Platz nahm.

»Nun, was hast du mir zu sagen?« fragte sie. »Etwas, das du im Ballsaal nicht aussprechen wolltest?«

»Ich hätte es schon vor Wochen verraten sollen. Dann hättest du vielleicht verstanden, warum ich mich – so seltsam benahm. Alex holte tief Atem. »Vor vier Jahren hatte ich eine Affäre mit Laura-Jane.«

Verblüfft starrte sie ihn an. »Wie bitte?«

Er zuckte seufzend die Achseln. »Damals war ich vierundzwanzig, und eine Beziehung, die ich seit meinem neunzehnten Lebensjahr hatte, ging gerade in die Brüche. Nie zuvor hatte ich ein so reizvolles Geschöpf wie die Ehefrau meines Teamkapitäns gesehen. Alles hätte ich für sie getan. In der Nacht, bevor wir im Viertelfinale gegen Norwegen spielten, machte sie Schluss mit mir. Sie erklärte, Danny sei misstrauisch geworden und würde Fragen stellen. Deshalb müssten wir die Liaison beenden, bevor er was rausfinden würde. Ich war verzweifelt. Immer wieder hatte sie mir versichert, sie würde mich lieben und Danny verlassen. Doch sie konnte nicht auf den Luxus verzichten, den er ihr bot. Ich verdiente zwar ganz gut, aber längst nicht so viel wie Danny mit seinen TV-Werbespots und den Sponsorenverträgen. Nur weil Laura-Jane sich von mir getrennt hatte, spielte ich in jenem Match so schlecht. Es lag nicht am Druck, der auf dem Elfmeterschützen lastete. Und ausgerechnet Laura-Jane kritisierte mich nach der Niederlage am schärfsten.«

»Warum?«

»Wahrscheinlich wollte sie sich selbst überzeugen, sie hätte richtig gehandelt und Danny wegen eines kläglichen Versagers nicht verlassen dürfen. Deshalb fällt's mir so schwer, Frauen und insbesondere den Reporterinnen zu vertrauen.« Eindringlich schaute er in Coreys Augen. »Vor allem den Frauen, die mir gefallen.«

Obwohl er endlich aussprach, was sie hören wollte, fehlten ihr die Worte.

»Am schlimmsten war's, wenn ich dich zusammen mit Dean sah – weil er alles bekam, was ich mir selber nicht gönnte.« Alex ergriff ihre Hand. »Sag mir die Wahrheit, Corey. Liebst du ihn?«

Vor ihrem geistigen Auge erschien das Bild des jungen Verteidigers, der mit Jamie und Alex am Strand scherzte und lachte und sich im Match gegen Brasilien die Seele aus dem Leib rannte, um das entscheidende Tor vorzubereiten. Und wie gut er an diesem Abend in seinem geliehenen Smoking aussah ... In kurzer Zeit hatte sie ihn ins Herz geschlossen. Er brachte sie zum Lachen, der Sex mit ihm war besser als alles, was Stuart ihr jemals geboten hatte, und sie schien ihm viel zu bedeuten. Trotzdem ... »Das weiß ich nicht.«

»Wirklich, er paßt nicht zu dir«, stieß Alex hervor. »Er ist viel zu wankelmütig. Jetzt liebt er dich vielleicht. Aber spätestens in sechs Monaten wird er für Abwechslung sorgen.«

»Warum erzählst du mir das?« Corey wollte ihm nicht glauben, fürchtete aber, dass er Recht hatte. Wenn Dean sie enttäuschte – wem konnte sie dann noch trauen?

»Weil ich dich vor einem Fehler bewahren möchte. Dean soll dir nicht antun, was Laura-Jane *mir* zugemutet hat. Ich weiß, du hast dich eben erst von dem Typ getrennt, der dich hier besucht hat. Wie hieß er doch gleich – Stuart? Fall bloß nicht in die Arme eines falschen Manns, nur um deinen Kummer zu verschmerzen.« Er seufzte. »Und falls dich die Wahrheit interessiert – ich bin verdammt eifersüchtig.«

»O Alex, wäre ich eitel genug, um mir einzubilden, ich könnte zwischen Dean und dir wählen – dann müsste *er* eifersüchtig sein.«

»Ich verstehe nicht, warum du dauernd so fair zu mir bist. Immerhin habe ich dir genug Gründe geliefert, mich zu hassen. Nachdem ich am Montag so gemein zu dir war, hättest du mich im *Clarion* gnadenlos verunglimpfen können.«

»Das ist nicht mein Stil«, erwiderte sie und spielte mit ihrem Strassarmband. »Vermutlich werde ich niemals zu den erfolgreichsten Klatschkolumnistinnen der Welt gehören. Aber es widerstrebt mir, wegen einer guten Story den Ruf eines Menschen zu ruinieren. Ich will einfach nur die Dinge erzählen, die tatsächlich passieren. Was dich betrifft, will ich dir die reine Wahrheit gestehen – du bist der attraktivste Mann, der mir je begegnet ist. Noch nie habe ich jemanden so begehrt wie dich. Das wusste ich schon, als ich dich zum ersten Mal sah.«

»Liebste Corey ...«, flüsterte er und neigte sich zu ihr. Als sie seinen Kuss erwartete, schien die Zeit stillzustehen. Sein Mund schmeckte nach süßem Wein, und sie öffnete die Lippen, um seine Zungenspitze aufzunehmen. Dann sank sie nach hinten auf die Bank und zog ihn mit sich. Er schlang seine Finger in ihre ungewohnten Ringellocken, und sie nahm sein Gesicht in beide behandschuhte Hände. Zärtlich zeichnete sie die Konturen seiner Wangenknochen und seines Kinns nach.

Während er ihre Schultern streichelte, wünschte sie stöhnend, er würde noch weiter gehen. Ungeduldig sehnte sie sich nach seinen Händen auf ihren Brüsten. Jetzt hatte etwas begonnen, das sich nicht mehr verhindern ließ. Alex' muskulöser Schenkel schob sich zwischen ihre Beine, und sie spürte seine Erektion.

Endlich tastete er nach dem Reißverschluss ihres Kleids, zog ihn hinab und streifte die dünnen Träger von ihren Schultern. Unter der engen Korsage trug sie keinen BH. Alex entblößte ihre kleinen festen Brüste. »Jedes Mal, wenn ich dich so sah, warst du mit Dean zusammen. Unglaublich, wie dumm ich gewesen bin …«

»Denk nicht mehr dran«, hauchte sie, streckte ihm ihren Busen entgegen, um ihm die harten, von süßem Schmerz erfüllten Brustwarzen anzubieten. Als er eine rosige Knospe zwischen die Zähne nahm und behutsam daran knabberte, rang Corey nach Luft und spürte, wie sich alle Gefühle zwischen ihre Schenkel konzentrierten.

Ungeduldig zerrte sie sein Hemd aus der Hose und streichelte seine muskulöse Brust. Da unterbrach er die Liebkosung ihrer Brüste, um sein Dinnerjackett auszuziehen und die Fliege aufzuhaken. »Oder dachtest du, ich könnte so eine Schleife *binden*, Corey?« Gemeinsam knöpften sie sein Hemd auf, dann streifte er Schuhe und Socken ab und schlüpfte hastig aus der Hose. Unter dem königsblauen Baumwollstoff seiner Boxershorts zeichnete sich seine Erektion ab.

Corey kniete sich auf die Bank, und Alex schob ihr Kleid über die Hüften hinab. Nun trug sie nur mehr ein hauchdünnes weißes Seidenhöschen, halterlose schwarze Strümpfe und die langen Satinhandschuhe, die sie ausziehen wollte. Aber er schüttelte den Kopf. »Sie fühlen sich so angenehm an.«

Die Finger hinter seinem Nacken verschränkt, küsste sie ihn. Seine Hände glitten über ihre festen kleinen Brüste und den sanft gewölbten Bauch. Durch die Seide hindurch berührte er ihren Venusberg und spürte die feuchten Schamlippen. Lächelnd rückte er nach unten, bis sich sein Mund direkt über ihrer Muschi befand.

»O ja ...«, wisperte Corey träumerisch.

Seine Zunge reizte sie durch das dünne Höschen hindurch. Als er ihren linken Fußknöchel ergriff, spreizte sie die Beine und erleichterte ihm den Zugang zu ihrer Weiblichkeit. Jetzt schob er den Zwickel des Slips beiseite, und eine Fingerspitze folgte den Konturen der Schamlippen. Corey fühlte, wie sie sich öffnete und ihre verborgenen Geheimnisse preisgab. In Alex' Augen glühte heißes Verlangen. Eine Zeit lang betrachtete er ihren fast nackten Körper, bevor er ihr den Slip auszog und endlich den Kopf senkte, um in ihrer warmen Spalte zu lecken.

Während seine Zunge ihre Muschi gründlich erforschte, hielt sich Corey an der hölzernen Lehne der Bank fest. Er nahm die geschwollenen inneren Schamlippen in den Mund, saugte daran, und sie wand beglückt die Hüften umher.

Schließlich begann seine Zungenspitze über der Klitoris zu flackern. Sie war so erregt, dass nur mehr wenige Sekunden bis zu ihrem Orgasmus verstreichen würden. Aber Alex richtete sich auf, küsste ihren Mund, und sie kostete ihren eigenen salzigen Geschmack auf seinen Lippen. Seine Eichel ragte aus dem Hosenschlitz seiner Shorts. An der Spitze erschien ein kristallklarer Tropfen. Mit Coreys Hilfe befreite sich Alex von dem überflüssigen Kleidungsstück.

Sein Penis sah anders aus als in ihren Träumen. Trotzdem war er wunderschön, lang und hart, mit bläulichen Adern. Sie nahm ihn zwischen ihre behandschuhten Hände. Ganz sanft strich sie darüber, und Alex' Augen verrieten sein Entzücken. »Das Einzige, was mein Schwanz noch lieber fühlen würde, wäre deine Muschi«, flüsterte er, die Stimme heiser vor Lust. Einer ihrer Finger, von Satin umhüllt, glitt zwischen den Hoden zu seinem Anus. Nun konnte er nicht länger warten, führte seine Erektion zur Öffnung ihrer Vagina und drang ein – nur wenige Zentimeter. Während sich ihre Lippen zu einem langen, intensiven Kuss fanden, verschmolzen sie vollends. Corey legte die Beine um Alex' Hüfte, und ihre Scheidenmuskeln wiederholten die Umschlingung, hielten ihn fest, als wollte ihr Körper ihn nie mehr loslassen.

Nach einer Weile begann er sich zu bewegen, zog seinen Penis bis zur Eichel aus ihrer Vagina und drang erneut in sie ein, immer wieder. Langsam und geduldig lernte er, was er tun musste, um Corey zum Höhepunkt zu bringen. Sobald er einen Rhythmus gefunden hatte, der ihr ein lustvolles Stöhnen entlockte, beschleunigte er das Tempo. Hart, fast schmerzhaft presste sich sein Schambein an ihren Venusberg, und die Reibung stimulierte auch ihre Klitoris. Heftige Atemzüge kündigten seinen Orgasmus an. Obwohl Corey wusste, dass nur Alex sie hören würde, wagte sie nicht zu schreien und gab nur einen leisen, kehligen Laut von sich.

»Jetzt …«, keuchte er. »Komm mit mir, Corey, halt dich nicht zurück.«

Willig gehorchte sie, schluchzte laut, während ekstatische Wellen ihren Körper durchströmten, und rief immer wieder seinen Namen. Zur selben Zeit genoss auch er seine Erfüllung.

Die Nacht war kühl geworden. Doch das merkten sie nicht. Zufrieden lagen sie beisammen, küssten sich, und Corey fand keine Worte, um zu beteuern, wie wundervoll es gewesen war.

Plötzlich raschelte es im Gebüsch, Schritte näherten sich dem Pavillon. Corey griff hastig nach ihrem Kleid und versuchte, ihren nackten Körper zu bedecken. Dann atmete sie auf, als sie Dean erkannte.

»Brian hat mich beauftragt, euch zu suchen«, erklärte er. »Gleich werden den beiden Teams Geschenke überreicht, und alle sollen dabei sein.« Neidisch musterte er Coreys Brüste. »Aber ich kann ja behaupten, ich hätte euch nicht gefunden.«

»Nein, Kumpel, wir gehen mit dir.« Alex zog sich an, und Dean half Corey, den Reißverschluss ihres Kleides zu schließen. Sorgsam zupfte er Efeublätter aus ihrem Haar. Sie schaute sich vergeblich nach ihrem Höschen um, bis sie einen vertrauten weißen Seidenzipfel aus Alex' Brusttasche ragen sah. Lächelnd zwinkerte er ihr zu und verließ den Pavillon.

Abgesehen von der Fliege, auf die er verzichtete, war ihm nicht anzumerken, dass er sich innerhalb weniger Sekunden angekleidet hatte. Corey und Dean folgten ihm in einigem Abstand.

»Freut mich für dich, Corey. Ihr paßt gut zusammen. Und ich wette, kurz vor dem Erfolg meiner Suche nach euch habt ihr noch besser zusammengepasst«, fügte er grinsend hinzu. »Jedenfalls hat's so geklungen.«

»Vielleicht war's nur ein One-Night-Stand«, entgegnete sie errötend.

Dean schüttelte den Kopf. »So ein Mann ist Alex nicht. Wenn du ihn haben willst, gehört er dir, und ich nehme an, er bedeutet dir sehr viel.«

»Bist du nicht böse?« fragte sie, während sie zwischen Rosenbüschen zum Haus zurückkehrten. »Ich meine – seit dem Beginn des Turniers waren wir zusammen.«

»Betrachte mich einfach als Onkel Dean. Ich bin immer für dich da. Und wenn Alex dich schlecht behandelt, streue ich Juckpulver in sein Suspensorium ...« Nun hörten sie lautes Stimmengewirr. »Beeilen wir uns. Jetzt erzählen die Gastgeber allen Leuten, wie fabelhaft wir englischen Spieler sind, und ich will endlich mal im Rampenlicht baden.«

Wenn Corey geglaubt hatte, für diesen Abend wären die Überraschungen beendet, irrte sie sich. Alex wartete auf der Terrasse, ergriff ihre Hand und führte sie in den Ballsaal.

»Was für ein Artikel soll das werden?« scherzte Pete und beobachtete einen Fotografen, der Alex' und Coreys Kuss knipste. »Mr. Wild und sein blondes Geheimnis?«

»Was ich für Corey empfinde, ist kein Geheimnis«, erwiderte Alex, und sie fragte sich, ob sie plötzlich selber Schlagzeilen machen würde.

15

Zweifellos sind heute alle Mitglieder des englischen Teams wunderbare Helden, stark und mutig wie die Löwen, die sie auf der Brust tragen. Es ist schwierig, einen Einzelnen hervorzuheben, nachdem die gesamte Mannschaft eine denkwürdige Leistung vollbracht hat. Während der letzten drei Wochen sind Jamie Partridge und Matty Muir zu ganzen Männern herangereift, und Dean Burden lässt sogar seine bissigsten Kritiker verstummen. Aber wenn ich den Star des Turniers wählen könnte, würde ich mich für Alex Wild entscheiden, der auf dieser größten Bühne der Welt seine inneren Dämonen besiegt hat …

Das Letzte, was Alex ablegte, war seine WM-Medaille. Corey hatte ihn gebeten, sie zu tragen, fasziniert von der Aussicht, die dicke Metallscheibe zwischen ihren nackten Körpern zu spüren. Doch er platzierte sie ehrfürchtig auf dem Nachttisch.

»Unglaublich«, meinte er und streckte sich neben Corey aus. »Du – die Medaille … Das alles verdiene ich gar nicht.«

»Wie kannst du so was sagen?« Zärtlich streichelte sie seinen schwellenden Penis. »*Mich* verdienst du natürlich nicht. Aber was du heute Nachmittag geschafft hast …«

So wie Alex empfand auch sie das Bedürfnis, sich in den Arm zu kneifen, wann immer sie an das Finale dachte. Nach den neunzig Minuten hatte Pete auf die zahlreichen versäumten Chancen hingewiesen. Schon am Anfang hätte Deutschland in Führung gehen können. Ein donnernder Schuss traf die englische Querlatte. Wenige Minuten später erzielte Carl Collins beinahe ein Tor. Beide Teams zwangen die gegnerischen Keeper zu Glanzparaden. Begeistert sprang Corey auf, als Jamie Partridge den Ball an Matthias Schenker vorbeischob. Doch der Treffer wurde nicht gegeben.

Kurz vor der Verlängerung versank das englische Pressecorps in schmerzlichem Pessimismus. Bereits im Semifinale gegen Nigeria, das durch ein Elfmeterschießen entschieden worden war, hatten die Deutschen ihre ausgezeichnete Kondition bewiesen. Nun glaubte man, ihr überlegenes Durchhaltevermögen würde ihnen auch diesmal zum Sieg verhelfen.

Zehn Minuten nach dem Beginn der zweiten Verlängerungshälfte mobilisierte England seine letzten Kräfte. Danny Gordon musste nur mehr einen einzigen Verteidiger umspielen. Da wurde er im Strafraum zu Fall gebracht, und Jürgen Wilke, der nach einem Foul an Sean Lester bereits Gelb gesehen hatte, des Feldes verwiesen. Als Alex den Ball auf den Elfmeterpunkt legte, traute Corey ihren Augen nicht, und sie spürte auch die Verblüffung aller Zuschauer in ihrer Nähe. Vor vier Jahren hatte er einen entscheidenden Elfmeter verschossen. Aber England hatte offenbar keine Wahl. Danny Gordon, normalerweise für solche Situationen zuständig, saß an der Seitenlinie und ließ das Knie, das bei seinem Sturz verletzt worden war, von Mick Phillips verarzten.

Während Alex drei Schritte zurücktrat, verstummten die englischen Fans. Matthias Schenker tänzelte auf der Torlinie und versuchte, ihn nervös zu machen. Die Hände vors Gesicht geschlagen, spähte Corey zwischen ihren Fingern hindurch, wie ein Kind, das sich vor einem Horrorfilm fürchtet. Was jetzt in Alex vorgehen mochte, wollte sie sich gar nicht erst vorstellen. Jedenfalls beschloss sie, ihm keine Vorwürfe zu machen, wenn das

Allerschlimmste geschah. So grausam wie damals Laura-Jane würde sie ihn gewiss nicht behandeln.

Präzise gezielt und hart geschossen, flog der Ball an Schenkers ausgestreckten Händen vorbei in die rechte untere Ecke des Tors, und Corey stimmte in den ohrenbetäubenden Jubel der englischen Zuschauer ein.

Danny hinkte ein wenig, als er die Stufen hinaufstieg, um von der First Lady der Vereinigten Staaten den WM-Cup entgegenzunehmen. Doch das hinderte ihn nicht daran, ebenso enthusiastisch zu grinsen wie seine Kameraden. Die Augen voller Tränen, beobachtete Corey die Ehrenrunde des englischen Teams durch das Stadion. Mitch Jones und Lee Huxley trugen die Trophäe, während der Deckel des Cups Carl Collins' Kopf krönte und einige Spieler Geschenke hochhielten, die ihnen hingerissene Fans zugeworfen hatten. Um Deans Arm war ein Schal in den englischen Farben geschlungen, Doris hatte einen verbeulten rotweißen Samtzylinder aufgesetzt. Sogar die Jungs, die das ganze Turnier hindurch nur auf der Bank gesessen hatten, nahmen an der Prozession teil, und Matty Muir humpelte in seinem Teamblazer neben den siegreichen Spielern über den Rasen.

Eine halbe Stunde nach dem Abpfiff feierten die Fans immer noch im Stadion, und die englische Mannschaft wurde von den Medien bestürmt. Corey hielt nach Mel Ausschau. Aber die Freundin hatte alle Hände voll zu tun und interviewte nicht nur mehrere Spieler, sondern auch prominente Persönlichkeiten, die zum Finale aus England gekommen waren. Darunter entdeckte Corey Kollegen der einstigen Leichtathletin, den Schauspieler Darren Allsop, den britischen Sportminister Malcolm Staines und Hayley Walker, den Kapitän des englischen Frauenfußballteams, mit ihrer Schwester, der Mittelfeldspielerin Danielle.

Grinsend schlenderte Pete Graveney zu Corey. »Ist das nicht großartig? Ich habe die Reportage über das Match abgeschickt, die Fotos sind per ISDN-Line unterwegs zum *Clarion,* und ich habe endlich Urlaub.«

»Fährst du mit den Spielern und ihren Familien ins Disneyland?«

»Ach, komm schon! *Danach …*«, mit einer weit ausholenden Geste zeigte er auf das hektische Leben und Treiben im Pressezentrum, »…wäre das eine bittere Enttäuschung.«

Aber *das* war keine Enttäuschung. Corey setzte sich rittlings auf Alex' Hüften. Eher wie Ferien und Weihnachten zusammen.

»Was denkst du?« fragte er und beobachtete ihr ausdrucksvolles Gesicht.

»Wie wundervoll das alles war … Beinahe hätte ich mir von Stuart einreden lassen, ich würde das Turnier und Amerika hassen und den Boden unter den Füßen verlieren. Anfangs fühlte ich mich tatsächlich unsicher, wenn ich die Ereignisse auf dem Spielfeld beobachtete – und weil du mich so grässlich behandelt hast. Aber allmählich ergab alles einen Sinn. Ich glaube, ich verliebe mich in den Fußball – und in dich.«

»Hier hast du uns in Hochform gesehen. Erzähl mir, du würdest den Fußball immer noch lieben, wenn West Ham von einem Amateurverein aus dem Pokalwettbewerb geworfen wird, wenn wir am unteren Ende der Tabelle stehen und absteigen, wenn ich monatelang verletzt bin und um meinen Stammplatz im Team bangen muss … In dieser Branche gibt es keine Sicherheiten, Corey, keine Garantien.«

»Bei Stuart war ich sicher, und du weißt ja, wozu es geführt hat«, erwiderte sie bitter. »Mel behauptet, ich würde dauernd in höheren Regionen schweben. Aber ich bin viel realistischer, als sie glaubt. Nichts dauert bis in alle Ewigkeit, das ist mir völlig klar, und ich bin bereit, das Risiko einzugehen.« Lächelnd strich sie mit einem Finger über seine Brust. »Wie ungewöhnlich unsere Beziehung ist, habe ich längst erkannt. Und um das zu beweisen, will ich jetzt was tun, wozu ich mich wahrscheinlich nie wieder durchringen werde.«

»Was denn?« fragte er fasziniert. »Während du einfach nur daliegst, werde ich die ganze Arbeit übernehmen«, verkündete sie und küsste seine Nasenspitze.

»Oh, das gefällt mir«, erwiderte er grinsend. »Erklär mir das ein bisschen genauer ...« Abrupt verstummte er, als sie sich hinabneigte und an seinen kleinen braunen Brustwarzen leckte, bis sie sich aufrichteten. Dann glitt Ihre Zunge über seinen Bauch nach unten. Beim Schamhaar angelangt, hielt Corey kurz inne und schien seinen Penis zu ignorieren, der sich ihr erwartungsvoll entgegenreckte. Endlich nahm sie die Eichel zwischen ihre Lippen und begann, ganz sanft daran zu saugen. Alex erschauerte und biss in seinen Daumen. »Oh, das fühlt sich großartig an, Corey«, stöhnte er. »Hör nicht auf ...«

Sie ließ seinen Schwanz etwas tiefer in ihren Mund gleiten. In diesem Moment konzentrierte sie sich ausschließlich darauf, ihm Freude zu bereiten. Seine beschleunigten Atemzüge verrieten ihr, wie sehr er die intime Liebkosung genoss. Als sie die prallen Hoden umfasste und mit den Fingernägeln drüber strich, zuckte sein Penis, und er schien zu kommen.

Lächelnd hob sie den Kopf. »Noch nicht«, wisperte sie. Durch ihren seidenen weißen Body sah er rosige Brustwarzen und das dunkelblonde Schamhaar. Als sie sich aufrichtete, glitt ein Träger von ihrer Schulter und entblößte eine Brust. Scheinbar geistesabwesend spielte sie mit der Knospe und spürte Alex' begierigen Blick.

»Willst du wirklich die ganze Arbeit leisten?« fragte er, und sie nickte. »Dann berühr deine Muschi. Mir zuliebe.«

Während sie über seinen Hüften kniete, schob sie den Zwickel ihres Bodys beiseite und entblößte die feuchten Schamlippen. Weil sie genau wusste, wie sie sich selbst am schnellsten erregen konnte, umkreiste sie mit ihrem Mittelfinger die Klitoris. Hin und wieder streifte sie die Öffnung ihrer Vagina. Alex genoss den Anblick ihrer geröteten Wangen, des Bodys, der ihren Körper kaum mehr bedeckte, und sie wusste, dass er auf ihren Orgasmus wartete – den Augenblick, wo sie die Kontrolle verlieren würde.

Doch das missgönnte sie ihm. Sie wollte erst kommen, wenn sie seinen Penis in sich spürte. Mit dem Finger, der eben erst in ihrer Muschi gespielt hatte, berührte sie seine Lippen, und er leckte sehnsüchtig daran. Dann ließ er den Kopf ins Kissen zurücksinken, während sie sich über seiner pulsierenden Erektion postierte, hinabsank und ihn in ihrer Vagina aufnahm. Dabei glitt die Seide des Bodys über seinen Penis und erregte ihn noch mehr. Nach einer Weile begann sie sich zu bewegen.

Es war ein langsamer, sanfter Liebesakt. Manchmal neigte sie sich hinunter und bedeutete ihm, den Kopf zu heben und ihre Küsse zu erwidern. Oder sie bot seinen hungrigen Lippen ihre Brustwarzen an. Schließlich wurde ihr Verlangen nach dem Orgasmus übermächtig, und sie wippte schneller auf und ab, bis warme Wellen durch ihren Körper flossen und ihre zuckenden vaginalen Muskeln auch Alex befriedigten. Danach fiel sie auf seine Brust hinab und spürte, wie sich sein Schwanz aus der fleischigen Umklammerung löste. Sie wartete, bis sich ihre Atemzüge allmählich beruhigten, und er hielt sie zärtlich fest. Schließlich blickte sie auf, als wäre ihr soeben ein Gedanke gekommen. »Vielleicht passen wir doch nicht so gut zusammen.«

»Was meinst du?« fragte er bestürzt. »Ist das ein Witz, oder versuchst du mir ein Liebesgeständnis zu entlocken?«

»Nun ja, vorhin hast du gesagt, du würdest nicht gern absteigen – und genau das hast du jetzt getan.«

Sie lachte immer noch, als er sie aus dem Bett warf und zu ihr auf den Boden sprang. Mit einer Hand hielt er ihre Handgelenke hinter ihrem Kopf fest, und sein Mund suchte ihre Muschi, um sie Lügen zu strafen …

Mel betrachtete die leeren Flaschen und Gläser, die vor ihr auf dem Tisch standen. Plötzlich fühlte sie sich sehr einsam. In der letzten halben Stunde hatte die Siegesfeier der Engländer ein Ende gefunden, und die Leute waren davongegangen, allein oder zu zweit. Jetzt lag die Bar im Halbdunkel. Der junge Barkeeper wollte offensichtlich aufräumen und ins Bett gehen.

Wann sie so viel Champagner getrunken hatte, wusste sie nicht mehr. Alle waren in fröhlicher Stimmung gewesen, das Team, der Trainer und sein Assistent, die Serviceleute und die Funktionäre. Zusammen mit Corey und Laura-Jane okkupierte Mel einen Ecktisch in der Bar, und Brian wies das Personal immer wieder an, die Gläser zu füllen.

Wer auf die Idee gekommen war, Brian vollständig bekleidet in den Swimmingpool zu werfen, ließ sich nicht feststellen. Aber Mel entsann sich, wie Carl und Mitch ihren Boss gepackt und hinausgeschleppt hatten, um ihn kurzerhand ins Wasser fallen zu lassen. Der Abend war immer noch schwül, und einige Spieler wollten sich abkühlen. Ohne sich auszuziehen, sprangen sie zu ihrem Trainer in den Pool. Ein paar ältere Hotelgäste wanderten vorbei und beobachteten missbilligend die Possen dieser jungen Rasselbande. Doch die meisten zeigten Verständnis für die übermütigen WM-Sieger.

Sogar der normalerweise ruhige, besonnene Danny hüpfte ins Wasser. Zuvor hatte eine betrunkene Laura-Jane auf seinem Schoß gesessen und an seinem Hosenschlitz herumgefummelt. Wann immer er Mels Blick begegnete, schaute er wehmütig weg. Über die Ereignisse auf seiner Geburtstagsparty hatten sie nicht gesprochen, und alle Teilnehmer verschwiegen Dannys Ehefrau, was geschehen war. Nur zu gern würde Mel die Einzelheiten in alle Welt hinausposaunen, seit Corey ihr von Laura-Janes Affäre mit Alex erzählt hatte. Aber das wäre geschmacklos. Und Mel war alles mögliche, nur nicht geschmacklos. Amüsiert schaute sie zu, als Danny seine Frau über eine Schulter warf und zum Pool hinaustrug, um mit ihr hineinzuspringen. Ihr Geschrei musste bis nach Manhattan gedrungen sein. Wütend kletterte sie heraus. Das Kleid klebte an ihrem kurvenreichen Körper, triefnasses Haar hing ihr ins Gesicht.

»Heute Nacht wäre ich gern eine Fliege im Schlafzimmer der Gordons«, wisperte Mel in Coreys Ohr, während Laura-Jane aus der Bar taumelte, das herzförmige Gesicht vor Zorn verzerrt.

»Wann wolltest du während der letzten Wochen denn *nicht* in Dannys Schlafzimmer sein?« entgegnete Corey. Den ganzen Abend saß sie an Alex' Seite. Hin und wieder beteiligten sich die beiden an der Konversation. Doch Mel bemerkte die verstohlenen Blicke, die sie wechselten, das zärtliche Geflüster. Als mehrere Kicker ihre Zimmer aufsuchten, um sich abzutrocknen oder mit ihren Verwandten zu telefonieren, nutzte das Paar die Gelegenheit, um unauffällig zu verschwinden. Offenbar konnten die beiden ihr Verlangen nicht länger bezähmen.

Mel freute sich über das Glück ihrer Freundin. Aber während sie zwischen Sean und Craig auf der niedrigen gepolsterten Sitzbank eingeklemmt saß, schürte nicht nur der Champagner ihre sexuelle Lust, und sie beneidete Corey, die diese Nacht nicht allein verbringen würde. Die meisten anderen Fußballer planten Urlaubsreisen mit ihren Frauen und Freundinnen, die sie nach der langen Trennung endlich wiedersehen würden. Jetzt fanden sie keine Zeit mehr für die Spiele, die Mel mit ihnen treiben wollte.

Allerdings würde nicht jeder zu einer Partnerin zurückkehren. Einer der Spieler war nach wie vor noch ein Single, und sie ahnte, wo er sich aufhalten mochte. Geflissentlich außer Brians Hörweite, hatten Jamie und Dean ihr eine weitere improvisierte Party in dem gemeinsamen Zimmer vorgeschlagen. Dort warteten bereits einige Spieler schon seit zwanzig Minuten. Mel stand entschlossen auf und fuhr mit allen Fingern durch ihr zerzaustes Haar. Dann ging sie zur Theke, ließ sich eine Flasche Champagner geben, die sie auf die Metro-TV-Rechnung schreiben ließ, und fuhr im Lift nach oben.

Als sie den Flur entlangging, öffnete sich eine Tür, und Lee Huxley trat heraus. Er lächelte sie an, aber sein Gesicht wirkte seltsam betrübt für einen Mann, dessen Team soeben die WM gewonnen hatte.

»Kommst du mit mir in Deans und Jamies Zimmer?« fragte sie. »Wie's dir geht, weiß ich nicht. Aber ich bin immer noch in Party-Laune.«

»Wenn ich's bloß auch wäre!« seufzte Lee. »Gerade habe ich mit Tina telefoniert. Ich wollte die Kinder fragen, ob sie das Match im TV gesehen haben. Aber sie fing prompt zu streiten an. Natürlich weiß ich, woran's liegt. Ihre Mutter, diese alte Hexe, hat mich nie gemocht und Tina dauernd gegen mich aufgehetzt.«

»Glaubst du, ihr werdet euch wieder versöhnen?«

»Wohl kaum, solange ich für Juventus spiele. Selbst wenn ich nach England zurückkehre – meine Ehe ist wahrscheinlich nicht mehr zu retten. Wären wir daheim geblieben, hätten wir's vielleicht noch eine Weile miteinander ausgehalten. Aber sobald wir in Italien ankamen, ging alles in die Brüche.«

»Wie schade!« log Mel mitfühlend. »Willst du drüber reden – oder diese Champagnerflasche öffnen und dich auf angenehmere Dinge konzentrieren?«

»Was genau meinst du?«

»Das ...« Mel drückte ihn an den Türrahmen und küsste ihn leidenschaftlich. Sie taumelten ins Zimmer und verloren beinahe das Gleichgewicht. Lee öffnete Mels Reißverschluss, und sie zerrte sein Hemd aus der Hose. Schließlich landeten sie auf dem Bett, Arme und Beine ineinander verkeilt.

Mit einem lauten Knall entkorkte er den Champagner. Lachend beobachtete Mel die Fontäne, die aus dem Flaschenhals spritzte, Lees T-Shirt übergoß und in die einladende Vertiefung zwischen ihren Brüsten rann. Er streifte das Kleid von ihren Schultern und begann den Champagner gierig abzulecken. Dabei stieß seine Nase gegen den vorderen Verschluss ihres BHs. »Dieses Ding ist mir im Weg«, erklärte er und öffnete die Häkchen. Dann sank Mel auf den Rücken, und ihre schweren Brüste glitten seitwärts. Verführerisch strich sie durch ihr Haar. Lee kniete über ihr, träufelte Champagner auf ihre Brustwarzen und saugte daran. In vollen Zügen genoss sie den Eifer seiner heißen Lippen.

Als er das nächste Mal nach der Flasche griff, stieß Mel absichtlich gegen seinen Ellbogen, sodass ein wenig Champagner auf ihren straffen Bauch tropfte und in den Nabel floß. Sekunden später spürte sie Lees Zunge darin und erschauerte erwartungsvoll. Er zog ihr das Kleid endgültig über die Schenkel hinab. Noch bevor er das winzige schwarze Spitzenhöschen mit Champagner tränkte, wurde es von Mels Nektar befeuchtet. Hungrig umschloss Lees Mund den Zwickel, und sie wusste, er würde nicht nur Champagner schmecken, sondern auch den Saft weiblicher Erregung.

Für einen Augenblick hielt er inne, um sein T-Shirt und die Jogginghose auszuziehen. Ein knapper dunkelgrüner Slip schmiegte sich an seinen erigierten Penis und bestätigte die Gerüchte, die Mel gehört hatte. Obwohl er klein und eher schmächtig war, besaß er ein erstaunlich großes Glied, und sie spürte, wie sich ihre Schamlippen voller Verlangen öffneten. Als er bemerkte, wohin sie schaute, röteten sich seine Wangen. Einerseits brachte sie ihn in Verlegenheit, andererseits empfand er männlichen Stolz.

»Zeig ihn mir, Lee«, wisperte sie. »Ich will deinen schönen großen Schwanz sehen.«

In gespielter Scham ergriff er das Bündchen seiner Unterhose und streifte sie aufreizend langsam nach unten. Sein Penis sprang heraus, richtete sich himmelwärts, und die Vorhaut löste sich von der prallen Eichel. »Bist du jetzt nicht ein bisschen overdressed, Mel?« fragte er grinsend.

»Wenn du meinst …« Sie hob die Hüften, um aus ihrem String-Tanga zu schlüpfen. Entzückt betrachtete Lee das sorgsam gestutzte Kraushaar, das die gespreizten äußeren Schamlippen und die zarten Fältchen dazwischen nicht verbarg. Als er sich neben ihr ausstreckte, war die Champagnerflasche vergessen. Sie küssten sich, und Mel streichelte seine pulsierende Erektion. Nun konnte sie es kaum erwarten, diese imposante Säule aus festem Fleisch in sich zu spüren.

Deshalb erhob sie sich auf allen vieren und präsentierte ihm ihr Hinterteil. Lee kniete hinter ihr und ließ die Spitze seines Glieds durch die Furche zwischen ihren Beinen gleiten. Sekundenlang berührte es den Anus, und Mel stöhnte leise bei der Vorstellung, wie sich sein kraftvoller Penis in der winzigen Öffnung anfühlen würde. Und dann suchte Lees Eichel ihre Vagina. Mit beiden Händen zog er ihre Hinterbacken auseinander. Sie griff nach hinten und half ihm, mit ihr zu verschmelzen.

Noch nie waren ihre Scheidenwände so stark geweitet worden, und sie seufzte leise, während er seinen gewaltigen Schwanz langsam in sie hineinschob. In dieser Position konnte Lee so tief in sie eindringen, dass es fast wehtat. Aber sie zuckte nicht zusammen, als die Spitze ihren Gebärmutterhals berührte. Zunächst bewegte er sich sanft und vorsichtig in ihrer samtigen, feuchten Vagina, doch ihre atemlose Stimme forderte ihn bald zu einem schnelleren Tempo auf. Ihre Finger stimulierten die Klitoris. Plötzlich wurde sie von einem Orgasmus erschüttert, der verebbte, ehe sie ihn richtig wahrgenommen hatte, und ihre Begierde noch schürte. Mit einem unartikulierten Stöhnen flehte sie Lee an, sie noch einmal zu befriedigen.

Wie ihr seine beschleunigten Atemzüge verrieten, stand auch er kurz vor dem Höhepunkt. Er umklammerte ihre Hinterbacken, und sein Penis schien in ihr noch zu wachsen. Pulsierend ejakulierte er, und das genügte, um Mel erneut auf den Gipfel der Lust zu führen. Schreiend warf sie ihren Kopf in den Nacken.

»Das war erstaunlich«, hauchte sie, als sie wieder sprechen konnte. Hoffnungsvoll schaute sie auf den Nachttisch. »Ist noch Champagner da?«

»O Gott, du bist unersättlich«, erwiderte Lee.

»Eigentlich wollte ich einen Toast ausbringen, statt irgendwelche Dinge zu tun, die dir deine schmutzige Fantasie vorgaukeln.«

»Inzwischen dürfte das Gesöff ziemlich warm sein«, meinte er und musterte die Flasche, die noch zu zwei Drittel gefüllt war.

»Sollen wir den Zimmerservice anrufen und eisgekühlten Champagner bestellen?«

»Warum nicht? Schließlich gewinnt man nicht alle Tage ein WM-Finale.«

»Großartig!« Mel griff zum Telefon und wählte die Nummer der Rezeption. »Eine Flasche und zwei Gläser für Zimmer 417, bitte. In fünf Minuten? Wunderbar, vielen Dank.« Sie sank ins Kissen zurück. »Jetzt hätte ich Lust, mich ganz schrecklich dekadent zu benehmen. Wollen wir ein Bad einlassen und die Tür für den Zimmerkellner anlehnen?«

»Und wenn er uns in der Wanne findet?«

»Dann setzt er sich hoffentlich dazu. Erfolg ist nun mal ein Aphrodisiakum.« Lachend lief sie ins Bad und drehte die Wasserhähne über der Wanne auf. Während sie ein Schaumbad hineingoß, spürte sie Lees Erektion, schon wieder auf Halbmast, zwischen ihren einladend auseinander klaffenden Hinterbacken. Sie drehte sich um und küsste ihn. Dann kreischte sie, als die Schwungkraft heftiger Zärtlichkeit beide ins Wasser warf. Eng aneinander geschmiegt, lagen sie im duftenden Schaum, und Lee knabberte an Mels Hals. Eine lange Nacht voller Leidenschaft hatte begonnen.

Epilog

Im Freudentaumel nach Englands wichtigstem Sieg seit dreißig Jahren vergisst man leicht, dass in wenigen Wochen wieder die Spiele der ersten Liga beginnen. Aber es ist bereits an der Zeit, Pläne für die nächste Saison zu schmieden …

Corey saß in der Hotelhalle und wartete auf das Taxi, das sie zum JFK Airport bringen würde. Am nächsten Montag, wenn sie den Jetlag überwunden hatte, würde sie ins *Clarion*-Büro zurückkehren – ein relativ junges Mitglied der Feature-Redaktion. Die englischen Spieler waren bereits aufgebrochen und hatten getrennte Wege eingeschlagen. Einige verbrachten mit ihren Familien ein paar Tage in Disneyland. Am vergangenen Nachmittag war Alex nach England geflogen. Zärtlich und liebevoll hatte er sich von Corey verabschiedet. Sie vermisste ihn schon jetzt. Doch das wollte sie nicht zugeben, weil die pragmatische Mel neben ihr saß, die ihre Heimreise erst in ein paar Stunden antreten würde. In diesen letzten Minuten wollten die Freundinnen zusammen sein.

»Was hast du vor, wenn du wieder in London bist?« fragte Mel.

»Erst mal muss ich das häusliche Arrangement mit Stuart auseinander dividieren. Und da mir noch ein kurzer Urlaub zusteht, werde ich mit Alex für ein paar Tage nach Südfrankreich fahren.« Sie neigte sich zu Mel und senkte den Kopf. »Neulich habe ich mit Pete Graveney gesprochen und gefragt, ob ich in die Sportredaktion des *Clarion* überwechseln könnte. Komisch – bevor ich diesen Job in den Staaten annahm, hatte ich keine Ahnung vom Fußball und fürchtete, ich würde es nicht schaffen. Aber jetzt kann ich einfach nicht mehr über Frauen schreiben, die von ihrem Chef sexuell belästigt werden – oder von Jetsetterinnen, die sich einbilden, sie wären in einem früheren Leben Marie Antoinette gewesen.«

»Vielleicht sollte ich dich mit meinem Boss bei Metro bekannt machen. Unsere Sportsendung könnte neues junges Blut vertragen – vor allem wegen meiner grandiosen Ideen für die nächste Saison. Stell dir vor, man hat mir vorgeschlagen, in Italien eine Reportage über die englischen Spieler zu drehen.«

»Stammt dieser Vorschlag zufällig von einem gewissen Mr. Huxley?« fragte Corey lächelnd.

»Tut mir Leid, Corey, als verantwortungsbewusste Journalistin darf ich dir meine Informationsquellen nicht verraten«, erwiderte Mel salbungsvoll. »Aber das sind nicht meine einzigen Pläne. Danny spielt für Manchester United, Jamie in Liverpool. Und das bedeutet, dass es noch achtzehn andere Erstligaclubs gibt, und da stehen Spieler unter Vertrag, mit denen ich noch gar nicht geschlafen habe. Eine interessante Herausforderung. Findest du nicht auch ...?« Sie verstummte und wandte sich zu Dean Burden, der gerade die Halle betrat, in einem engen weißen T-Shirt und dunklen Shorts, die seine muskulösen Beine zeigten. Als er Corey neben ihrem Gepäck sitzen sah, eilte er zu ihr.

»Verlässt du mich schon?« rief er, beugte sich hinab und drückte einen langen Kuss auf ihre Lippen, der lebhafte Erinnerungen an den gemeinsamen Sex weckte. »Gib mir deine Telefonnummer. Dann kannst du mich bei den Spurs spielen sehen. Schau dir endlich mal anständigen Fußball an, nicht immer nur den Käse, den Alex produziert.«

»Abgemacht.« Sie nahm eine Visitenkarte vom *Daily*

Clarion aus ihrer Handtasche und notierte auf der Rückseite ihre Privatnummer.

»Kriege ich keinen Kuss?« schmollte Mel.

»Reist du auch schon ab?« fragte Dean.

»Erst in ein paar Stunden«, gab sie zu. »Aber ich hasse es, günstige Gelegenheiten zu verschwenden.«

»Wenn das so ist …« Er zog sie auf die Beine und presste seinen Mund auf ihren. Allmählich wurde der Kuss immer unanständiger, während Mel ihre Finger in sein blondes Haar schlang und Dean ihre Taille umfing, die von einem knappen Top nicht bedeckt wurde.

»Das Taxi für Corey Palmer!« verkündete die Empfangsdame.

Da rissen sich Mel und Dean voneinander los. Die beiden Mädchen umarmten sich ein letztes Mal, bevor Corey ihren Koffer und die Reisetasche ergriff.

»Wahrscheinlich wirst du daheim auf deinem Anrufbeantworter eine Nachricht finden«, bemerkte Mel. »Wenn's so weitergeht, muss ich mich in der nächsten Saison nur mehr mit siebzehn Clubs befassen …«

Der Taxifahrer sah Corey lächeln, als sie in den Fond stieg. »Waren die Ferien schön?«

»Eigentlich habe ich hier gearbeitet.« Sie drehte sich um und winkte Mel und Dean, die auf den Eingangsstufen des Hotels standen. »Aber so etwas habe ich noch nie erlebt.«

»Fahren wir zum JFK?«

»Ja«, antwortete sie geistesabwesend und dachte an alles, was sie in London erwarten würde. Insbesondere Alex …

Johanna Lindsey

»Sie kennt die geheimsten Träume der Frauen ...«
Romantic Times

Fesselnde Liebesromane voller Abenteuer und Zärtlichkeit.

01/10947

Eine Auswahl:

Lodernde Träume
01/9145

Ungestüm des Herzens
01/9452

Rebellion des Herzens
01/9589

Halte mein Herz
01/9737

Wogen der Leidenschaft
01/9862

Wer die Sehnsucht nicht kennt
01/10019

Die Sprache des Herzens
01/10114

Die Rache der Liebe
01/10317

Juwelen der Liebe
01/10521

Zärtliche Sünderin
01/10627

Was der Nachtwind verspricht
01/10782

Wild wie die Nacht
01/10947

HEYNE-TASCHENBÜCHER